expectation

失望的总和

〔英〕安娜·霍普 著　刘竹君 译

北 京 出 版 集 团
北京十月文艺出版社

新经典文化股份有限公司
www.readinglife.com
出　品

献给布莱迪，等她长大

献给尼米，你让我与故事融为一体

你不会解决关于母职的难题和疑问。

你将步入这方天地，无论承担何种风险。

〔英〕杰奎琳·罗斯

《为母之职：爱与残酷》

伦敦广场
2004

　　这天是星期六，每周的市集开放日。时值春末，即将迎来初夏。花木丛生、枝叶纠缠的花园里，五月中旬的野玫瑰正肆意绽放。现在不到上午九点，对周末来说还早，但汉娜和凯特已经起床。她们没怎么顾上说话，只是轮流烤着面包片，等待水开沏茶。早晨的阳光斜射入屋，照亮厨房一角的置物架，上面杂乱摆放着锅具和菜谱，背衬粉刷糟糕的墙面。两年前，她们刚搬来这里时，曾发誓要重新粉刷这可怕的三文鱼色厨房，却一直没能抽出时间。如今这颜色看起来倒也顺眼了，和这栋老房子里的其他物件一样，让人感觉温暖又踏实。

　　楼上，丽萨还在睡梦中。周末她很少在午前起床。丽萨在一家酒馆工作，下班后也常在外面玩乐——要么去达尔斯顿区的某间公寓参加派对，要么现身金士兰路的某家夜总会，要么更远些，去哈克尼维克区的某间艺术工作室。

　　两人吃完面包，留下丽萨继续在家睡觉，从门后的挂钩上取下几只褪色的帆布购物袋，走进门外明亮的晨光。她们向左转，再右转进入百老汇市集，这时摊位才刚搭好。她们最喜欢这个时间来，因为人还不多。汉娜和凯特在路口的面包店买了杏仁牛角包，还买了浓味切达奶酪和表面抹灰的山羊奶酪，优质番茄和面包，又从摆在土耳其外卖酒馆门口的厚报纸堆里选了一张，捎上两瓶酒，留着待会儿三人一起喝。（里奥哈葡萄酒。永远的首选。她们不怎么懂酒，只知道自己爱喝里奥哈。）两人沿着路旁的摊位继续闲逛，瞧着摊贩兜售的小摆设和二手衣物。现在才上午九点，酒吧外已经有人端起品脱杯装的啤酒，这是伦敦市集常有的景象。

回到家后，汉娜和凯特把刚买的食物一一摆到厨房桌上，煮了一大壶咖啡，放起音乐，然后推开正对公园的窗户。窗外的草坪上逐渐汇聚起三三两两的人。经常有人不经意间抬起头，朝这栋房子打量。她们知道这些人心里在嘀咕什么——你们是怎么住进这样的房子的，全伦敦最好的公园边上的维多利亚式三层联排别墅？全凭运气。起先，丽萨一个朋友的朋友租给她其中一间卧室，随后不到一年，另外两个房间也空了出来。三人就这样住到了一起。忽略房产证上的户主，这栋房子就算归她们所有了。负责这栋房产的经纪人远在史丹佛山的某个地方，由于过去两年房租一直没涨，三人强烈怀疑他对这里的地价一无所知。于是她们商量好不再提任何要求，不对房东抱怨剥落的油毡或污渍斑斑的地毯。现在她们爱上了这栋房子，这些小事也就不要紧了。

十一点左右，丽萨醒来，踱步下楼。她先喝一大杯水，醒了会儿神，然后端着咖啡来到屋外，卷上一支烟，静静享受上午的阳光。阳光这时刚刚照暖石阶的最低一级。

待喝光咖啡、抽完烟，光景已从早晨溜到下午，她们便带上碗碟、食物和毯子来到公园，躺倒在最爱的一棵大树斑驳的阴影下。她们优哉游哉地在这里野餐，汉娜和凯特轮流读报，丽萨则用艺术版面遮住眼睛，低声咕哝着什么。再晚些，她们便拿出葡萄酒喝起来，这酒的滋味很容易入口。午后天色逐渐暗去，光线变得黏滞，公园里的闲谈声也愈发热闹。

这就是二〇〇四年她们在伦敦广场的生活。三人工作努力，有空便到剧院看戏，去美术馆参观，也去看朋友的乐队演出。她们喜欢结伴前往麦尔街和金士兰路的越南餐馆吃饭。参加维纳街的周四开放日活动①，看遍所有展览，畅饮免费的啤酒和葡萄酒。出门去街角小店购物时自备购物袋，尽管偶尔会忘。去哪儿都骑自行车，但很少戴头盔。时常在达尔斯顿区的里奥电影院看完电影，再去土耳其餐馆要份比萨和啤酒，享用让人口水直流的土耳其泡菜。周日一大早去哥伦比亚路的花卉市场买花。（丽萨有时提前从派对回家，会顺路买些廉价的花束，通常是满怀的菖蒲和鸢尾；因为她长得漂亮，别人偶尔也直接送她。）

宿醉之后，她们常去哈克尼路的城市农场吃煎炸的早餐，坐在一家一家人和吵闹不休的孩子中间。她们发誓，除非自己有了小孩，否则决不再挑周日上午来这儿吃饭。

周日她们有时也出门散步，沿着摄政运河走到维多利亚公园，再到更远的老格林威、三磨坊岛，顺着运河一侧的窄路细细体味伦敦风光。

她们对伦敦东区的历史颇感兴趣，常在路尾的书店购买心理

---

① 每月的第一个周四，伦敦东区的美术馆会将营业时间延长至晚上九点，并举办免费的展览。相关活动集中于维纳街。（本书注释若无特殊说明，均为译注。）

地理学方面的书籍。她们试着读过伊恩·辛克莱的作品，第一章都未读完便宣告放弃，之后换了更好入门的书籍，譬如关于伦敦这一带持续不断的移民潮的书：胡格诺派教徒，犹太人，孟加拉人。她们知道自己也是某股移民潮中的一员。坦白说，她们情愿叫停这股浪潮，否则这里迟早会挤满与她们相似的人。

她们担心的事情不少。担心气候变暖，担心西伯利亚永冻层在迅速融化；担心三人常买咖啡和塔博勒沙拉的熟食店后面的高层建筑里的孩子，担心他们未来的机遇；担心自己得到的优待；担心周遭发生持械犯罪——读到此类暴力事件一般只发生在帮派火拼中，她们松了口气，紧接着又为这种如释重负感到内疚；担心从伦敦金融城渗透过来的中产化浪潮即将涌至她们的公园边上——有时她们觉得，自己应该对这些事投入更多关注，可此时此刻的生活让她们幸福知足，不想思考太多。

诸如核战争、银行利率、生育子女、福利制度、父母养老和学生贷款等，均不在她们的担心范围之内。

她们如今二十九岁，都还没有孩子。对于人类历史上的其他任何一代而言，这种情况都不同寻常，不过几乎没人对此评论什么。

她们知道这处公园——伦敦广场——以及身下的这片草地，一直以来都是公用土地，人们过去会在这里放牧自家牛羊。这一发现让她们很高兴：它从某种意义上解释了这块参差不齐的草地为何总有一股莫名的吸引力，让她们觉得这是自己的地盘。她们觉得自己拥有这片土地，因为确实如此：它属于每一个人。

她们希望时间就此停止——停在此地，此刻，这个公园，这片午后灿烂的光线之中。希望房租不涨；希望就这样抽着烟卷，喝着葡萄酒，仿佛她们还年轻，抽烟喝酒也无妨；希望就此一头钻入这个温和晴美的五月下午。她们住在世上最好的城市中地段最好的公园边最好的房子里，前头还有大把时光。她们是犯过错，但还没到无法挽回的地步。她们的确不再年轻，但也没觉得自己老了。她们的未来依旧可塑，潜藏着无限可能。未择之路的入口尚未封闭。

她们仍有时间成长为后来的模样。

2010

汉娜

汉娜坐在床边，手里握着一排未拆封的玻璃小瓶。她用拇指指甲轻划过薄薄的包装，取出其中一支。轻得几乎没有重量。她迅速将药抽入针管，指尖弹了弹管身，释出气泡——她很熟悉这套流程，因为以前做过。现在仍在做。或许她该用某种方式记录下这一刻。

第一次是在两年前。内森弓着身子一边替她注射，一边亲吻她的肚皮。

今早，他的吻却与以往不同。

答应我，汉娜，这是最后一次，我们不试了。

她点了点头，因为确信自己这次就能成功，用不着下次。

接着，她掀起上衣，捏住一小块皮肤。一针下去如同挠痒，很快就结束。她起身整理好衣服，出门迎接一天的工作。

抵达里奥电影院时，丽萨还没来。汉娜在小吧台点了杯茶，挪到外面。九月的天气还算暖和，电影院旁的露天小广场上到处是人。她远远看见高个子的丽萨正从车站一路挤过人群走来，于是朝她招了招手。汉娜以前没见她穿过这件大衣：肩膀处略窄，腰部以下则显得宽松。她的一头长发还像从前那样披散着。

"我喜欢这件衣服。"丽萨倾身亲吻她的面颊时，汉娜低声说，顺手捏了捏粗硬的亚麻翻领。

"这件吗？"丽萨低头看看，似乎才意识到自己穿了这身出门。"买了好些年了。就在麦尔街上那家慈善商店，有印象吗？"

反正肯定不是哪个你能找到，再买一件同款的地方。每次都是在某家慈善商店，或是在市集的小摊上买的，就是波多贝罗市集的那家，你知道的吧？

"喝点葡萄酒吗？"丽萨问。

汉娜皱了皱鼻头："我不能喝。"

丽萨碰了下她的胳膊："又开始了？"

"今天一早做的。"

"现在感觉如何？"

"还行。目前没什么不舒服。"

丽萨轻握了一下她的手："我很快回来。"

汉娜注视着好友穿过人群走到吧台，年轻的酒保一见她便神采飞扬。两人一阵畅快大笑之后，丽萨端着一塑料杯葡萄酒回到太阳底下。"不介意我抽支烟吧？"

汉娜替丽萨拿着杯子，看她卷着烟，问："你什么时候能把烟戒了？"

"快了。"丽萨点燃烟卷，转头吐了口烟。

"这话你说了十五年了。"

"有吗？对了，"丽萨接过酒杯，腕上的手镯轻碰出声，"之前那个角色又叫我去试了一次镜。"

"噢？"汉娜知道这样的反应令人讨厌，但她从来记不住。丽萨参加过的试镜太多了。离很多机会就差那么一点。

"一部不起眼的剧——不过剧挺好。导演也不错。波兰女人。"

"啊。"现在她想起来了，"是契诃夫的作品吧？"

"对。《万尼亚舅舅》里的叶莲娜。"

"试镜怎么样？"

丽萨耸了耸肩。"有些部分还不错。"她抿了口葡萄酒，"谁知道呢？她还和我对了半天台词。"接着，她开始大谈这位波兰女导演给人的印象，夸张地模仿她的口音和举止。

就这儿，再来一遍。演得逼真点。这些都不——怎么说的来着？这种微波加热的情绪——用了高火。热了两分钟。砰！味道跟屎一样。

"老天。"汉娜笑起来。丽萨被迫听的这些胡话总是让她大吃一惊。"好吧，就算演不了这个角色，你还可以做一档女性单人秀，名字就叫《那些我认识且拒绝过我的导演》。"

"嗯，好吧，假如这不是真的发生在我身上，应该还挺好笑的。也不对。确实挺好笑。不过……"丽萨皱起眉头，把烟丢进排水沟，"下次别这么说了。"

"还不错。"她们从电影院出来，走上外面黑暗的街道时，丽萨说。"居然有点像契诃夫的风格。"她伸手挽住汉娜的胳膊，"开始平淡无奇，接着给出最具情感冲击力的一击。那个波兰导演应该会喜欢。就是片子有点长，"她继续说着，两人朝市集的方向走去，"而且没什么重要的女性角色。"

"是吗？"汉娜之前没注意，现在一想确实如此。

"肯定过不了贝克德尔测验。"

"贝克德尔测验？"

"天哪，汉[①]，你还自称女权主义者？"丽萨拽着她走向路口，"就是——电影里是否至少有两位女性角色？她们是否有名有姓？她们是否谈过与男性无关的东西？是一个美国作家[②]提出来的。不少电影都没通过测验。大部分电影。"

汉娜想了想。"她们的确谈过别的东西，"她说，"在电影中间。关于鱼之类的。"

两人同时扑哧一笑，手挽着手走到马路对面。

"说到鱼，"丽萨说，"你想吃东西吗？我们可以去前面吃点面条。"

汉娜掏出手机。"我该回去了。明天还有个报告要交。"

"走市集那条路？"

"好啊。"她们偏爱这条回家路线。她们路过黑人理发店紧闭的前门，路过摇摇欲坠的空纸箱堆，路过装着熟透的芒果、苍蝇嗡嗡绕着转的板条箱。几家肉店散发出铁锈般的难闻血腥味。

---

① 汉娜的昵称。
② 指艾莉森·贝克德尔（Alison Bechdel, 1960— ），美国作家、漫画家。上述测验即以她的姓氏命名。

半路有家酒吧还没关门，一群年轻人站在门口喝着花里胡哨的鸡尾酒，杯沿缀着复古的伞签。他们有种寻欢作乐的复员军人般的气质，有的人在昏暗的光线里也戴着墨镜。看见他们，丽萨脚步一顿，拉了拉汉娜的手臂："来嘛——咱们就喝一小杯？"

汉娜突然感到一阵疲惫——这些年轻人在工作日的晚上纵情欢乐，丽萨如此无拘无束，都让她愤怒。反正丽萨不需要一大早起床。而且她总是忘记一件事：最近汉娜不能喝酒。

"你去吧。我得早点回家。要把报告写完。我先坐公交车回去了。"

"噢，好吧，"丽萨转过头来，"那我走着回去。今晚夜色很好。"她用双手捧住汉娜的脸："祝你好运。"

凯特

有人在呼唤她。她循着声音找去，可它不断扭曲、回荡，无法捕捉。她挣扎着向上，破出水面，然后明白过来——是儿子的哭声，他小小的身体就躺在她旁边。她将他搂到胸前，然后摸索手机。屏幕显示 3:13——离他上次醒来还不到一小时。

她刚刚又做了梦：同一个噩梦。断裂的街道，一片废墟，她怀里抱着汤姆。他们徘徊着，在烧焦的建筑残骸中寻找着什么东西，什么人——但她认不出这是哪条街，哪座城市，不知道自己在哪儿。一切都结束了，一切都毁了。

汤姆开始吃奶，紧握的小手渐渐松开。她听到他呼吸发生变化，这意味着他快入睡了。然后，她以最微小的动作幅度移开他含着的乳头，胳膊从他上方抬高，自己翻了个身，将被单拉到耳朵上。接着她便开始坠落，落入睡眠的深渊，沉睡如水一般——可他又哭喊起来，哭声渐高，宣告着对她擅自睡去的悲伤与愤怒，她再次被拽回清醒的世界。

灯光下，儿子小小的身体在床上翻滚扭动。她抱起孩子，揉着他的后背。他打了个嗝，她把他放回胸前，在他吮吸时闭上眼睛。然后他一口咬下。她痛苦地大叫一声，往后一缩。

"怎么了？为什么这样？"她用拳头抵住双眼，汤姆也大哭起来，腿脚乱蹬，小手对着空气乱抓。"别哭了，汤姆。求你了，求你了。"

薄墙的另一边隐约传来梦话声，床铺的嘎吱声。她得去小便。她把仍在哭闹的儿子挪到床中央，犹豫地朝楼梯口走去。右手边是另一间卧室，萨姆在里面睡觉。什么也吵不醒他。楼梯下是一条狭窄的走廊，摞满了纸箱，装着一大堆搬家后她还没来得及收拾的东西。

她可以选择离开，离开这栋房子，直接套上牛仔裤和靴子走出家门。远离这个哭叫不停的小家伙，她永远无法让他满意。远离把自己紧裹在遥远虚空中呼呼大睡的丈夫。远离这样的自己。她不会是第一个这样做的女人。卧室传来儿子的哭声，越来越响，如同一只惴惴不安的小兽。

她匆匆走到卫生间，迅速小便，然后跌跌撞撞地回到卧室，汤姆还在大哭。她挨着他躺下，把他搂回胸前。她当然不会离开，这是最后——最后的最后——才能做的事。可她的心跳很不正常，呼吸也支离破碎，她大概会别无选择，大概会这样死去——就像她母亲去世时那样，把孩子留给他的父亲及其家人抚养，让他在这栋位于偏远的肯特郡、毫无生气的房子里长大。

汤姆在她胸前扑腾了一会儿，终于渐渐放松，进入梦乡。此时她已完全清醒。她从床上坐起，拉开窗帘。透过窗户能看见停车场，车辆整齐而顺从地排列成行。还有河流的暗影。再往上是环路的橘色灯光，道路上的车流已经渐渐稠密：货车要么向着海岸方向开去，要么正从英吉利海峡的港口回城；小汽车驶往伦敦，这一台台上了油的庞大机器缓慢地朝着灯光行进。她能感觉到自己的心跳，肾上腺素在血液里涌动。月亮从云后现身，照亮了整个房间，照亮了皱巴巴的羽绒被和身侧的儿子。他沉浸在睡梦中，小小的双臂摊开。她想保护他。任何东西都可能落在他毫无防备的脑袋上，她要如何护他周全？她伸手抚摸他的头发，抬手时看见了腕上文的图案，它在月光下呈银色。她收回手，用另一只手的指尖慢慢摩挲这个图案——一只笔触精美的蜘蛛，一张银线勾勒的网——现在成了遗迹，另一种生活留下的痕迹。

她想见某人。和某人说说话。活在另一种人生里的某人。能让她感到安全的人。

她坐在长椅上，面朝河流，低低的雾霭正从水面升起，一片荨麻在河岸缠结丛生。纤道上已经有了一小股人群汇成的细流：慢跑者，早起的上班族，都埋头前往市区的方向。汤姆此刻至少还算平静，暖暖的一团吊在她胸口，小脸裹在小熊帽子里。今早五点左右他又醒了，她怎么也哄不住，只好带他出门来到这里。手机显示快到七点，这意味着超市即将开门营业，至少有个暖和的地方可去了。于是她起身，沿着这条小小的支流步行，走过拱桥，经由地下通道从停车场出来。她和一小群人站在超市门外等待时，空中飘起了细雨。

汤姆在吊兜里闹别扭，凯特用嘘声示意他安静，这时一个穿工作服的女人走出超市，看了眼天空，又走了回去。然后大门滑开了。人们打起精神一拥而入，挤进烘焙区的过道，空调热风不断传送着糖、酵母和面团的香气。她径直走向婴儿用品区，将几小包铝箔装的食品放进购物篮。起初，她一次只买一两袋——因为确信下一顿自己会精心准备——现在却一买就是一堆。尿布也同样：起先她很确定要用可洗尿布，但经历分娩的创伤后，还是选了一次性的。然后是搬家。现在她正往篮子里塞超大包装的尿布，要花五百年才能降解的那种。

步行回家只要两分钟。路过被水泥和钢丝支架包围的大树、挂着锁的垃圾中转站、装着隔栏的停车场，还有各种提示墙上涂了防攀爬油漆的警示牌。她推开前门进入狭小的厨房，放下购物袋，再把汤姆抱出吊兜、放进高脚椅。她挑了一小包铝箔装食品——香蕉和蓝莓——汤姆一直伸着小手，等着她拧开盖子把塑料奶嘴递到他唇边。他高高兴兴地大口吸着，像一个吃着太空食品的小宇航员。

"早安。"刚起床的萨姆晃荡进来，头发乱糟糟的。他昨晚好像没脱衣服就睡了，还穿着褪了色的乐队T恤和平角短裤。他头也没抬地走向咖啡壶，摸了摸冷热，然后打开壶盖，把咖啡渣倒进水池，稍做冲洗就放进了新鲜的咖啡粉。早晨半梦半醒的状态是奢侈的，咖啡因进入血液之前没有说话的必要。

"早安。"她说。

萨姆看向她，眼神呆滞无光。"嘿。"他抬了下手。

"你几点回来的？"

"挺晚的，"他耸了耸肩，"大概两点多。下班后我们又喝了点啤酒。"

"睡得好吗？"

"还行。"他叹了口气，扭扭脖子，"不太好，但也凑合。"

他一口气睡了多久？就算是深夜才回来，他也能睡上……六个，或许是七个小时，中间不受任何干扰——想想看，睡上七个小时，睡醒之后会是什么感觉。尽管如此，他看起来仍然疲惫，眼下有重重的黑影，衬着闷在室内工作的厨师的苍白肤色。他睡在客房里，如今看来，那已经不是客房，而是他的房间，原本属于他俩的房间则成了她自己的——她和儿子的。汤姆的婴儿床空着，堆满了衣服，汤姆则跟着凯特睡。这样更方便，因为汤姆每晚会醒很多、很多次。

他转向咖啡壶，倒了一杯。"你想来一杯吗？"

"好啊。"

他又去冰箱拿牛奶。"今天我上早班，"他说，"做午餐。"

萨姆在小城中心的一家餐厅担任副主厨。落后伦敦十年，某晚她听到他在电话里对一个住在哈克尼的朋友说，但你知道的，也还凑合。已经有些发展了。

他曾经打算在哈克尼维克开一家餐厅。那是在房租疯涨之前，在她怀孕之前，在他们搬来这里之前。

他把咖啡递给她，又喝了一小口自己杯里的。"我的工作服洗好了吗？"

她环视四周，这才看见角落里的那堆衣服，看样子怕是攒了三天。"抱歉，还没有。"

"怎么会？我特意放在你会经过的地方，就是怕你忘了。"萨姆走到那堆衣服前，对着光线挑出一件污渍最少的外罩，拿到水池边用钢丝球使劲搓洗起来。窗外的细雨渐渐变成雨点。

"你们俩今天打算做点什么？"他问。

"洗衣服吧，我想。收拾东西。"

"亲子班呢？我妈提过的那个？"他指了指冰箱上贴着的彩色传单，那是艾丽斯有一天拿过来的。艾丽斯是萨姆的母亲，总是一脸关切的表情，嘴角绷在厌恶与微笑之间。这个班好极了，真的。你也许能交到朋友。是艾丽斯想出了为他们买个小房子的绝妙计划。在坎特伯雷。艾丽斯，他们的救星。艾丽斯，她手里也有一把这栋可爱房子的钥匙，而且喜欢不打招呼就来做客。

"对，"凯特回答，"也许会去。"

"咱们今晚还有安排。"萨姆说着，放弃搓洗，把外罩晾在了椅子上，"别忘了。在马克和塔姆辛家。"

"我没忘。"

"到时我来接你？"

"好。"

"不过凯特？"

"嗯？"

"今天试着出去走走，好吗？带上汤姆一块儿？"

"你还在睡觉的时候我就出去过了。买尿布和吃的。"

"不是那种出去。"

"那是哪种'出去'。"她悄声说。

萨姆打量了一下厨房。"我说，"他拿起抹布，擦了擦台面，

"每天用完厨房后清理一下不是难事。厨师怎么做，你就怎么做，把当天用过的抹布放进洗衣机。和我的工作服一块儿。"他抓起脏了的湿布，"洗衣篮在哪儿？"

她抬头看他："我不知道。"

"你就是需要条理，"他边说边摇摇头，"有条理就好了。"他把抹布放到一边，上前抱起高脚椅里的汤姆，将他高举过头顶。他们的孩子兴高采烈地发出尖叫，蹬着脚后跟。这一瞬间很快过去，结束了，萨姆又把孩子还给了她，然后单手搭在她的肩膀上。"实在累坏了。"他顾自说道。

"是啊，"她说，"我也是。"

丽萨

华都街，演员休息室。人满为患的选角现场。接待员很年轻，打扮得光鲜靓丽，在丽萨报上名字时连头也没抬。

"丽萨·戴恩。抱歉，我来——"

"没事。反正他们也晚了。"她在一串长长的名单上勾掉了丽萨的名字，从柜台后递来写字夹板和圆珠笔。"找地方坐吧。填一下信息。"

丽萨点点头，她知道流程。她迅速扫了眼房间：四个男人，两个女人，女人都是三十岁左右，一个黑发，一个红发。红发女人正在低声打电话，语气带着不安和歉意："是，是，我知道之前说好三十分到，但他们晚了。还不确定。大约还要半小时。也可能更久。你介意吗？我可以到你家去接他。天哪，谢天谢地，太感谢了，我欠你个人情，谢谢，谢谢。"女人挂掉手机，迎上丽萨的视线。"晚了他妈的四十分钟。"她狠狠地低声骂道。

丽萨露出同情的表情。是不算好，但也不算太坏。她遇到过更糟的——等了将近两个小时才有露脸的机会。不过话说回来，她也没有孩子在学校门口等人来接。她大概看了眼手里的选角剧本。

家长会，一名老师和一对父母，后者很担心自己儿子的情况。

在这一页的最上方，她认出了一家知名巧克力饼干品牌。对面的一个男人正认真在手头的纸上做着笔记。她直接翻到第二页，开始填个人信息。

身高。174。

体重。她顿了顿笔，不记得上回称是什么时候了。60？她通常都填60。草草写下。

腰围。30。

臀围。38。

现在她都尽量实话实说了；没必要在这种东西上做手脚。有很长一段时间，她报的都是以前的数字，不算撒谎，只是……没那么准确。后来在柏林的那次拍摄中露了馅儿：在挂了几百盏日本纸灯笼的旧公寓里，助理拿出一套又一套衣服，没有一套的尺寸和她一个月前在伦敦选角现场胡乱写下的那堆数字一致。小个子设计师一边绕着她打转，一边啧啧地表示不满。

你看起来很胖。穿这些衣服很显胖。

最后，她只好借了服装助理的裤子。最后，广告干脆剪掉了她的镜头。

她潦草地填着信息，汉娜昨晚的话又回荡在耳边：一档女性单人秀。《那些我认识且拒绝过我的导演》。是挺好笑的，当然好笑，但刺痛了她。她绝不会对汉娜说出这样的话。

嘿！汉！《我做过很多次试管授精且屡试屡败》。这名字怎么样？是不是让人捧腹大笑？

这种比较当然不成立。因为没什么能与汉娜的痛苦相提并论。

选角导演终于露面，房间里的气氛也紧张起来。"好了，大伙儿。今天开始得有点晚。"

他晒得黝黑，体形壮硕，已经有了发福的趋势。一副自鸣得意、等着被人讨好的嘴脸。但他经常给她试镜的机会，所以尽管不乐意，她还是扬起嘴角大笑，和他眉来眼去。

轮到红发女人，丽萨看着她收起怒火，挂上一抹微笑。

她下意识瞥了眼手机。契诃夫那部戏还是没有任何消息。这本身说明不了什么——有时要等上几周才会有消息，但她已经开始觉得希望如潮水般慢慢退去。如果明天之前还没有消息，她会焦虑不安；周末之前还没有，她会崩溃痛苦；下周之前还没有，她就要启动防御机制，自我修复了。随着时间推移，她的脸皮反而越来越薄。

她直接跳过头围和手套尺寸——有时拿到的表格像是自二十世纪五十年代以来就没改过——写下鞋码，然后起身把纸递给桌后的年轻女人。

年轻女人站起来。她又高又瘦，一身黑衣。她拿起面前的宝丽来相机，无精打采地朝空荡荡的墙面挥了一下。

丽萨背靠裸露的砖墙站定，看见另外两个女人抬眼望向自己，迅速评估她的身材、她的着装，寻找黑眼圈、皱纹和白头发的蛛丝马迹。

她调整了一下表情。

以前她根本不必做这种事。

刚从戏剧学院毕业时，她都是坐在瑜伽砖上，看着新经纪人飞快翻阅让人心动的客户名单。经纪人说绝不会让她在商业广告里抛头露面，除非她自己非接不可。

就算接了，新经纪人说，那些广告也只能投放到欧洲。我们可不想让你在这儿随便出场。

话毕，两人同时大笑起来。哈哈哈。那时她每周要参加三场电影选角。那时选角导演会跟她保证，绝不会有人和她竞争同一个角色。那时她攥紧手中的剧本，在寂静无声的休息室里候场，如同一匹正值韶华、蓄势待发的赛马。那时她一进门，导演便会一跃而起，主动伸出手（永远是他先伸手，而不是她）。你能来真是感激不尽。

宝丽来相机咔嚓一响，开始嗡嗡出片。

"多谢，"年轻女人说着，晃动照片以晾干，"坐吧。"

丽萨没坐。她从这排人跟前经过，一路来到卫生间，想确认妆容是否妥当。镜子里，她看见睫毛膏已经晕开，眼底沾了一片黑色小点。该死。她用拇指蹭了个干净。无论你自我感觉多么良好，无论你觉得一身打扮多么无懈可击，摆出多么志在必得的表情，却总会被什么突然戳破。

你得按规矩办事，丽萨。她第一个经纪人的助理有一回在电话里叹息，因为她拒绝为试镜买神奇胸罩[1]。你知道的，他们说想

---

[1] 美国内衣品牌，以提升式文胸为特色。

找胸部丰满的人来演这个角色。所以经纪人之前才会打电话暗示她买件神奇胸罩。

她返回休息室，迈过候场演员伸着的长腿，找了个座位坐下，然后闭上眼睛。

她后来的确试过。

随着时间流逝，她从二十岁步入三十来岁，却没有什么成绩可言时，她的的确确试过遵循游戏规则。她换过三个经纪人，一个比一个更接近食物链底端。以前看不上商业广告，现在则根本接不到。从顺风顺水，到如今浑身上下的每一处毛孔都渗透出绝望的气味，在选角现场，在派对，在大街上。

拜托。给我份工作吧。什么工作都行。

求你了，求你了，求你了。

和她母亲在八十年代常看的那个电视节目很像。给姆们份工作。给姆们份工作[①]。

"丽萨。罗德。丹尼尔。"

她一下睁开眼睛。选角导演回来了。该她上场了。她走进一个昏暗的房间，两个男人在沙发上漫不经心地刷着手机。空气很浑浊，他们面前的桌上扔着空咖啡杯、吃了一半的寿司和电子烟。没人从屏幕上抬起头。

她在地上标着 X 的位置站定。镜头对准她摇上摇下。她报了自己的名字，经纪人的名字。向左转。向右转。朝镜头展示双手。

两个男演员也做完这些后，选角导演拍了下手。

---

① 英剧《黑帮男孩》（*Boys from the Blackstuff*）中主角的口头禅，表现了人们在当时就业率低下的社会环境中艰难谋生的心情。

"好。丽萨，你演孩子的母亲，罗德，你演父亲。丹①，你演老师。"

丹用力点头。丽萨看得出他昨晚就读过剧本，因为他特意为角色穿了件手肘缝着补丁的外套，还打了领带。

"来，丽萨，罗德，你们坐在这儿。"选角导演指了指桌后的椅子，"丹，你坐他们对面。饼干在这儿。"

丽萨看了看矮凳上摆放的一碟饼干，它们在污浊的空气里显得灰扑扑的。

"行，那就即兴演一演吧？"

沙发上的一个男人匆匆瞥了一眼监视屏，视线又回到手机上。与此同时，丹倾身向前，热切地准备开始。

"那么——呃……莱西……夫人。莱西……先生，我有点，呃，担心……乔什。"他向后坐了坐，明显对自己的开场表现非常满意。

"噢？"现在换丽萨旁边的男演员向前探了探身体。他面容英俊，但是那种令人索然无味的英俊。她能看见他棉布衬衫下绷紧的肌肉。"这让人非常……担忧。"

"看我。"

丽萨吓一跳，抬眼望向正用粗哑的男中音念台词的导演。

"看饼干，"选角导演对她说，挥手驱赶她的视线，"我在替饼干说话。看饼干，别看我。"

"噢，"她说，"对。"

"看我。"他又说了一遍。

---

① 丹尼尔的昵称。

她放低视线看向饼干。

"你知道你想这样。对。没错。再靠近一点。"

丽萨踌躇地朝碟子方向探身。

"没错。"他的声音又降了半个八度。他正在切换成美国口音吗？听起来有点像贝瑞·怀特[1]。

沙发上的两个男人现在都抬起了头。她能看见监视器——上面正显示着她的特写，脸颊发红，表情困惑。

"没错。"选角导演嘀咕着。现在他也抬眼看向监视器，等着什么。

一片寂静。

"继续啊。"他说，用的是正常的声音。

"不好意思？"她的后背开始冒汗，"我没太明白。"

丹探身过来，一如既往的热切。"你应该拿起饼干，"他说，"剧本里写了。把饼干塞进嘴巴。"他指指手里的纸，"剧本说你没法把注意力集中在老师身上。你顾不上他在说什么。因为眼前的饼干。你就是忍不住。"

"啊。我明白了。"

几个男人都看向她：两个演员，选角导演，摄影师，还有沙发上的两人。沙发上的一人在纸上做标记，另一人看了，点点头，又低头看向手机。

选角导演叹了口气："你读剧本了吗，丽萨？"

"看样子读得不够仔细。"

"的确不够。"他抱歉地看了看沙发上的两个人，"咱们再来

---

[1] 贝瑞·怀特（Barry White，1944—2003），美国歌手。

一遍？丽萨，这回你能不能和饼干多来点火花？"

牛津街乱糟糟地挤满了午休时间购物的人。地铁入口张着大嘴。但她脚步没停。她不想进去，不想回家，至少现在还不想。

去他妈的饼干。

去他妈的胖导演和他一年三次的假期。去他妈的坐在监视屏后头的两个导演，表现得像百无聊赖的青少年。去他妈的对着你的身体摇上摇下的镜头，速度比对着两个男人时慢得多。去他妈的给这些该死的商业广告写脚本的编剧。你就是忍不住。去他妈的负责这场该死的表演的男人。

她想也没想就朝东北方向走去。沿着高志街直行，来到托特纳姆法院路，拐进切尼斯街，路过曾经就读的戏剧学校的红色大门。她进入布卢姆茨伯里区，经过大英博物馆门口，旁边是拉塞尔广场，入眼的一片绿色带给人慰藉。她继续向北步行，穿过戈登广场来到喧闹的尤斯顿街，然后躲进大英图书馆的院子。她打开包让工作人员检查，站在了寂静与喧嚣的中间地带。

她多久没来过图书馆了？乘电梯来到二层，这里有几排人坐在带小扶手的椅子上，好像他们也是某种展览的一部分，是某种陈列品。不过这——啊——这里是阅览室。善本室。人文科学一区。她推开沉重的大门，或许她可以在善本室待一会儿，这些古籍会使她平静下来，重新找回自己。

"能看一下您的卡吗，女士？"一位面容和善的保安伸手拦住了她，"您的读者卡？"

"我没……抱歉。"

她身后的男人发出不耐烦的啧啧声，他的随身物品都放在透明塑料袋里，手里已经备好了卡片。

"您需要办张卡，女士，才能进阅览室。"保安说，挥手示意男人进去。

"噢，我明白了。"今天这个世界处处都带刺。她转身退回中央大厅，无力地坐在身边的长椅上。

"丽萨？丽丝^①？"

她没有立刻认出他来，因为丝毫没料到会在这儿遇上。不过随后——当然——"内斯^②！"她起身，与他拥抱问好。

"你在这里做什么？"

"我……"她在这里做什么呢？"我想来找点书看。"她说。

"噢？"

"对。是因为一门课……我正考虑要不要上。但他们不让我进。"

"是吗？好吧。这儿的规矩是挺多的。"他微笑道。她见到他很高兴。她今天需要跟熟悉的人说说话。"话说，"他指了指身后热闹的餐馆，"我正好出来透透气。你想喝杯咖啡吗？"

他们排队时，丽萨打量着人群：各个年龄段的人都有，有的胳膊下夹着笔记本电脑，有的对着手机敲敲点点，有的拿着同款透明袋子。她点了杯咖啡，内森点双份浓缩卡布奇诺时，她想起汉娜这么多年来都不碰咖啡因，不碰酒精。以前她还会在汉娜面前晃动酒瓶——来吧，汉，喝一点肯定没事——但如今已学会不再那样做。他们试了多少年了？四年？五年？她已经记不清。

她记得早些年，汉娜和内森刚开始尝试，但一直徒劳无功，

---

① 丽萨的昵称。

② 内森的昵称。

有一晚汉娜哭了。我已经够努力了。我一直都活得这么努力。她说了些安慰的话，大意是，你肯定会成功的。必然会。这可是你们俩啊，不是吗？好像老天真的在乎你是不是为工作忙得脚不沾地，交不交税金和有线电视费，在乎你是不是跨国慈善机构的二把手，是不是嫁给了一个在伦敦知名大学当高级讲师的可爱男人，在乎你上学时有没有在课堂上第一个举手。那时她真正想说的是，好人也会遇上糟糕的事。天天如此。你不看新闻的吗？

"所以……"内森说着，两人走向一张空桌，他侧身让丽萨先过。"是什么课？"他在她对面坐下，她看出了他眼神疲倦。但他看上去不错，仍有股男孩气，还穿着二十年前的法兰绒衬衫，袖口卷至手肘。就连发型也几乎没变，深色的头发依旧浓密，剪得很短。

"啊……是。"她喝了一小口咖啡，"嗯……电影方面的。"

"电影？"

"对——是个……博士学位。"

"博士吗？哎呀。可要当心。一不留神就会伤到自己。"

"是啊。我也听说了。"

她明明是在撒谎，本该感觉更糟，却隐约觉得好受了些。为什么不干脆试试呢？做点不一样的事情？改变一下自己的生活？

"汉娜没提过这事。"内森说。

"我还没告诉她，是刚有的想法。"

"来，跟我说说吧。"他说，视线与她平齐。

"嗯。"丽萨往咖啡里拌了点糖，"大概方向是……从女性主义的角度评估电影。用那个——你知道的，贝克德尔测验……以现在的电影和七十年代电影为研究对象，嗯……还有四十年代电影。对比电影中的女性角色。随着时间发展，这些角色的分量如何缩水，如何变化。比如《彗星美人》《电视台风云》……"

"《电视台风云》。是不是有人要在节目里直播自杀的那个？"

"对。没错！费·唐纳薇[1]在里面演得太好了，非常凶猛，完全不讨喜。还有四十年代的电影，那些'女性电影'——"她用手指比了比引号，"其实拍得相当不错。贝蒂·戴维斯[2]，凯瑟琳·赫本[3]……"

"《秋日奏鸣曲》。"内森向前倾了倾身。

"那是什么？"

"你居然不知道？没开玩笑吧？丽芙·乌曼。英格丽·褒曼。两个了不起的女性角色。用'凶猛'来形容都不够。我看过之后差点需要看心理医生。"

"我会找来看看的，"她笑着说，"多谢。"她伸手拿过他的笔，在手背上记下了电影名。

"嘿，"他说，"你应该买个像样的笔记本，为了崭新的学术生涯。"

"对。"她递回笔，"我会的。"

"最近演戏还顺利吗？"

"噢。你知道的。"她耸耸肩，"很糟。很丢人。天天如此。"

"不会吧？我还以为很顺利。在之前那部……莎剧里。你演得好极了。"

"那是三年前的事了，内斯。"

---

① 费·唐纳薇（Faye Dunaway，1941— ），美国演员。

② 贝蒂·戴维斯（Bette Davis，1908—1989），美国演员。

③ 凯瑟琳·赫本（Katharine Hepburn，1907—2003），美国演员。

当时她在佩卡姆的一家酒馆里演《李尔王》助兴。除去各种开销，饰演里根的她每周能拿到二百块钱。要是碰上酒馆里在直播赛马，演戏时还得扯着嗓子。

"那你现在做什么工作呢？不在酒馆了吧？"

她推开面前的杯子。"我在一家客服中心做兼职。帮慈善组织筹款。也当人体模特。"

"还是这样吗？老天，真的？"

"没错。"他的表情刺痛了她。"也没那么糟。那些慈善机构都不错。做人体模特也还行，是在斯莱德美术学院。情况可以更糟的。"

"是，但肯定还有其他工作可做。尤其像你这么聪明。"

"多谢夸奖，不过要找到准我一接到试镜通知立马就走的无敌兼职可没那么容易。"

他点点头，神情有些懊悔。

"你呢，内斯？"

"你指什么？"

"你过得好吗？"

"噢，还行。工作太多。薪水太少。快被行政事务淹没了。"

我不是这个意思。我是说孩子的事。没有孩子这件事。对于你来说还好吗？

"不过，你也知道，我们搞学术的就爱发牢骚。"

他们起身告别时，她的手机突然响了，是经纪人打来的。她朝内森示意，后者摆摆手让她先接电话。

"丽萨？"

她从对方的语调听出，有好消息了。"怎么？"她尽量掩饰声音里的急切。

"他们想让你来演。契诃夫那部剧。你被选中了。"

凯特

　　萨姆载着全家向西行驶，经过温奇普路的排屋和一英镑店，城市的气息逐渐稀薄，前方只剩下几条通往伦敦和海岸的 A 级公路。他们出门晚了。萨姆下班回家时，她和汤姆还在睡觉，两人四仰八叉地躺在床上。汤姆现在又在安全座椅上打起了瞌睡，汽车开上了阿什福德路，经过几家园艺商店、配着充气游乐设备的小型工业园区、房车商店和一排排七扭八歪的树木。

　　她穿着翻到的第一件像样的衬衫，搭配孕妇专用牛仔裤，有很粗的黑色腰带的那种。套了件旧开襟毛衣。她本可以打扮得漂亮点。本该打扮得漂亮点。"还有其他人要去吗？"

　　"没有。就塔姆辛和马克。"

　　"他是做什么的来着？"

　　"他开了家公司。做农业机械。干得相当不错。"萨姆转向她，"他或许会投资餐厅。他手里有钱。我们谈了好些年了。"

　　她试着回忆马克的长相，可实在想不起来。婚礼后，她只见过他一面，就是他们来参观新居的那次。她对那时发生的一切只剩模糊的记忆。"他们结婚多长时间了？"

　　"很久很久。他们上学时就在一起了。"他转头对她说，嘴角绷得有些紧，"他们很好相处，真的。只要不谈政治就行，别担心。"

她点头，微笑，食指和拇指围着腕上的蜘蛛打圈。

他们开上一条两侧建着大房子的乡间小路，路过一家颇具规模的水果批发店，前院这时仍有叉车在搬货。他们在一扇木制大门前停住，萨姆按下对讲机按钮。一声嗡鸣后，大门向两侧滑开。车道上停着一辆黑色路虎卫士。萨姆把车停在它旁边，下车拎起熟睡的汤姆。回应门铃的是一阵尖细的狗吠，爪子在木地板上跑动的声音，然后是人的脚步声。

"抱歉我们来晚了，"姐姐开门后，萨姆说，"给汤姆穿衣服花了不少时间。路上也不太顺利。"

塔姆辛穿着牛仔裤、高跟鞋，配灰色套头衫，肩部覆着一层冰锥似的亮片。她伸手拥抱两人——一个短暂的拥抱，她的臂膀瘦削、芳香——然后催促他们走进厨房。光亮的地板几乎一眼望不到头，中间有一座巨大的花岗岩餐台。凯特紧了紧身上的毛衣，萨姆把汤姆连带着儿童安全座椅抬到餐桌上。桌子上方悬着三盏黑色的大吊灯。旁边的墙上挂着"EAT"（用餐）三个大大的木头字母，似乎没了它，马克、塔姆辛和他们的两个孩子就会忘记房间这一侧是用来做什么的。

"他们到了！"塔姆辛冲丈夫的方向喊道，后者从另一个房间出来了。马克个子很高，体格健壮，衬衫与整个人的身形完美贴合，看上去像是男子气慨和成功气质的代言人。他亲吻了凯特的面颊，同萨姆碰了碰拳头。他的手腕上箍着一块手表，简直有小型哺乳动物那么大。

"你想喝点什么？"塔姆辛把凯特带到一张扶手椅前，"气泡水？"

"其实，"凯特说，"我想喝点酒。红酒。可以吗？"她的声音有点怪。今天她还没怎么说过话。"我想要一小杯红酒。"她再次说，每个音都发得一样重，仿佛在讲外语。

"马克！"塔姆辛喊道，"给凯特倒杯红酒。"

"这就来。"马克朝厨房操作台走去，台面后有内置灯具的橱柜，他拿出一瓶已经打开的红酒，倒进高脚杯。看起来就像在停尸台后摆弄血液的殡葬人员。

"好了，"马克说，把酒放到她面前的玻璃桌上，"给你的脸颊加点颜色。"说完兀自笑了起来。塔姆辛笑了。萨姆笑了。凯特当然也在笑，但她不太明白笑点在哪儿。塔姆辛和马克都晒得黝黑，衬得牙齿格外洁白。现在她想起了萨姆之前告诉她的——他们最近才度假回来。她可以待会儿再提这个话题，等实在无话可说的时候。

"开胃菜来了。"塔姆辛端来盘子，里面摆着肉、奶酪和橄榄，它们在微微发蓝的灯光下闪着光泽。

凯特拿了颗橄榄放进口中，舌间品尝到咸味。

屋外是一座带有平整草地的大花园，远处的山谷间有河水流淌。是斯陶尔河，也流经屋后——她知道这个，是因为他们去过那里——她、萨姆、塔姆辛和马克。她和萨姆头一回来感受感受这个地方的时候。

咱们去果园走走吧！那时塔姆辛说。大家欣然同意。他们沿着河走上乡间小路，经过水果批发店，采摘工人住的有喷绘数字的小棚屋，飞镖靶，坐在露营椅上怀抱婴儿、目光警惕的母亲，收音机，有人说俄语的声音，然后才到了果园。这里不过是一排又一排的大树。时值夏天，围栏里的果树仿佛是被嫁接在了铁丝网上，枝丫以哀求的姿态伸展着，一副颓败的模样。这不是果园，她想说，是个工业农场。

"对了，你们玩得怎么样？"她问，思绪回到这个房间。

"噢，简直太棒了，"塔姆辛回答，"我们去了土耳其。食宿活动旅行社全包。两个孩子都很喜欢。他们吃过早饭就出门，晚饭时才回来，到处闲逛。"

"他们现在在哪儿？"凯特心里突然升起一个可怕的念头：两个孩子是不是被忘在了某个地方，没有一起回家。

"在小房间里。"塔姆辛指了指一个半掩着门的房间，凯特这才看到他们的儿子杰克和女儿米莉，两张脸庞在电视屏幕散发的蓝光中呆呆地一动不动。"嘿！明年你们也应该一块儿。咱们一起去。还可以带上艾丽斯，来个家庭度假——她太会带孩子了。等等——或者去迪拜。圣诞节的时候！"她拍了下手，"马克！快和他们说说。讲讲迪拜有多好玩儿。"

"你们是该去迪拜看看，"马克说，朝妻子纵容地笑了笑，"我们每年都去。我会先处理一下工作，然后全家在亚特兰蒂斯酒店待一周。你们见过那个酒店没？"

马克在手机上调出照片，大家都围了过去。凯特看见一座宏伟的粉色石制建筑，一带狭长的海滩，再远处是海洋。"这是座人工岛屿，"他说，"岛上什么都有——戈登·拉姆齐 [①] 推荐过的餐厅，水上乐园，孩子们都玩疯了。"

这座建筑看上去硕大无朋，傲慢狂放，又脆弱无比。"亚特兰蒂斯？"凯特问。

"是啊。"马克点头，"瞧瞧。"

---

① 戈登·拉姆齐（Gordon James Ramsay，1966— ），英国米其林主厨、节目主持人、作家。

"亚特兰蒂斯不是在洪水中消失了吗？"

"什么洪水？"塔姆辛一脸困惑。

"《圣经》里提到的那场大洪水。"

"多谢，"萨姆赶紧接话，"不过今年我们应该走不开——下回再说吧。"

凯特望向汤姆躺着的位置。从这里看过去，他小小的身体显得那么脆弱，待在反光的橡木桌板上，仿佛漂浮在海上的一只小船。他太安静了，一动不动。

"抱歉，我得去看一眼。"她迅速起身走向汤姆，将手伸到他的鼻子下面，感受到呼吸才轻轻松了口气。玻璃门外，远处的山丘被天边最后一抹余晖染成了红褐色。草坪被修剪到好像连一毫米都不到。

塔姆辛站到了她身旁。"孩子太可爱了，是不是，尤其是睡着的时候？"她的脸上扫了一层浅粉色蜜粉，在灯光下微微发亮。"对了，新家怎么样？"她问。

"噢。"凯特微微挪开，"挺好的——很棒。我们非常感激。"

"你们什么时候邀请我们去参观一下？"

"快了。等我们收拾完东西。"

"你没开玩笑吧！"塔姆辛笑了，"还没收拾完？"

"还有几个箱子要整理。"

塔姆辛伸手搭上她的衣袖。"你看上去很疲惫。"她说，"萨姆说你和孩子一起睡？"她放低声音，"你和汤姆？在一张床上？"

"是啊。"

"你确定这样好吗？"

"这样更方便。夜里要给孩子喂奶。你知道的。"

"你得停一下。"塔姆辛这时抓住了她的袖子，"把乳房从孩子那儿解放出来。明白我的意思吗？你应该歇一歇。一周一次。你觉得呢？"

"我——"

"你就答应吧！艾丽斯会替你带的。她巴不得照顾汤姆呢。等一下——萨姆！"塔姆辛转向两个男人，拍了下手，"萨姆！凯特以后每周要休息一天！我们会安排好的。我和妈妈。艾丽斯想帮忙想得要命。"

他们快天黑时才到家。她把熟睡的汤姆从安全座椅抱到床上时，他也没醒。她下楼来到客厅，萨姆正躺在沙发上，戴着耳机盯着电脑。她一进房间，他便扯下耳机，举起手中的啤酒："要来点吗？"

她摇摇头。他腾了点地方让她坐下。"这次见面不算太糟吧？"

"你为什么告诉你姐姐，我和汤姆一起睡？"

"因为这是事实。"

"你不喜欢这样吗？"

"呃，我更愿意和你一起睡。"

她闻言大笑。没忍住。他的想法太可笑了。

"我很担心你，凯特。"

他的担忧看起来很真切。或许不是担忧，而是失望——就像一个人在网上买了件东西，可保修期刚过，就发现所有隐蔽的边边角角全是毛病。

"是不是你让塔姆辛和你妈约好了周二的事？"

他的表情说明了一切。

"你没想过要先问问我吗？"

"我想着这是为你好。我觉得这样你能轻松些。"

"我觉得你要重新安排我的生活，不妨先问问我的意见。"

"哇噢。好吧。我只是想帮忙。我以为做母亲的需要人帮忙。"

"这不是帮忙。这是伏击。"

"我的老天，凯特。"他举起双手。

她起身，走进厨房。身体在颤抖。她抬眼看向客厅，萨姆的后背正对着她。他已经点开电脑游戏或是别的什么，重新戴上了耳机。

这就是他们每晚的相处模式。表面开着玩笑，实则是消极的对抗，然后在各自的座位上抱着各自的电脑。幸运的话，她能占到沙发。然后上床睡觉。各自的床。如此循环。

她的手机响了一声。是汉娜——她漏接了汉娜的电话。她的心怦地一跳。汉娜可以替她导航。汉娜就是她的真北方向①。她拿起手机，回拨。

"凯特？"

"嘿。"

"你好吗？我一直想和你联系来着。"

"抱歉。我一直……"她一直在忙什么呢？她毫无头绪。

"坎特伯雷如何？"

"挺有意思的。"她说。

"怎么有意思？"

"我说不好。"她开始思考究竟哪里有意思。试图编个笑话。

---

① 指沿着地球表面朝向地球北极的方向，与指南针上显示的磁北方向不同。

"我们今天去了萨姆的姐姐家。他们想带我们一起去迪拜玩。"

"听起来不错。"

"你是认真的？"

一声轻叹。"我觉得你会习惯的。适应这种事需要时间。"

凯特沉默不语。

"我的教子如何？"

"他挺好。正在睡觉。"

对话暂停，背景中传来汉娜敲打电脑键盘的声音，说明她正一心二用——宽广的世界正绕着她打转，召唤她回去。

"汉？"凯特出声道。

"抱歉，刚才在处理工作。有封邮件必须回一下。"

"你想出来见见吗？下周末？要不周六？我可以带汤姆一起进城。要不去西斯①？我上回去那儿还是和你一起。他长得太快了……"

凯特已经做好被回绝的准备，但是……"等下，"汉娜说，"我看看……周六吗？好啊。干吗不呢？"

她们又聊了会儿别的，凯特才挂掉电话，走到窗前。她搬来肯特郡已经六个星期了。街对面公寓尖尖的屋顶上，海鸥在沉睡。有个男人正从车上下来。也许他就住在隔壁，每晚都会被汤姆吵醒。

男人抬起头。凯特招了下手。他盯住她——映在玻璃上的一个暗影——露出困惑不解的表情，然后看向别处。

---

① 即汉普特斯西斯公园，位于伦敦市区北部。

贱斥物乐队
1995

　　这门研讨课叫"女权主义"。听课的人不多。流行文化给人的整体感觉是，女权运动已经成功。这是辣妹组合的时代，也是假小子的时代。作为女权主义者的女儿，丽萨也理所当然地自视为女权主义者。这个立场完全未经检验。她选"女权主义"这门课，是因为除它以外只有"科幻小说"可选了。

　　必读书目令人却步，而且大部分是外文的。丽萨课前什么也没读。英文系没几个人真的会做课前阅读，只会在作业非写不可的那周迅速翻一遍书。在丽萨看来，大学教给你的主要就是这个——如何令人信服地胡说八道。上的大学越好，教的胡说八道越有说服力。她经常躺在新男友的床上阐释这一理论，他是曼彻斯特的毒贩子，在鲁什尔姆区有一栋排屋，走路的样子像利亚姆·加拉格尔①，很适合穿派克大衣。他肤色很深，聪明风趣，是

_____

① 利亚姆·加拉格尔（Liam Gallagher，1972— ），绿洲乐队主唱。

她见过的最性感的家伙。

那个女孩坐在教室靠前的位置，长发几乎遮住了脸，宽松的套头衫将瘦小的身材完全罩住，袖口盖过了拇指。她穿拼布长裙，马丁靴，画浓浓的眼线。她属于那类群体——城郊长大的叛逆青年，只听独立音乐，周六夜里成群结队地在曼彻斯特游荡；在学生活动中心的舞池里胡乱摆动身体；沉迷于詹姆斯乐队的《坐下》。做课堂展示时，丽萨和那个女孩（名叫汉娜）被分配到了一组——探讨克里斯蒂娃[①]提出的"贱斥"理论。由于事先没读过材料，丽萨完全不知道这是什么意思。要不然你来我的房间？丽萨问汉娜。明天？三点？

汉娜准时出现在丽萨的门口，胳膊下夹着几本厚重的书。她敲了敲门，拉下袖口盖住咬过的指甲。目前为止，在汉娜看来，大学与她期望的完全不同。她来曼彻斯特大学的唯一原因是她没去成牛津，而第二志愿——爱丁堡大学——已经招满了。于是一年后——这一年间，她没有像她认识的大部分同学那样去"旅行"，而是为购买衣服、书本和其他可能需要的东西打工攒钱——她上了第三志愿的大学，依然住在伯纳奇[②]的家里。这样能省些钱，不用交学生公寓的住宿费。她的父母为此很高兴。她也假装开心，实际上却在生闷气。为自己在牛津面试时没答清楚一个关于济慈的问题而生气。为自己最好的朋友，凯特，被顺利录取而生气。为自己没有选一个离家更远的第三志愿而生气。最主要的是，为发现自己从小到大生活的城市里竟然侵入了这么多

---

① 茱莉亚·克里斯蒂娃（Julia Kristeva，1941— ），法籍保加利亚裔哲学家、精神分析学家及女权主义者。
② 位于曼彻斯特市近郊。

出身优越的学生而生气。过去几个月，她都在学生活动中心做吧台工作。她天生就善于观察，所以在这里了解到很多东西。女权主义这门课算什么，她在课上就能写出一篇论文来。这里有寄宿学校出身的孩子，他们爱把衣领竖起来，喜欢运动，喜欢一群人吵吵嚷嚷地四处闲逛，却不敢冒险。公立学校出身的孩子坐在另一桌，却总盯着橄榄球队的小子，随着他们一杯又一杯地喝啤酒，暗自较劲。不合群的人，他们把不合群的特质当作徽章一样别在身上，用来识别同类，组成自己的不合群小团体。还有像这个金发女孩一样的人，此刻自己正站在她的门外。这种人让她苦恼不已：他们非常棘手，很难归类。而汉娜非常喜欢归类。这个女孩的谈吐十分讲究，但她的行为却并非如此。汉娜从未在学生活动中心见过她。她很美，却对自己的美毫不在意——比如，在十一点的研讨课上，眼周还经常残留着头一天晚上的妆；食指指尖被香烟熏成了橘色；似乎从不梳头。这个女孩身上有种难以定义的东西，虽然说不清是什么，可汉娜知道自己对这种东西无比渴望。

金发女孩开了门，汉娜进屋。房间里乱得一团糟。烟味弥漫，每个台面上都摆着满溢的烟灰缸。到处是半满的水杯。有一只空酒瓶。单人床上铺着印度风格的床罩。还有一面照片墙——几个年轻人在一望无际的沙滩上；丽萨坐在一辆小型摩托车上，没戴头盔；丽萨和一个黑发男子在夜店，两人的瞳孔都张得很大，脸贴着脸挤在镜头里。到此为止还算平常。紧接着，汉娜的目光被一张与众不同的画吸引了，这是幅油画，随意地靠在墙边，画上的金发女孩蜷缩在椅子上，正读着书。

这是你吗？她问，在油画前蹲下。

是的，丽萨漫不经心地答道。我妈画的。好几年前了。

画得真不错。

丽萨坐在床边，看着这个黑发女孩如饥似渴地盘点着自己的东西，觉得有点好笑。接着，女孩在桌前坐下，翻开了第一本她带来的书。她举手投足一丝不苟。每一根铅笔都削得很尖。

丽萨对大学、曼彻斯特和阶级的看法是这样的：她是一名社会主义者的女儿。毕业于伦敦北部的一所综合中学。宁愿和毒贩子约会也不愿意搭理公学①的男生。曼彻斯特有太多公学学生了，但只要刮开这座城市积满污垢的后工业风格外表，它便为人们敞开。假如你和丽萨一样，是舞曲和摇头丸的爱好者，那此时的曼彻斯特大概是世界上最棒的城市。

丽萨对这个长发女孩感兴趣是因为她有曼彻斯特口音，在这所大学里很少见。丽萨喜欢曼彻斯特人。也喜欢她严肃中略带恼怒的神情。听她在课堂讨论小组里和别人争论，丽萨也总是兴致勃勃。汉娜很容易被惹恼，丽萨就喜欢她这点。在这个春日下午，丽萨也同样对她感兴趣，因为觉得自己能靠她拿个不错的分数。

好的，汉娜说，贱斥理论。

开始吧，丽萨说。

汉娜低头开始念书，同时用手指把玩着发梢。

"贱斥"保留了古语里前客体关系中的东西，在自远古以来的暴力中，主体的形成，开始于它与母体的分离。

自远古以来的暴力，丽萨问，是什么意思？

呃，汉娜回答，应该是指出生吧？还有婴儿期——在我们进

---

① 英国的高端私立中学，提供精英教育。

入象征秩序之前。比如语言。诸如此类的东西。

你说是，那就是，丽萨说。要不这样……她探身拉开柜子上的一只抽屉，拿出一小袋大麻叶。是男友早上给她的。

可是……汉娜将手放在摆得整整齐齐的书上，感到些许恐慌。现在才下午三点。我是说——我们明天还得做课堂展示呢，不是吗？

我知道，不过吸点这个也许更好。

丽萨卷起烟来，察觉到汉娜在盯着自己。她没停下动作，而是不慌不忙地展示着手艺，结束时还夸张地一挥舞。她打开窗户，身体探出窗外。她们是在欧文斯区学生公寓的四楼。继续吧，她说着，点燃手里的烟。

汉娜叹了口气，接着念了下去。

在个体的性心理发展层面上，"贱斥"是指我们将自己与母体分离，开始认识到"我"与他人、"我"与母亲之间的界限。

丽萨想起去年九月母亲萨拉开车送她来上学时，萨拉老旧的雷诺5轿车里塞满了自己的东西。萨拉带她去城里的一家餐馆吃午餐。对了，亲爱的，萨拉一面吃布丁一面说，你在用口服避孕药，没错吧？然后给了她二十镑，一张很美的肖像画——画着八岁的丽萨坐在阁楼里那把带花纹的旧椅子上，一大包鼓牌烟草，一个落在脸颊上的轻吻，接着就沿高速路开回了伦敦。与她分离对萨拉似乎毫无影响。

……比如在真实的剧场中，汉娜继续念道，没有化妆和面具，是废弃物和尸体向我指明想生存下去必须不断分离的东西。这些体液、污秽、粪便，是生命所必须忍受的……

等等——书上真是这么写的吗？

是啊。汉娜抬起头对她笑了一下。这是丽萨头一回看见她笑。她笑起来的样子很可爱。有意思。没那么轻易得到的东西反而更好。

这些粪便……这些粪便是生命历经千辛万苦，在面对死亡时必须忍受的。只有这样，我才能处于生命体活着所应处的边界上。

哇噢，丽萨惊叹道。

就是这样，汉娜说。

丽萨吐出的烟雾消散在晚风中。楼下传来威姆斯洛路的车流声，高层建筑发出模糊的动静，隔壁房间飘来波蒂斯黑德乐队那首《嫁妆箱》的旋律。

那……汉娜问，我们展示什么内容呢？

噢。对。好吧。要不，丽萨说，要不，咱们先把所有能想到的贱斥物都列出来，怎么样？

为什么？汉娜问。她并不喜欢绕着弯儿思考问题。她习惯于直线思维。

呃，为什么不呢？来嘛——丽萨朝汉娜晃了晃手中的烟卷——你能想到几个？

汉娜揉了揉鼻子。嗯，肯定有尿——也就是小便。粪便。还有血，两种吧，静脉血和经血。

肯定还有其他类型的血。

可能有。

先列这些就够了。还有呕吐物。鼻涕。耳垢。

咱们得记下来。汉娜抓起铅笔，草草写下刚说的几样。

有多少了？丽萨问。

目前是七个。

眼屎算吗？

当然算。它的学名叫什么？

我也不知道。喂，你不想抽点试试吗？

汉娜之前只抽过一次大麻，还是去年夏天和凯特在丽兹酒店的时候。那味道让她头昏脑涨，很不舒服。她不自然地走向窗边，从丽萨手中接过烟卷，试探地浅浅吸了一口。丽萨盯着她，眼角溢出笑意，然后拿起本子和笔。

唾沫，汉娜说着，吸了更深的一口，说到这个，烟嘴可能被我弄湿了一点。

没事，丽萨回答，接着说。

痰，汉娜说。

好。别再说这个字了。

痰。

两人扑哧一笑。

头屑？

头屑可以。丽萨停下笔，走回窗前。两人靠得很近。她闻到了汉娜身上的熏香和洗发水的味道。

婴儿呢？丽萨说着，伸手接过烟卷。

婴儿怎么了？

婴儿不也是贱斥物的一种吗？

可能吧。汉娜揉了揉鼻子。或者说，至少包裹他们的那层东西是。那叫什么来着？某种液体。羊水。

对。就是这个。咱们应该组个乐队，丽萨咯咯笑着说。羊水乐队。不——等等——贱斥物乐队。

两人同时放声大笑。

老天。没错。贱斥物乐队。我爱这个名字。

她们做了乐队的专属 T 恤：乐队名用黑色和桃红色印在胸前。她们觉得桃红色在这里是讽刺用法，所以用了也无妨。她们从各自的生活中举例，列出了一系列贱斥物。她们探讨了男人留在女人体内的精液——事后会在你的内裤上留下痕迹——是不是贱斥物的一种。（由于汉娜还没有性经历，这部分是丽萨发的言。）她们宣称阴道分泌物有许多种：一种留下白色痕迹，一种留下黄色痕迹，还有一种在情欲高涨时涌出。她们讨论了"分泌物"（discharge）一词——词根隐含轻蔑色彩——是否本身就是一个父权名词。最后她们总结，因纽特语中有多少个词指代"雪"，阴道贱斥物就有多少种。

看到课堂上男生们难为情的样子，两人觉得很满意。她们感受到一种全新的力量，这种力量令人震颤。她们成了朋友。

2010

汉娜

她在鱼店前排队，极缓慢地朝着门口挪动。阳光照在玻璃窗上，十分刺眼，身后则是市场的吆喝叫卖声。天气很暖和，摊位上的冰块正在融化，当日捕的鱼还剩下一些，鳞片都带着血渍。两个踩着高筒靴的年轻人在摊位和店堂里的砧板间穿来穿去，鱼都是在里头被开膛破肚、打包装袋。

八年前她刚搬到这一带时，这家店的老板还是个牙买加人，店面也被漆成了牙买加国旗的颜色。他主要卖鲜鱼、咸鱼和蔬菜，店堂里头也兜售一些零零碎碎的东西，比如熏香和盗版雷鬼乐卡带。他长了张极其俊美的脸。后来，业主不再把铺面租给他，而是卖给了房产开发商，人们还为他组织了抗议活动：本地作家在《卫报》上发表文章，周边居民则聚集在街上的一家咖啡馆里静坐示威——这家咖啡馆正归那家开发商所有。他们还在教堂大厅里召开过一场怒气腾腾的大会，所有人都去了。汉娜记得，当时有个五十多岁的男人脸色发青地站起来怒喊，我还记得从前这里破破烂烂的样子。那时可比现在好多了。

不过如今，波澜都已平息，原先的菠萝、腌鳕鱼和芭蕉也被大理石砖和钓来的鱼取代。这家鱼店已经开了很久。尽管鱼腥味儿偶尔让她恶心，但店里有当日现捕的鲜鱼和善于调情的年轻男子，店面也给人一种大海依旧丰饶的感觉，汉娜因此对它有几分好感，觉得世界还没有太糟。

终于轮到了她。她与店员适当地开了几句玩笑，选了几条圆形浮雕似的鲛鳒鱼，请店员推荐配料，然后买了藏红花粉和海蓬子，塞进包里。走出鱼店时她汗如雨下——这是激素水平下降的第一个表现。她的头皮像是被什么紧紧箍住了。这是最难熬的部分，别人不会告诉你的部分：激素下调，三周之内停经，体内激素归零。白天出汗，晚上出汗，还总有哭泣的冲动。

可她善于不让自己哭出来——对泪腺的掌控已经达到极其出色的水平。同事接二连三地宣布怀孕的消息时，她也不会掉泪。她日复一日地用表格记录体温，例假却月复一月地如期而至。当相识最久的好友与她分享怀孕的喜讯时，汉娜紧紧抱住了她，这样凯特就看不见自己脸上的表情了。

她路过咖啡馆，门口的人行步道上一如既往地堵着婴儿车。她的视线扫过车里的婴儿，还有那些握着卡布奇诺和馥芮白的父母。（她也很善于若无其事地用目光一扫而过，毕竟，盯住胳膊胖乎乎的婴儿、被母亲握着小手蹒跚学步的幼儿以及挂在父亲胸前的吊兜并非明智之举。）经过花摊时她停下脚步，目光被摆放的鲜花吸引。卖花的女人转向她："你要买点什么？"女人要么五十多岁，要么六十出头，她的眼睛是蓝色的。

"我——"汉娜被吓了一跳。自己需要什么呢？"这是什么花？"她指着一种长长的带刺的花问。

"起绒草。自家花园种的，今年大丰收。还有这个，"女人弯身指着花桶，"这是米迦勒雏菊。"

"两样都帮我拿几枝吧。"

女人用麻绳把花松松地系住，伸手递给她，粗糙的指节轻轻擦过汉娜的手指。汉娜继续向市场的尽头走去，路上人群逐渐稀疏。接着她穿过运河，右拐进入住宅区，朝公寓走去。她手上挎满了购物袋，费力地拉开临街的不起眼的金属门，沿外部楼梯爬至一栋三层建筑物的顶层。这层楼原本是家老酒馆，改建为公寓，尚未竣工就宣布出售。消息放出的第二天，他们从其他二十来对夫妇中间挤过去，才得以提交自己的密封式报价。凯特搬去坎特伯雷之前常来这里拜访。她会一边抚摩自己的肚子，一边望着窗外的风景，大声感叹汉娜运气真好。

这和运气没关系，汉娜想对她说。生活就是如此。只要你努力工作，二十多岁攒些钱，到了三十多岁自然会有一笔可观的存款。这不是什么魔法，只是简单的算术。

至于凯特，她住在公公婆婆掏钱买下的房子里，自己似乎都没花钱；还有一个轻松怀上的健康漂亮的宝宝——即便这样，她还是不开心。至少昨晚的电话里听起来如此。

汉娜一股脑儿倒出包里的东西，把鱼、藏红花粉和葡萄酒放进冰箱，修剪过长的花茎，将花插入花瓶，置于午后的斜阳下。起绒草的观感超出预期，有一种凛冽而精细的美。桌上的电脑还开着，她走过去想关上时，看见了自己今早在写、一直写到被阳光召唤出门的报告。她点击了"保存",然后合上电脑。

她依旧在出汗,于是走到水池前,用水浇了浇脸。这感觉再奇怪不过,就像有什么东西正在剐她的头骨。哭泣的冲动再次涌起。她多么希望内森此刻就在身边,手臂沉稳地搭着她的背。但这个时间,他只可能在图书馆,不过从那里沿着运河骑车回家用不了多久。他很快就会回来。他们会一起吃饭。他会告诉她自己这一天过得如何。她抬起头,视线再次停驻在花上,桌上,光线里。

这是汉娜亲手布置的房子。

桌子是她从旧铁路拱洞里的旧货商店里淘来的,又花了一整个周末的时间,亲手将它打磨光亮。

镶框的照片上,内森正在康沃尔郡那所房子的花园里向她求婚,整片草坪的每一根草叶都结了霜。

还有占据了一整面墙的书架,里面塞满诗集、小说和内森的笔记。(她是在没有书的房子里长大的,因此,她可以面朝这个书架站上好几分钟,和它交流。书脊以作者的姓氏首字母排序:阿迪契,艾略特,福斯特,伍尔夫。)

还有他们某个周末在马拉喀什买的毯子。在露天夜市里为它杀价,无奈投降,返程时还付了高得离谱的托运费。但它是那么美,阿特拉斯山脉的贝尼乌拉因部落风格。以厚实的奶油色羊毛制成。它会带给你好运,卖家一边说,一边沿着毯子上的菱形图案来回摩挲。不过,是她幻想出来的,还是她掏信用卡付钱时,他的确曾朝她的子宫投来一瞥?

还有他们从切尔西的一处仓库买来的沙发,两人看中了它二十世纪中叶风格的低矮线条和蓝灰色亚麻布面。做完第一轮试管授精的两周后，她就是坐在这张沙发上对着验孕棒的结果——两道清晰的粉色欢呼雀跃。她就是待在这里，裹着毯子看着内森为怀孕的妻子下厨——他炖了汤，做了意大利肉汁烩饭。

沿走廊走一小段，是卫生间。墙壁和地面上斜铺着白色瓷砖，朴素的棕色玻璃罐里盛着洗护乳液。验孕三周后，她就是在这里痛苦挣扎，流了一整天血，最后排出一个凝块。一枚包裹着未能存活的胎儿的纤维状孕囊。她和内森根本不知道该如何处理。最后，他们只能深夜去公园挖了个坑，将它深深埋进土里。

还有这里——朝这边走，走廊尽头有个小小的房间——推门进去，站上一会儿，感受这里更加柔和、散漫的光线。屋子里空空如也，只有一份静默的期待。

这就是汉娜亲手布置的房子，位于伦敦某栋楼的第三层，飘浮在光线中。

炉子上的炖菜好了，正在咕嘟冒泡。硬皮面包和蒜泥蛋黄酱也已就位。台面上立着一瓶闪闪发亮的白葡萄酒，旁边是两只空酒杯。汉娜切了一点欧芹，又加了少许盐和柠檬汁。她听见前门响了，接着内森来到身后，手搭上她的背。"嘿。"她转向他，在他唇上轻啄了一下，"文章写得怎么样了？"每到写作的收尾阶段，她的丈夫总会去大英图书馆。他说自己喜欢周末去那儿，因为阅览室比平时更安静；说和家里相比，在那里更容易投入。

"噢，进展缓慢，但快写完了。"

她递给他一杯酒，他心满意足地接过。然后她舀出炖菜，撒上少许欧芹，把碗递给内森。她在餐桌边丈夫的对面落座，这给了她些微的仪式感。今天是星期六，她终于可以按喜好吃点喝点什么了。她抿了一口酒。口感纯净、清冽、明快，她一口就能喝掉一整杯，可还是把酒杯放回到盘子旁边。自制力。这是她向来就有的品质，也是承受当下境况所必需的品质。不碰咖啡因。不碰酒精。除了周六晚上。

内森抬头看她，正好与她视线相接。他从桌子的对面伸手，握住她的手。"很美味。"

"多谢夸奖。"

"你怎么样？今天工作了吗？"

"早上做了一会儿事。之后看见天气太好，就去公园逛了逛。"

"嘿。"他说，"我之前就想告诉你的，我碰见丽萨了。"

"丽萨？在哪儿？"

"在图书馆。就是昨天。"

"图书馆？她在那儿做什么？"

"她说想看点书，念个博士。"

"真有意思。我从没想象过她会念博士。"

"是啊。你知道丽萨这人。她看着就像是随口一说。"

他拿过酒瓶。她看着他又给自己倒了杯酒。

"内斯？"她语气轻柔。

"怎么了？"

"我在想……这么想其实有点蠢，不过我这周刚开始打针时，就有这个想法了。身上扎着针筒的时候，我好奇……咱们是不是应该做点……仪式。"最后这个词听上去怪怪的。说话时，她的额头又开始冒汗。她抬起袖子擦了擦。

"什么仪式？"内森放下勺子，双手交叠在下巴前。他教的课就是关于各种仪式的，这是他维生的行当。

"我也不知道。"她感觉自己脸红了，身体再次发烫。"就是标记一下这件事。我是说，假如……假如咱们要做点什么的话，可以怎么做呢，你觉得？咱们能够做点什么？"

"这样啊。"他笑道，"其实，什么都可以作为仪式，不必特别认真。咱们可以来点简单的。"他抓住她的手，"比如点个蜡烛或是……"见她没反应，"什么也不做。就这样等等看。"

"好。"她说，觉得有些尴尬，抽回了手，"好。就等等看吧。"

丽萨

"宝贝儿。"萨拉打开门后，立刻转身走回昏暗的走廊，"进来吧。我炉子上还有东西。"

丽萨随母亲穿过走廊来到厨房。

"我在炖汤，天晓得我怎么想起做这个。现在还烫得要命。想尝尝吗？"萨拉走到灶前，掀起锅盖搅了搅。母亲灰色的长发盘在头顶，用两把日本木梳固定住。她系着旧旧的工作围裙，棕色布面上沾满了颜料。

"当然。"丽萨说。她从不拒绝在这里吃饭——她母亲的厨艺好极了。

"等十分钟就好。"萨拉说着，盖回锅盖，"我再配点沙拉。"

丽萨抱起餐椅上的猫，在桌边坐下。若说这里有什么变化，那便是屋子比往常更狼藉了：桌上散放着信件，有的已经拆开，有的原封不动。还有母亲订阅的杂志，如《新政治家周刊》、旧版《卫报评论》。以及慈善机构的信函，如绿色和平组织、反虐待组织。有封看起来很官方的信函还没拆封，就被用来列清单了，上面写满了她的优雅字迹。

朱蒂？？
皮质醇？问 L 医生。
露比——药。

"露比怎么了？"丽萨抬起头。

"它肚子不太舒服。可怜的小东西这几天又拉又吐。那个兽医啊。预约看诊得排好几年。真的。"

"你的手怎么样了？"

"噢。你知道。"萨拉屈了屈手指，"还行。"

"这封看起来挺重要的。"丽萨拣起一封信，朝母亲挥了挥。

萨拉摆了个无所谓的手势，转向炉子。"不重要。从信封就能看出来。"

"真的吗？"

"要么是慈善机构在筹钱。要么是劝我办信用卡。"萨拉从围裙口袋里扯出一点烟叶，给自己卷了支烟，"来一支吗？"

"好啊。"

丽萨接过烟盒，一边卷烟，一边尝着烟纸的丝丝甜味。还是同一个牌子的烟草，配着不变的瑞兹拉牌甘草烟纸。从她记事起，母亲的指尖一直是烟熏成的橘色，呼吸也带着淡淡的烟草味。显然，母亲现在又开始创作了：围裙，乱糟糟的屋子，她隐约流露出的狂热能量，仿佛附近有一场集会，仿佛隔壁房间里正在进行非常有趣的对谈。但丽萨很清楚现在为时尚早，没到发问的时机。无论萨拉正在创作什么，它肯定是前所未有的作品。

"孜然。"母亲在橱柜里翻来翻去，瓶瓶罐罐乒乓作响，"需要加孜然。非加不可。该死。"

丽萨把信封丢回信堆，这一动作引发了一场小型滑坡，幸亏最后被一只果盘挡住了。如果母亲连自己欠的账都不管，当然也不会管她的。

"甜椒粉行吗？"萨拉转身，手里拿着香料。

"你决定就好，妈。"

"也只能放这个了。只是——孜然粒呢？家里从来就没少过。真奇怪。"

"要我帮什么忙吗？"

"我要拌沙拉。你愿意的话，可以帮着切菜。不过，先等等。给你这个。"母亲丢给她一只表面很油腻的厨师牌火柴盒。丽萨接住盒子，朝敞开的侧门走去，屋外是夏末的气息。

花园是这栋房子最美的部分。母亲精通园艺，室内的那种狼藉感换到屋外，就显得恰如其分，展现着母亲的感受力：每一种植物都被打理成了最接近野生的状态。丽萨划了根火柴，把烟点燃。"我拿到那个角色了。"她对着眼前的薰衣草和忍冬，轻声说。

"什么，亲爱的？"母亲从屋内喊道，"你刚刚说什么？"

"那个角色。"她吐出一道细细的烟，转向厨房，"我跟你说过的那个角色。"

"再说一遍。"母亲的脸正好隐在了阴影里。

"契诃夫。叶莲娜。"

"噢，太棒了。这个消息太棒了。"母亲过来拥抱她，丽萨闻到了母亲身上颜料和香料的气味，感受到她干燥发间的静电。

丽萨绽开笑容，得知这个消息以来便充满她的喜悦之情再度涌起，"多谢。确实很棒。这部戏的导演——是个女人，我觉得她很好。别人说她不好对付，但水平很高。"

"这个消息太棒了。我们必须庆祝一下！"

她还没来得及反对，母亲便一头扎进放酒的橱柜，"嗯。白葡萄酒，普伊富赛。应该可以。就是不冰。不然我这儿还有一点哥顿①——金酒加汤力水怎么样？等等，我不确定家里有没有冰块。倒是可以从冰箱顶敲一点。咱们先来杯酒如何？再看看吃点什么？"

"好啊。"

"那丢个柠檬给我。"

母亲哼着歌，倒出两大杯金酒，又掺了一点汤力水，"味道有点平淡，但只能这样了。给。"萨拉动作夸张地递了一杯给她，"去花园坐坐吧。沙拉过会儿再说。"

萨拉带头走上弯曲的石板路，穿过薰衣草丛，途经番茄、南瓜和香草，来到一处木头棚架前，棚架下方摆着一张褪色的小桌子和几把椅子。

"你的烟灭了，亲爱的。"母亲探身为她重新点上，"恭喜。我的老天。敬你一杯。"她举起杯子，"这杯敬契诃夫。所以叶莲娜——那是……"

"《万尼亚舅舅》里的角色。"

---

① 指哥顿金酒。

"《万尼亚舅舅》。真了不起。等等，提示我一下，是拿枪的那个人吗？"母亲从唇上拿掉一根残留的烟叶。

萨拉退休前教过英语。她是当地一所综合学校的英语兼美术老师：北伦敦的一所好学校，中产阶级父母都争着抢着想把孩子送进去。

"那是《海鸥》。"

"啊对。《海鸥》。那部戏里有个失意的年轻女演员。那……'万尼亚舅舅'是？"

"他是个失败的……呃，就是个失败的人。处处碰壁。典型的契诃夫风格，角色的人生都不太顺利。对吧？"

"叶莲娜的丈夫是……"

"一个一事无成的学者，谢列布里亚科夫。"

"没错。噢老天，对了——我记得很久之前，格兰达演过这个角色。"

格兰达·杰克逊①是母亲眼中演艺行业里真善美的标杆。

"不对——是另一位美人演的——格列塔什么的。"

"斯卡奇②？"

"就是她。演得棒极了。你也会演得很好。"萨拉探身握住她的手腕，"老天，干得好，亲爱的。你终于接到一个像样的角色。也是时候了。你该告诉劳丽，她肯定会高兴疯了。"

劳丽是母亲交往最久的朋友，也是同一所学校的戏剧老师。许多年前，是她利用空闲时间辅导丽萨考进了戏剧学校。

---

① 格兰达·杰克逊（Glenda Jackson，1936— ），英国演员、政客，两度获奥斯卡金像奖。
② 格列塔·斯卡奇（Greta Scacchi，1960— ），意大利裔澳大利亚演员。

"你告诉她吧。"丽萨说。

"我会的。"母亲靠回椅背,透过烟雾打量她。萨拉的凝视。什么也逃不过她的视线。她在这种凝视下煎熬过多少时光?儿时的她总是为母亲做模特,年复一年地坐在阁楼里那把破旧的椅子上,度过了无数个小时。直到有一天,她拒绝再做这件事。

"我必须说,"萨拉道,"不管这个角色本来是什么样,你能通过试镜都太了不起了。我是说,这些戏里的女演员从来不超过三十岁,对吧?除非角色已经五十岁,或者是女佣。他们对女佣的年龄要求没那么严格,对吧?"她挥了挥手里的烟,"也就是端茶倒水的戏份。"

"对。"丽萨答道,不过她也不知道是在回答以上哪一句。全都是,她觉得。没错,她年过三十还能通过实在惊人。没错,三十到五十岁的男演员到处都是,不仅在契诃夫的剧里,在任何剧里都有戏份。生活中大概也一样。女人或许就是这么回事。过了年纪就如同荒原了。

"老天。"母亲痛饮了一口,"太有趣了,是不是?我几亿年没在白天喝过酒了。这部戏的导演是谁?"

"是个波兰人。克拉拉。"

"我真不敢相信,你竟然完全没跟我提过。"

"我有段时间没演戏了。我觉得,坚持下去也不太值得了,不是吗?"她掐住了拇指上的一根倒刺。

"噢不,别这么说。不管发生什么事,你得让我知道。我可以戴上那对幸运耳坠。"

"好吧。整体看来,我觉得它们也没发挥过什么作用。"

"上回它们帮你拿到了那个电视广告。还有你生病的那回。"

母亲用烟指了指丽萨，以示责备。

阳光已转过墙角，洒在了旁边的草地上。丽萨把脸偏向阳光。猫咪叫了几声，蹭着母亲的小腿肚蜷了蜷身子。

"什么时候开始排练？"

"下周一。"

"这么快？要排练多长时间？"

"四周吧。"

"相当好了。酬劳也不错？"

"不是很多。但足够了。"

"好吧。"萨拉说着，将烟摁熄在最近的花盆里，"挺好的。"她拍了拍手，"行，饿了吧？"

"我来帮忙。"丽萨准备起身，但母亲摆手制止了她。

"你就坐着吧。晒晒太阳。正好照到房子这一头了。一天里这个时候最美了。"

于是她坐在那里，聆听厨房里传来叮叮当当的声音。萨拉哼着歌剧的几个唱段。头顶之上，飞机的尾迹衬着蓝天互相交织。天气很热。丽萨抬头打量这栋维多利亚式三层砖房。她能望见自己以前卧室的窗户。阁楼的天窗。这栋房子是母亲三十年前用从父亲那里协议分到的财产买下的。她从来没为打理房子花过钱，也没有这个钱。教师的工资只够负担美食、颜料和其他材料，以及偶尔出门度个假。假如母亲把这栋房子卖掉，就会变得富有。

"沙拉来了。"萨拉端着两只热气腾腾的碗来到桌前，又沿着石板路走回屋里，端来一只大木碗。碗里拌着微苦的红色菜叶和绿色菜叶，上面撒着核桃和山羊奶碎酪。另一只碗里盛着橄榄油，碗底是一小汪黑醋。味道不错，还有嚼劲十足的面包配咸味黄油。她们静静地吃了一会儿。耳边传来邻里的动静：孩子在泳池里嬉闹的声音，烤肉的嗞嗞声，人们的笑声。这是假期即将结束、平淡惬意的一天；阳光照在皮肤上，人们的身体散发着夏日的气息。

"其他方面怎么样？"母亲吃完后把碗推到一边，又卷了一支烟点上，"汉娜怎么样了？凯特呢？"

"凯特在肯特郡。我不太清楚。我们好一阵子没说过话了。"

"为什么？"

"你知道的，事情有时候就是这样。"

"什么样？"母亲的目光似鹰般锐利。

丽萨耸了下肩："就这样不联系了。"

"你必须牢牢留住这些朋友，丽萨。这些女人。最后的最后，只有她们会向你伸出援手。"

"我记住了。"

"一定要记住，"萨拉说着，隔着烟雾打量丽萨，"我一直很欣赏凯特。"

"我知道。"

"她有自己的原则。"

"是吗？"丽萨问，"我想她有吧。"

"汉娜呢？"萨拉问。

"汉娜还不错。我前几天晚上才见过她。"

"她还在……"

"她还在做试管婴儿，没错。"丽萨用一大块面包使劲蘸了蘸碗底的调料。

母亲发出啧啧声："可怜的汉娜。"

"是啊。"丽萨应道。

"这个可怜的女人。"萨拉又说了一遍。

"汉娜并不可怜。"

"只是种修辞。"

"我知道,"丽萨说,"但用在这里并不准确。她很成功。她和内森都很成功。他们过得相当不错。"

母亲放下勺子:"老天。你怎么突然这么暴躁,梅丽莎①。"

"不是我暴躁,只是……如果你想对某件事发表意见,用词准确一些会比较好。"

"我说'可怜的汉娜',是因为我知道她这么多年一直想要孩子。一直努力但一直没如愿。我想不到比这更糟的事了。"

"是吗?那一直努力但事业一直没起色的人呢?"

"你什么意思?"

"没什么意思。"

"不,说明白点。"母亲的眼神犀利起来,察觉到了某种异样,"什么意思?在说你自己吗?你是这么觉得的吗,亲爱的?"

"对。不,不对。算我没提。咱们忘了这事吧。求你了。本来好好的,别破坏了气氛。"

"那好吧。"萨拉弯腰把露比捞到腿上,用闲着的那只手轻轻抚摩它的脑袋。两人很安静,只有露比发出汽艇般咕噜咕噜的声音。丽萨吃掉了碗中的最后一口食物。

"你们这一代人,"母亲轻轻开口了,"老实说,令我困惑,真的。"

----

① "梅丽莎"是"丽萨"一名的全称。

"为什么这么说？"丽萨把碗推到一边。

"嗯。你们什么都有了。我们的劳动果实。我们积极抗争的成果。老天，我们奋力拼搏，为你们改变了世界。为我们的女儿们。而你们又做了什么呢？"

最后这个问句沉甸甸地悬在了夏日的空气中。萨拉闭上双眼，似乎正从内心深处唤起什么。

"以前我在格林汉姆^①，和几千个女人站在一起，手挽着手绕着那个空军基地的时候，你也在那儿，就在我身旁。你还记得吗？"

"我记得。"

那是一座灰扑扑的营地。围栏上绑满了儿童玩具。其他孩子都能背出那些歌曲的全部歌词。女人们冻得脸颊通红，挤在防水帐篷下面，一杯接一杯地喝茶。那是母亲的朋友们：劳丽、艾娜、卡洛和罗斯。没有男人。周围唯一的男人是在墙的另一边巡逻的士兵，他们用枪对准她们的胸膛。

她记得在一个可怕的蓝色黎明，警察突然来到她们面前，揪住母亲的头发将她拖出了帐篷。她仍然记得担心母亲会被击毙的那种恐惧。

丽萨记得自己大哭起来，闹着要回家。萨拉带她到附近的电话亭，给她父亲打了电话。父亲开了一辆黑色沃尔沃来接她。她记得父亲驱车离开时母亲脸上的表情。是失望。仿佛原本对她有更多的期待。

"我们是为你们而战。为了让你们能够成为出色的人而战。

---

① 指英国皇家格林汉姆空军基地。自 1981 年美国巡航导弹入驻该空军基地以来，这里便成了妇女和平抗议示威活动的中心。

我们为你们改变了世界，你们又做了什么呢？"

丽萨盯住墙上抢夺地盘的紫藤和常春藤。

"对不起。"她回答，胸口发紧，涌上一股熟悉的感觉，"如果我让你失望了的话。"

"老天。"萨拉叹气，在食物残渣里碾熄手里的烟头，"别这么该死的夸张好吗。我根本不是这个意思。"

她在福音橡站乘上电车。这是周六的下午，车厢里挤满了从西斯公园返程的一家家人。孩子们哭号不停，抱怨不休，脸蛋都红扑扑的，沾着残留的防晒霜、野餐时蹭上的冰淇凌和糕饼屑。他们的父母面露疲惫，脸颊因微醺而泛着红晕。几个岁数和她差不多的女人刚从女子池塘①站上车，发梢微湿。到了卡姆登路，她才找到空位坐下。车厢里热得可怕，因为今天的气温高过了头。她的身旁坐着一个满眼血丝的少年，头戴式耳机里传出刺耳的音乐。

在哈克尼中央站，所有人都下了车。丽萨穿过公园向家走去。这一带是年轻人的天下——他们的一天才刚刚开始，烤肉架准备就绪，五人、十人或二十人聚在一起，散发着香烟、炭火和大麻的味道，以及酒精、可乐和即将到来的夜晚的气息。她经过两个年轻女孩，她们把短裙拉到了腰部，一边咯咯笑着，一边扶着彼此在树后小便。

她的住处就在公园旁边，是一栋老房子的地下室。她还在与迪克兰交往时就搬到了这里，他替她付了押金和一段时间的房

---

① 指肯伍德女子池塘，男性禁止入内，自 1976 年起允许女性裸露上半身游泳和晒日光浴。

租。两人分手后，她全靠做人体模特、在客服中心打工、偶尔拍戏的不稳定收入，以及税收抵免勉力维持。她一路磕磕绊绊，总算活了下来。但也只是勉强。

幸好屋里还算凉快。她把包丢在狭小的客厅，走进厨房，从水龙头接了杯水仰头灌下。公园围墙的另一边，有人正在过生日——祝你生日，一群人醉醺醺地唱道，快乐-e-e-e-e-e-e-e-e!!!

她在卧室躺下，闭上眼睛。她觉得头有点痛——因酒精、母亲和阳光而痛。我们为你们改变了世界，你们又做了什么呢？

她知道萨拉是怎么想的。母亲觉得她浪费了大好时光，在女权主义代际接力赛中漏接了一棒。

当时她应该回答——我们已经尽力了。我们已经他妈的尽了最大的努力。

公园传来微弱却刺耳的音乐声，让她心烦不已。她起身，走到隔壁客厅，关上百叶窗，遮住低垂的阳光。

她从包里掏出一张 DVD——《秋日奏鸣曲》。萨拉家积满灰尘的电视室里刚好有伯格曼影集，这是其中的一张。影碟封面是两个女主演的大幅特写。她掂量了一下碟片，然后拿着它和电脑来到沙发前，将碟片放入光驱。

影片一开始很无聊，过于简单的静态拍摄和正对镜头的冗长独白，让她迟迟无法入戏，想关掉屏幕。但英格丽·褒曼突然惊艳亮相，点燃了整部电影。她就像在观看两位重量级拳击手之间的比赛，两人势均力敌，残酷地进行一轮又一轮的猛击：影片中的母女针锋相对，反复梳理她们关系的核心问题。半小时后，丽萨意识到自己屏住了呼吸。影片快结束时，她双臂紧紧抱住膝盖，整个人缩成小小的一团。

电影结束后，她起身在客厅转圈，感觉血液缓缓流回四肢。她卷了支烟，打开窗户，坐在窗台上抽了起来。外面的天色已暗，她只穿着背心，夜晚的空气刺激着她的皮肤。公园的方向飘来汽油混杂着油炸食物的味道，还有烤肉的炭火味。

她想到内森，想着他在图书馆里的模样。我看过之后差点需要看心理医生。大部分男人说不出这样的话。但话说回来，内森从来就不是大部分男人。

她能认识他，归根结底还是因为萨拉。两人第一次见面时，她刚满十二岁，刚刚拒绝再为母亲担任模特。但每个周六都是萨拉作画的日子，她便找了其他模特，放丽萨自由。

看了几周没意思的周六早间电视节目后，丽萨开始出门，走到山下的卡姆登路，没有告诉母亲她要去哪儿。运河边有三五成群的孩子在一起玩耍，看上去比她大不了多少。她在报摊上买了罐可乐，坐在桥上观察他们。内森是这些孩子中的一个。他不属于特定的小团体，只是一个周六下午来运河边闲逛和抽烟的北伦敦少年。

有一回，在一个寒冷的下午，他走向了她。你还好吗？你好像很冷。她承认是有点冷，他便把自己的针织套头衫借给了她。衣服宽大而温暖，他也像其他孩子那样在袖口给拇指掏了个洞。他们共享了一罐苹果酒。他给了她人生第一支烟。

接下来的几年，两人常在周五晚上到卡姆登宫剧院见面。他们拥抱彼此，身心都向对方敞开的那种拥抱。那种时候，你可以真心地告诉对方"我爱你"，是一身运动服的孩子兴奋的柏拉图式爱恋。接着他离开这里去上大学了，她一直没有他的号码，也再未见过他。直到那晚，她在萨拉画展的开幕式上偶遇刚毕业不久的他。她将他介绍给了汉娜。那时她已经和迪克兰在一起了。

他现在一定快四十岁了。

她拿出手机，敲了条短信。

伯格曼太厉害了。我应该谢谢你。

她在末尾放了个吻。删掉。再加上。删掉整条短信。另写一条。

你怎么知道的？

删掉。放下手机。

你怎么知道的？你早就知道吗？知道我看过电影后会是这种感受？我能给你打电话吗？有话想对你说。

她重新拿起手机，写道：

多谢推荐伯格曼的这部电影。超爱它。丽丝。爱你。

灵魂伴侣
2008—2009

汉娜婚礼的当晚，凯特和同桌唯一的单身男士发生了关系。他是内森的一个表兄，伦敦金融城的银行家，三十八岁。两人在婚宴上被卡瓦酒灌醉，随后在公园酒吧的卫生间里速战速决。那之后，他们经常见面。他有时会在半夜十一点打电话给她，让她来自己家。他独自占有一整栋房子，位于伦敦广场的尽头，面朝皇后桥路。他已经在达尔斯顿抛售了一处房产。他在厨房安着巨大的炉灶，但似乎从不做饭，因为垃圾桶里总是塞满了各种外卖盒子。

他们大多数时候都在他家做爱，不过如果他有事出差，他们便约在曼彻斯特、伯明翰或纽卡斯尔的某家酒店里某个毫无特色的奢华房间见面。他们会一起看色情片。以前从未接触过色情片的凯特发现，自己竟然对此很感兴趣。有一回，他们对着他的电脑做爱，屏幕上的两人也在位于美国南部某州的房间里对着自己的电脑做爱。这确实让她情欲高涨。

这种相处模式持续了好几个月。他们从不约在白天见面。他也从未约她参观画展，或是外出共进晚餐。他是她的秘密。想到他时，她会觉得羞耻。有时他会一连几周毫无音信，她便知道这段时间他在和别人做爱。有时她会因为他是这样的人而心生怨怼。但他不是坏人，也并不卑鄙。他有很多优点。他只是不想让她当他的女友，而且说实话，她也不想让他当她的男友。

直到一天，他不再打来电话。她试着主动联系过几次，然后等他发来示好的消息，继续这段亲密关系。然而，他却发来一条简短而礼貌的信息，告诉她他认识了别人，正准备订婚。

这年她三十三岁。她明白这个男人占据了她生活中的某个位置，而这个位置本该属于一个真正的伴侣。和露西分开以后，她一直未曾有过真正的伴侣。那几乎是十年前的事了，发生在俄勒冈州的一处森林里。不过后来的这些年，她时常怀疑就连露西也从未真正属于过她。

她被绝望攫住了。她决定在《卫报》的"灵魂伴侣"网站上试试。这是唯一明智的选择。她选了一张在希腊参加汉娜的单身派对时拍的照片。当时她坐在墙上，离镜头稍远，看上去没那么胖。下拉列表的选项让她微微一顿：

女寻男。

男寻女。

女寻女。

男寻男。

简单起见，她选了第一个。然后取了个"爱书小妞"的昵称，自称热爱书籍、政治、现代作家和伦敦东区历史。

她和一个玩乐队的男人约了会。他是苏格兰人，骨瘦如柴，个头矮小，爱穿黑色牛仔裤。臀部干瘪。他说话时，眼睛一直瞄向她的身后。一杯啤酒下肚，他收到一条短信便起身。我得走了，他说，然后探过身来亲吻她的脸颊。

有一次她去了考文特花园，在挤满游客的广场上，一家大型露天酒吧里。约会对象是个穿西装的男人，看上去不太可靠且郁郁不乐。他告诉她，自己刚刚结束一段婚姻，他的妻子想要孩子的抚养权。和他相处时，她简直无法呼吸。她以去卫生间为借口，迅速离开酒吧，去了地铁站。

她没有放弃，而是赴更多的约，见更多的男人。她明白这对自己没有好处——会让她受伤——但这就像赌博，像上了瘾，不得不继续下去。

绝望之中，一天下午，她下楼来到丽萨的门前。

她紧张地敲了敲门。她想说，要不是走投无路了，我是不会来找你的。我知道你不想见我。我知道你还在生我的气。

但丽萨开门见到她时，表情还算开心。

她给丽萨看了自己的个人档案。老天，丽萨说，对你自己好点行不行。在丽萨的帮助下，她重新选了张照片——一张开怀大笑的近照。

还要有胸，丽萨说。

当真？

绝对得露一点。

两人重新精心编写了一版没那么严肃的简介。你得让人觉得即使没有伴侣，自己一个人也挺好，丽萨说，要说什么最能吓跑男人，那就是你需要他们。

她很想知道丽萨是什么时候、从哪里学到这些规则的。

这回她成功了些。很多男人似乎都想和她约会。她约了其中一人见面——一个样貌英俊却不张扬的男人，姜黄色头发，戴着眼镜。她一见到他，就心跳加速。他们喝过一杯后去了餐厅。两人讨论了菲利普·罗斯[①]的作品。他一边打零工，一边做自由书评人。他时不时摘下眼镜认真擦拭一番，让她觉得很可爱。他个子不高，可她并不在意。他们吃完晚饭，对半付了账单，然后轻吻了对方的嘴唇——舌尖只接触了一丁点——都说这次约会的感觉很棒，接着分道扬镳。此后，她再也没收到过他的消息。她不停地查看电脑。给他发了一条信息。又一条。她开始觉得自己快疯了。不久后，她发现他仍然活跃在网站上。他更新了档案，换了头像，说自己希望遇见一个爱书的女孩。

　　在这种情绪的包围下，一切都那么黑暗。在这种情绪的包围下，所有男人都是有缺陷的怪物。她也一样。人人都告诉她，现在人人都在网上交友，想从旁观者的角度鼓励她。但在这种情绪的包围下，她知道网上交友的都是些被剩下的人。没人要的人。比方说，她就无法想象丽萨有朝一日会在网上找男人。

　　她给丽萨看这些男人的照片。这些没人要的人。这些被剩下的人。听着，丽萨说，你的方向就没找对。他们都太瘦弱了。头脑太发达。你需要的是一个体格强壮、脑子没那么复杂的男人。他怎么样？她指着一个蓄着胡须、顶着眼袋的男人问。这人看上去不错。或者他呢？她往前一倾，点了点另一个男人的档案，他文了身，戴着棒球帽。就是他了，她说，去和他试试。

　　他们约在百老汇市集的鸽子酒吧见面。两人喝着啤酒，聊了

---

① 菲利普·罗斯（Philip Roth，1933—2018），美国小说家，曾多次获得诺贝尔文学奖提名。

聊音乐和食物。他是个厨师，对政治和书籍一无所知，也没考过大学。他上的是餐饮学校，在巴黎和马赛住过，能说一口流利的法语。她觉得自己已经等了一辈子，才遇到个没考过大学却能说一口流利的马赛俚语的男人。他并不爱调情。他摘下帽子时，她看出他已经开始谢顶。面对她打量的目光，他下意识地有些躲闪。不过，在约会进行了两小时，几杯酒下肚后，她不再观察他的一举一动，因为此时她已经得出结论，就算他头发都掉光了她也毫不在意。他告诉她，以后想开家餐馆。不搞花哨的噱头，只是简单做些当地菜。然后让她谈谈自己的事。她讲起自己在一家小公司工作，主要负责帮社区项目联系银行出资。办公室就在金丝雀码头旁边。午休时会和西装革履的上班族一起在餐馆里排队。她尽量把自己的工作描述得有趣些。她给他讲了一场当地小孩对德资银行的五人制足球赛。孩子们如何轻松取胜，她当时多么高兴。正如她的预料，他很喜欢这个故事。还有今早，她带孟加拉女性团体到美国银行开会时，她们如何像美丽的鸟儿一样在纱丽下紧张得轻轻颤抖。

挺好的，他说，这工作很不错。那些银行家啊。你就得让那些混蛋多出点血。

是啊，她笑了，我得为这话干一杯。

他起身去买酒时，她看出他正努力吸气收着肚子。喝完第三杯，他就不再费劲假装了。他们在大街上拥吻，手指插进了对方的头发。

他们回了他家。一个大单间公寓，位于一栋破旧的大楼上，可以俯瞰运河。房间里有一张日式床垫，还有一整面墙的唱片。他给她放了复古雷鬼乐，又开了瓶酒。床很乱，他连忙在上面盖了条毯子。

我没想过会带人回来，他解释。她相信他的话，对他的喜欢甚至又多了一点。两人此时饥肠辘辘，他说他去做饭。她惊奇地看着他极为迅速地切了蔬菜。他肯定醉了，手里的刀却一点没打滑。他的文身。他粗壮的前臂。丽萨说得没错。她需要的是一个体格强壮的男人。

他用刺山柑、辣椒和新鲜番茄做了意面。美味得不可思议。吃完了后，他们在凌乱的床上做了爱。他做爱的样子竟令她十分着迷。

早晨，太阳升过冷却塔塔顶，升在运河之上。她数了数他身上的文身，他则逐个告诉她背后的故事。

这是什么？他问，握住她的手腕，指尖描摹着她文的蜘蛛。

这个？她说着，将手抽回。九十年代随便文的。

三个月后，她怀孕了。九个月后，他们结婚。十七个月后，她住在了坎特伯雷。

这似乎是生活替她做的选择。生活拎起她，给她转了个身，然后把她放在了一个离家很远、很远的地方。

2010

凯特

"来吧。"她兴高采烈地冲着高脚椅上的汤姆说,他正神情严肃地吃着手里的香蕉。"咱们今天要出门。去见汉娜!"

萨姆从手机屏幕上抬起头。"今天是周六。"他说。

"我知道。"

"今天我休假。"

"我知道。"她说,"但我想去见汉娜,她平时都要上班。我以为你会挺高兴。你可以再去睡会儿。"

"我是说……"他把棒球帽往后推了推,"我本来打算去我妈家,但如果你非要出去也行。你们在哪儿见面?"

"在汉普斯特。西斯公园。"

"伦敦?"他难以置信地盯住她,"为什么要去那里?"

"因为我很想她。我也想念伦敦的生活。而且汤姆这么大了,她也想见他，还有……”

"真的吗？"

"什么？"

"呃，我是说，你说的这些……我只是觉得——她不会。"

"你什么意思？"

"嗯——如果你是汉娜，你会想汤姆吗？"

她低头看向双手，吸了口气："汤姆是她的教子。换作是我，我当然也会想。而且人家说，多和宝宝待在一起对想怀孩子的女人有好处。"

汤姆咯咯地笑起来，她抬头一看。他正咧嘴对着他俩笑，拍着小手，这是他最近学到的小把戏。

她开始翻找以前买的特百惠小塑料盒，那时她还想亲手给他做糊状、泥状的各类混合辅食。她在碗橱深处找到了，拿出两个装上苹果片和米糕，给汤姆的鸭嘴杯灌满水，在换洗包里塞好尿布、婴儿吊兜和换洗衣服，给他胡乱套上外套，抓起自己的钱夹，然后向门口走去。萨姆起身帮他们开门，一脸疑虑地盯向外面的世界。"我该怎么跟我妈说呢？"他挠了挠胡子。

"就跟她说我得去看看汉娜。告诉她我们下周再见。下周二。塔姆辛安排的。还记得吗？"

"噢。对。没问题。"他探身和汤姆击了下掌，轻吻了她的脸颊，"你们当心点。你确定自己一个人可以吗？"

"不会有事的！"她轻快的语气把自己吓了一跳。

她步子沉重地上了路，经过只种了一棵树的杂乱草坪，路过超市，进入地下通道，再从残破的城墙处出来。一直照着这个速度前行，她也许能在累倒之前抵达目的地。阳光像打火石擦出的火花般灼亮，天却有点冷。现在正值换季，空气里有一股让人振奋的变化的气息，她已经很多年没有过这种感受了。是因为大海——一定是因为这里靠近大海。她只穿了件薄外套出门。她考虑要不要回趟家，不过这样做就有计划失败的风险。倘若真的回去，她就会把汤姆抱出婴儿车，宣告放弃。而他现在很开心，正蹬着小腿，左右瞅着，向小狗和路人练习挥手。

他在火车上也很乖，站在她的大腿上蹦跶，伸出小腿比画着。窗外，英格兰平坦的河滩在不断倒退。她的手机响了。是汉娜。

上午还能见面吧?
能!

她在后面加了个笑脸，过去她绝不会使用的表情。不过此刻，为了方便，也是因为重新感受到明亮的心情，加上它似乎很合适。

可当火车缓缓抵达伦敦时，汤姆已经又累又烦躁，闹着要在车窗边继续睡觉。她把他抱上站台、放进婴儿车时，他表示抗议，扭动身体，腿踢来踢去，不肯系搭扣。她只好弯下腰，在包里翻找特百惠盒。可这包很大，装的东西又多，还分了许多口袋，半天不肯把盒子交出来。她终于找到了盒子，拿出一块米糕朝汤姆晃了晃："看这儿! 给你，亲爱的。"

他已经开始哭，满脸泪水。他一点也不想要米糕。可能是想喝奶。她在婴儿车前蹲下："稍等啊——拜托。马上就能睡觉了。"

她推着婴儿车沿站台走了一会儿，汤姆还在大声哭闹。她只能停下，拿出两个吊兜中较薄的那个。他更小一点的时候，萨姆常把他放在这个吊兜里，唱歌给他听。萨姆。要是他此刻能出现在她身边，让她忍受他多少指责和借题发挥都可以。可他不在。这里没有骑士，没有天降救星。她是这里唯一的成年人。

"等一下哦。"她说，声音愈发紧张，因为路人匆匆朝她投来了担忧的目光。"再等一下，亲爱的。"她调整好吊兜的位置，紧紧缠好交叠的布带，再把汤姆放到里面。整个过程像在和章鱼摔跤。他在她胸前扭个不停，但哭声终于逐渐平息，两人都歇了一口气。

"好了吗？"她说，隔着吊兜轻抚他的后背，"好了。行吗？"

他渐渐进入梦乡。就是现在。她可以沿着站台来回走一会儿，等他睡熟，也可以冒着把他吵醒的风险，直接出发去坐地铁。她看了眼手表，决定执行后者。

地铁里很吵，比她记忆中的任何时候都吵。但幸运的是，汤姆仍然睡着，脑袋抵在她的胸前。人们面带微笑看着他俩，她也朝人们报以微笑，可心脏怦怦直跳。如果发生意外怎么办，袭击事件之类的？把这个熟睡的小人儿带来这节车厢似乎是个错误，因为死神可以伪装成各种模样，随时降临在这节金属车厢——车厢正在掩埋于地下的死人骨堆里穿行，经过这座城市的饥饿鬼魂，经过河流的下方——河流——河流本身就十分凶险，难道不是吗？她之前怎么没考虑到这些？

她就不应该走出家门。

汤姆仍在熟睡，她的心口却堵满了忧惧，只能僵硬地托着他的后背。拜托。千万别醒。现在还不行。还不到时候。等我们到了才行。

他真的没醒，在行进的列车温柔的摇晃下，他对外界事物全然不知。她从卡姆登路出站，费力地把婴儿车推进电梯，来到地面，再乘电车来到福音橡站时，他仍在熟睡，直到抵达西斯公园附近，他才抬起困倦的小脑袋张望周围。

"嗨！你好呀，亲爱的！"她兴高采烈地招呼他，因为如释重负而几欲落泪，"看哪！看那些大树。那些叶子！看见了吗？看见了吗？"

这是一个晴美的早晨。远处的高门山被红色、金色和棕色的叶子点亮了一大片。路上有人跑步，遛狗；衣着讲究的夫妇穿着情侣外套，一边讲着法语、意大利语或阿拉伯语，一边用手比画着什么。这就是广大世界里人们的生活，此刻她也身在其中。"这里是不是很棒？"她说着，将他从吊兜里抱出来，放进婴儿车扣好，然后朝着国会山脚下的咖啡馆走去。那家物美价廉的老意大利咖啡馆，他们的最爱，现在依旧售卖冰淇凌、三明治和炒蛋吐司。她先看到了汉娜，汉娜还没看到她，正独自坐在一张室外的咖啡桌旁。

"嘿！嘿，汉娜！"

她大喊，此时已汗流浃背，声音中却仍带着那股可怕的轻快。汉娜抬起头。

汉娜起身，给了她一个拥抱——颈间散发出昂贵而低调的香气——然后弯腰朝汤姆打招呼："嘿，小家伙。"

汉娜穿着剪裁极为合身的羊毛大衣，头发似乎刚由手艺精良的发型师精心打理过。

"你看上去真美。"凯特说，平复了下自己的呼吸。

"多谢。"

凯特在她脸上搜寻着压力的迹象，但一无所获；她自己的视线倒是越垂越低，仿佛汉娜周身裹着一层无法穿透的顺滑物质，就像没有抓握处和立足点的岩面，而她自己却浑身是洞。不仅如此。似乎谁都看得见她身上大张的洞，能一眼望穿她的困窘，还对着她戳戳点点，对她体内的一团乱麻评头论足。她汗流不止，抱起汤姆时，发现他也浑身是汗。

"噢，"汉娜盯着汤姆说，"他身上湿了。"

"只是出了点汗。"

汉娜点点头："但他胸口全浸透了。今天挺冷的，对吧？"

汉娜说得没错。汤姆的口水流得到处都是。他正在长牙，她应该给他系围嘴的。她怎么不拿围嘴就出门了呢？他的胸口到处都是汗水和口水，他还这么小，又在长牙，而且汉娜说得对，天气也不暖和——她闭门不出的这段时间，季节已经变了。"来，你先抱一下。"她把他塞给汉娜，汉娜接过孩子，放在自己的膝上。

"嘿，先生。"汤姆扭过身来，疑惑地盯着汉娜，凯特看见了她脸上一闪而过的惊恐。

"他没事。就是刚睡醒——"

"别担心。"汉娜抬了抬手，"我们很好。"

凯特弯腰在婴儿车里翻找换洗衣服。又是这只包。这该死的包让她恐慌。"找到了！"她拿出一件干净的套头衫。她朝汉娜举起手里的衣服，汉娜点头笑了笑。找到这件衣服的成就感很难向人传达，所以凯特什么都没说。她给扭来扭去的汤姆费力地套上衣服，又塞给他一块米糕。他开心地接过，然后脑袋上被扣了顶帽子。

呼吸。呼吸。呼吸。

"我去买杯咖啡，你们单独待会儿没事吧？"

"当然。我俩很合得来，是不是，汤姆？"

汤姆蹬着小脚，咧嘴笑着。

"你还想要点什么吗？"

"不用了。真的，这些就够了。"

凯特起身走进咖啡馆，在柜台前排起队来。她不时朝汉娜和汤姆的方向张望，瞧见汉娜正伸手指着什么，刚好在她的视线之外。她目光扫过那些花草茶，并不想喝，随即点了一杯卡布奇诺和一块点心，往咖啡里丢了两块糖，然后端着它们走回晨光之中。

呼吸。

"跟我说说你最近怎么样吧。"凯特放下咖啡，落了座。

"其实没什么可说的。我停了经，不停出汗，暴躁易怒。感觉糟透了，好在不会持续太长时间。"

"可你气色非常好！"凯特叫道，摸了摸汉娜的袖子。一个奇怪的、条件反射式的举动——她也想要这么一件剪裁合体的衣服。汉娜双手交叠放在一起。

"你呢？"

"我也还好。"凯特说。

我觉得自己可能快疯了。

两人沉默了一下。凯特低头吹了吹咖啡，汤姆则在汉娜的腿上哼唧着什么。她注视着自己可爱的孩子被交往最久的朋友抱在怀里，眼里突然涌起愚蠢的泪水。她低头，想在汉娜注意到之前抹掉眼泪。但汉娜已经看见了，当然看见了。

"嘿，你哭了。"

凯特点了点头。眼泪不停地流淌。"我没事。我保证。不过是——"

还有鼻涕；这里没有应付鼻涕的东西，只有咖啡杯旁一张又小又薄的餐巾纸，垫在塑料包装的饼干下。她擤了擤鼻子，纸巾便整个湿透。

"这儿有。"汉娜从包里掏出一包纸巾，凯特抽了一张，又擦了擦鼻子。"你看起来很累。"

"确实很累。汤姆夜里经常要喝好几次奶。"

"真是不容易。"汉娜点头表示理解，俯身对汤姆耳语，"嘿。听着，小家伙。让你妈妈喘口气。她需要好好睡觉。"

"你得当心。"凯特说，"有了宝宝之后，随时随地都能睡着。从他们出生的第一天起，这就是常态。"

汉娜笑了笑："好吧，到时候再说。那萨姆怎么样？"

"他挺好。也许挺好。我也不太确定。他家想每周帮我带一天汤姆。就是萨姆的姐姐塔姆辛，还有萨姆的妈妈。"

"那不是很好吗！"汉娜说，"免费日托。你搬去那边部分就是因为这个吧？"

"应该是吧。"凯特看着汤姆，他正朝旁边的小狗热情地挥手，"可要是他以后变成他们那个样子，该怎么办呢？"

"这是什么意思？"

她摇摇头："抱歉。我不是那个意思。我只是——"

"只是什么？"

"有时我觉得自己很失败。"

"什么很失败？"

"所有的事。"她举起手里揉成一团的纸巾，"我今天出门甚至没带纸巾。我妈以前总是随身备着纸巾。这就是妈妈应该做的事。还有，我很害怕。"

"害怕什么？"

"害怕一切。未来。气候变化。战争。我一直在想，等他到了我们这个年纪，世界会变成什么样子。"她一只手圈住另一只手的手腕，拇指碰到那只蜘蛛，刚好把它藏起来。"我也一直在想露西。想她现在会在哪儿。"

"露西？真的吗？"汉娜表情沉了下来，"不管她在哪儿，我相信她一定过得很好。别这样，凯特，你已经有汤姆，有萨姆。有了自己的生活。"

"可万一，这根本不是我的生活呢？"

"你究竟想说什么？"

"我就是觉得——"

"什么？你觉得什么？"

无时无刻不觉得该死的孤独孤独孤独。

"我有时觉得……"

"什么？"

"也许不太负责任。要孩子这件事。"

说完这话，她瞬间察觉到汉娜的疏离——汉娜双臂交叠，转过头去。察觉到这个上午怀揣的一切期待正一点一滴从她身上、她们两人身上流走。

"凯特，"汉娜开口了，声音紧绷，"听我说。就让他们帮你带孩子吧。每周留出一天给自己。睡个好觉。而且我觉得你应该找人看看。找个医生。"

"医生？"

"如果你感觉抑郁，"汉娜缓缓说，"有很多方法可以缓解。你以前也这样过。去看医生，吃点药。好起来吧，拜托。"她抱起汤姆，放回凯特的腿上。"真的，凯特，趁早解决。就算不为你自己，也为了汤姆。他有点冷了，"她说，"汤姆冷了。咱们进去吧。"

丽萨

排练的第一天正值凉爽的初秋，丽萨起得很早。她在淋浴间哼歌，开了开嗓，绕着口腔活动了几圈舌头。她慎重挑选了今天的装扮：领口微敞的宽松棉布衬衣，牛仔裤，红色珠子项链。几乎没化妆，只轻轻刷了层睫毛膏。别起头发，套了件男式外套，最后在脖子上绕了条薄围巾。她很紧张，但还控制得住。她步行穿过公园时，眼前的事物仿佛都散发着活力。看着行色匆匆的路人和自行车，与早晨的人潮齐头并进的感觉让她愉快。空气清新，悬铃木的叶子映射着晨光。

她一边走路，一边低声自言自语，练习已经背了一半的台词。这部戏用的是迈克尔·弗莱恩①的版本，她已经越来越熟悉，将其节奏熟记于心，想象自己就是这个角色：叶莲娜，一位老人的年轻妻子，被埋葬在婚姻以及对生活的渴望之中。

---

① 迈克尔·弗莱恩（Michael Frayn，1933— ），英国当代著名剧作家、小说家。

叶莲娜：拥有才能，你知道这是什么意思吗？这就是
说，他自由不羁，勇敢无畏，心胸开阔，目光长远……他种
下一棵幼苗，就已经想到它一千年后的样子，就已经瞥见这
千年间的图景。这种人珍贵难得。要爱就得爱这种人……

　　她很想知道是谁扮演阿斯特罗夫，让她的叶莲娜坠入爱河的
那个医生。想知道过去三周里她一遍又一遍独自读过的这些角色
将由谁来扮演。

　　她提前十五分钟抵达剧本封面上写的地址。这是一间地下排
练厅，位于达尔斯顿区的一条小路，挤在两家土耳其餐馆中间，
它们都还没开门。导演克拉拉已经到了，正在房间角落里和一个
人说话，由于他们正埋头端详舞台缩略模型，这人只可能是舞台
设计师。克拉拉比她记忆中矮一些，也更臃肿一些，满头灰发像
蒲公英一样毛躁。房间里有十多把围成一圈的椅子，是为演员准
备的，后面一排则是给技术人员的。旁边桌上有只水壶，在明亮
的光线中冒着热气。一个长相明丽的年轻女人走上前来和她握了
手，自我介绍是舞台总监助理波比。"见到你很开心！那边有咖
啡和点心，自己动手别客气。"
　　丽萨把包放到椅子旁，随意地走到桌前。
　　"还是接受他们的好意为妙。"
　　她闻声转过去，看见一个和她身高相仿的男人站在旁边。
　　"天知道什么时候才能再见到这些了。"他嗓音低沉，有点北
方口音。是利物浦吗？大约五十岁，胡子刮得很干净，棕发间夹
杂着灰发，长度略盖过耳朵。他有一双极为迷人的蓝眼睛。她在

别的地方见过他。她一定见过他演戏，但不记得是什么时候了。她正要开口说点什么，他已经拿了个牛角面包，转身走向座位。

"丽萨？"

这回转头看见的是个年轻男人，脸型瘦长，眼距较宽，嘴唇厚厚的。她握住了他伸出的手。她认识这人吗？

"丽萨·戴恩，对吧？"

"是我。不好意思，我——"

年轻男人大笑："我只是认得你的长相。之前见过照片。"

"是吗？"

"你和迪克兰·兰德尔曾经是一对吧？"

"噢。没错。"

"我特别喜欢他的作品。"

她点头："嗯，他很有才华。"

"他最新的电影——关于监狱的那部。法国导演拍的？棒极了。"

"我还没看。"她说。

"你在开玩笑吧。"他摇摇头，"假如我能拥有某人的事业，我绝对会选迪克兰的。"

她点点头，视线飘到了那个年纪稍长的演员坐的地方。她忍不住去想他的脸。究竟在什么地方见过他？

"你们现在没在一起了？"

"对，"她说，"我们分手很多年了。是他甩的我。换了个化妆师女朋友。"

"老天，"他说，摇了摇头，"真残忍。"

"对啊。他是个自负的怪物。所以，"她端起咖啡，"分手也不全是坏处。"

房间里越来越拥挤，咖啡桌旁的聊天声愈发喧闹，演员们也涌入房间。舞台总监助理拍了拍手，让大家聚过去。丽萨和这个名叫迈克尔的年轻人走向那圈椅子，她在那个年纪稍长的演员身旁坐了下来，他朝她轻轻点头。

所有椅子都满了。克拉拉走到她的位置上，但并未坐下。她的目光扫过椅子圈，在座的演员逐一安静下来。直到整个房间都安静了，她才把手放在心口上。"你们来了，"她开口，"人都到齐了。而你是谁呢？跟大家说说。强尼，"她朝丽萨旁边的男人点头示意，"你先来。"

"强尼，万尼亚。"

一个穿着黑色牛仔裤和 Polo 衫，略显紧张的年轻女人接着开口，"海伦，索尼亚。"

他们一个接一个地报上名字和饰演的角色——理查德，谢列布里亚科夫；格雷格，阿斯特罗夫——就这样，戏里的人物一一露面：这个上了年纪的优雅女人扮演玛丽亚，叶莲娜的婆婆；那个七十来岁的女人扮演奶妈玛丽娜。丽萨注视着克拉拉，克拉拉则注视着演员们。每个人都谨慎而兴奋地彼此打量，直到圆圈轮满，到了丽萨。"丽萨，"她开口，"叶莲娜。"

"好了，"克拉拉说，"我们开始朗读这部杰作吧。"

强尼弯腰去够脚边的黑色皮包，掏出自己的剧本时，丽萨突然想起是在哪里见过他了——呼叫中心。现在她记起他在那里的样子了，坐在脏乱的休息室里，脸上仍是这副略显倨傲的神情。他的气质有些威严，也有些悲剧色彩。一身黑衣，带着如今在他脚边的黑色皮质公文包。

汉娜

　　医院让他们早点来报到，于是第一缕晨曦出现在城市上空时，两人已经并肩坐在了固定于地面的硬塑料椅上，一言不发。

　　内森在用手机看工作邮件，汉娜则数了一遍在座有多少对夫妇。一共七对。她知道统计数据：自己这个年龄段的女人有百分之二十四的怀孕概率，岁数再大一些是百分之十五，三十五岁以下略高一些。她看着那些女人的脸，猜测她们的年龄，仔细算着。坐在这里的能有几对如愿以偿？一对？两对？

　　一个个女人被叫到名字后起身，拿着小包，和丈夫暂时告别。轮到汉娜时，内森先站了起来，与她互相抵了抵额头。

　　她们被领着穿过一扇旋转门，进入休息室。房间里有台电视，播放着低俗吵闹的早间节目，让她头痛。她既不想看也不想听，只好拿出一本书，试着读起来，心想要是带了耳机该多好。墙上的名单里，她的名字在靠后的位置。

　　她们按要求换上了医院的病号服，款式很奇怪，背后开了一道口。为了不露出内裤，她们都选择坐着。

　　整个上午就这样过去。其间可以喝点稀释的果汁。女人一个接一个离开，汉娜注视着她们的背影——每个人身上都装着珍贵的东西，同时满心期待。她试着解读她们的表情和姿态，仿佛她们的命运就写在那里，显示着谁会怀上渴盼已久的孩子。仿佛要是她们有谁赢了，她自己就会输。仿佛怀孕是一场零和游戏。

　　她想起凯特。我有时觉得也许不太负责任。要孩子这件事。

　　她话语间的不在意。轻而易举得到了如此奢侈的礼物。

实际上，她的话当时让汉娜怒火中烧，但她选择保持沉默，收起这份愤怒，因为她没有多余的精力去感受它了。

她旁边的女人很紧张，每隔一会儿就要起身去卫生间。这让汉娜也紧张起来。

"你是第一次来吗？"她回来时，汉娜问。

女人点头："你呢？"

"第三次。"

"是吗？"女人闻言不太高兴，令汉娜后悔自己开口说了话。

"我不喜欢麻醉剂，"女人说，"不喜欢被一针扎晕过去。"她的脸在医院的灯光下显得灰扑扑的。

轮到汉娜时，她也更紧张了。她的体内会有多少枚卵子呢？卵子越多，怀孕的概率也越大。上回扫描时，屏幕上看似有十一枚，但有时只是空的卵泡。

"汉娜·格雷？跟我来。"

她放轻步子随护士走进麻醉室，一间很小的屋子，像个橱柜。她爬上麻醉台。

"准备好了吗？"麻醉师飞快地瞥了她一眼。

她的手被人握住，麻醉师让她开始倒数，汉娜照做，然后……

"十三。"恢复室里，她对内森说。"我有十三枚。"她仍有些晕眩，但兴高采烈。

"天哪。"他探身吻她，"你也太棒了吧！"

"你呢，怎么样？"

"还好。"他笑了笑，"不过挺逗的，抽屉里的杂志还是上回那些。"

"你在开玩笑。"

"绝对没有！"

"你觉得他们会给杂志消毒吗？有没有人专门负责这事？"

"我也不知道。"

两人大笑起来。她放松地坐在擦得干干净净的恢复椅上，就连医院的茶也让她兴奋。其他女人坐在她的对面。有的表情开心，有的则不然。她就知道。她知道这次会轮到他们。

此时才到午后。他们穿过后街，步行回家，公园的树叶在金色阳光中打着旋儿落下。工作日下午的公寓弥漫着恬静而隐秘的气息，而他们仿佛是一起逃学回家的孩子。他们打开窗户，让日光照进屋子，然后几周以来第一次躺在床上做爱。

她醒得很早。她之前在做梦，但不确定梦到的是什么。

内森还在身旁熟睡。她轻轻起身，从床上抽了条毯子，到厨房沏了杯甘菊茶，接着拿出电脑，思索要不要看部电影转移下注意力。可她没有想看的片子，于是点开了几个网页，都是各种试管婴儿网站的留言板——上千名女性在提出自己的疑问，还有上千名女性为她们解答——充满焦虑与抚慰，又带着些姐妹互助的色彩。她不敢去看这些留言板，但它们像海妖的歌声一般召唤着她，一遍又一遍。

过了一会儿，她推开电脑，拿起毯子走到窗前，视线越过公园，投向城市的远方。她心想着那些小得看不见的胚胎。有多少已经成功受精？又有多少正跳动着极其微弱、预示着新生命的脉搏？她想待在它们身边。想走回医院，找到它们所在的房间，坐在它们身旁。想在黎明前漫长的几小时里看护着它们。毕竟，她是它们的母亲。

第二天早晨上班时，她接到了他们的电话。她一见手机显示的未知号码，就立即从座位上弹起，来到走廊接听。"有十一枚受精成功。"护士告诉她，她感到自己的心怦怦直跳。

她打给内森，可电话响了又响，最后转进了语音信箱。随后来了条短信。在开会。没什么事吧？

十一枚，她写道。他回了一个字：棒！

如今她必须等待。

*

第二天没有任何消息。内森要工作到很晚才回家，公寓只有一个人，显得大了不少。她打开小房间的门。这间屋子是西向的，正对医院。她慢慢坐到地毯上，静静地待了会儿。稍后，她拿起手机拨通了父母家的电话。是父亲接的。

"嗨，爸。"

"汉娜。最近好吗，亲爱的？"

"我很好。"

"那就好。"

"你呢？"

"棒极啦。"

除了这些，他们在电话里好像就从来没有别的话可说了？

"等一下，亲爱的。我让你妈妈来接电话。"

"谢了，爸。"

话筒里传来他轻轻呼喊的声音。她坐在暮色中的空屋子里，想象母亲正放下手边的事起身过来。她极可能在看电视，双脚搭在身前的矮桌上，穿着去年圣诞节汉娜邮购给她的拖鞋。她来了，走进门厅，轻轻赶走卧在电话桌旁的小扶手椅上的狗。

"汉娜，亲爱的。"一串温柔的元音。

"嗨，妈。我没打扰你吧？"

"没有，亲爱的。完全没有。我刚看了会儿《舞动奇迹》①。等一下，换个舒服点的姿势。"她听见母亲又往椅子里挪了挪。"你还好吗？已经做了那什么？"

"是的。"

"还顺利吗？"

"我觉得挺顺利。"

母亲从来不过问细节。她对试管婴儿最多只有模糊的概念。

"那就好，亲爱的。你知道吗，我前几天见到多特，她女儿的小家伙已经一岁了。"多特的孙女就是通过试管授精怀上，去年顺利出生——因此，多特和她都具有很强的幸运符意味。去年圣诞节，她们一家三代又被邀请出场，到汉娜家喝了一次尴尬的茶。

"一岁了？"汉娜的声音在黑暗中回荡，"时间过得真快。"

"小宝宝可爱极了。"

"吉姆怎么样？"

"挺好。他们换了栋房子。差不多下周搬家。刚好能赶上孩子出生。"

"海莉肯定快生了吧。"

---

① 英国一档舞蹈比赛节目。

"是啊。她肚子已经很大了。你很快就能当姑姑了。"

"真好。"汉娜说。

"工作怎么样？"

"风平浪静。"

"嗯，那真不错。内森呢？"

"他……挺好的。"

"嗯，那就棒极啦，亲爱的。"

她闭上眼睛。她想回到父母位于曼彻斯特的小客厅，把煤气取暖炉烧得热烘烘的，和妈妈一起看《舞动奇迹》。

"我会为你祈祷的，亲爱的。"妈妈说。

"多谢。"汉娜说。她向来不知道该怎么回应这种话。

多谢，妈，但其实没有上帝。

"我得挂了。你继续看电视吧。"

"好。你确定没什么事了吗？"

"内森在炉子上煮着东西呢。"她撒了个谎。

"噢好，向他转达我们爱他，好吗？"

"我会的。拜，妈。爱你。"

"我也爱你，汉。"

第二天一大早，医院打来了电话。

"胚胎师想在今天做移植。"

她向他们道谢，然后走进卫生间，内森正在刷牙。

"他们想今天做移植。"

他吐掉牙膏沫，漱了漱口。"还说别的了吗？"

"打电话的只是个接待员。一定是情况不太好，那些受精卵。"只有忽隐忽现的最微弱的脉搏。

"肯定没事的，汉。只不过是——科学手段。"

她不安地摆弄着卫生卷纸。

"嘿。好了，汉。"他握住她的手。

他们被领进一间狭小昏暗的接待室。她按要求脱掉了下半身的所有衣物，换上病号服。

房间很暗，光源只有墙上的低亮度小灯。这里有一名护士。一位医生。轮床上的她，双脚被脚蹬固定住。身旁的监视器。她的心跳。她的心跳。内森的手沉稳地放在她的臂上。胚胎师来了。"格雷女士？布莱克先生？"

她点点头。

"是这样，我们一直密切关注着三天前做的十三枚受精卵。截至昨晚，还有七枚仍在发育。"

她再次点头。

"其中三枚看起来成功可能性较大。一枚非常理想。等级为3.5。另外两枚分别是2.5和2。"

"其他的呢？"内森问。

"存活概率比较低。我们建议移植概率最大的两枚。"

"好。"内森说，"当然。"

天花板上嵌着星星点点的灯光。

"汉？"

"我们可以开始了吗？"医生出声问。

"可以了。"

她向后躺下，冰冷的金属扩张器进入体内的瞬间，她倒抽了一口气。随着宫颈被撑开，一股来自身体深处的奇怪而近乎痛苦的感觉向她袭来。

"现在，看着屏幕就好。"

内森握紧她的手。

"就在那里。"医生说，"它们就位啦。"

一片黑暗的子宫中出现了两枚光点。

她看着它们。

"给你。"医生弯腰撕下一份打印图，和气地说，"要带走吗？"

"谢谢你。"汉娜低头盯住手里的图片，注视着两个模糊的光点。她就这样看着。看了又看，看了又看。

反抗
1998

　　凯特敲下大学最后一篇论文（斯宾塞[①]作品《新婚喜歌》中的希腊神话研究）的最后一个句点，然后出门，走进五月温和的阳光。在外等候的几位朋友按毕业传统朝她抛来面粉和稻米[②]，接下来，他们在鹅卵石铺成的街道上站着喝掉了一整瓶香槟。然后她又去了酒吧，在啤酒花园灌了几大杯拉格啤酒，直到感觉天旋地转，跑到卫生间大吐一场。

　　第二天上午她醒得很晚，起身后就坐在床上，盯着墙面。墙上贴满了便利贴，全是斯宾塞、罗切斯特、康格里夫和多恩的名言。她一张张撕下来，扔进垃圾桶。周一前她就得搬出这个房间。一切都结束了。她一路靠着百忧解修修补补，一瘸一拐地走到了终点线。大二期末起，她就开始服药，因为某一天站在校园

---

① 埃德蒙·斯宾塞（Edmund Spenser，1552—1599），英国诗人。
② 或取自"面粉"（flour）与"稻米"（rice）的谐音，意指"鲜花"（flower）和"冉冉升起"（rise）。

广场上，她突然感到精神有了崩溃的迹象。这是因为悲痛，大学辅导员告诉她。医生表示同意，说这是延迟的丧母之痛，然后写下处方。他接着说，当然，牛津这个地方本身就会给人很大压力。

然后她休了一年学。回到曼彻斯特。住在父亲家里。

她知道自己成绩不够优秀，也不算太差，就是中等。从她的窗户向外望，可以看见宿醉未醒的学生跟跟跄跄地去超市买软饮和烟。向右望，视野边缘是阴森可怖的谢尔登剧院。再往前就是博德利图书馆了。她再也不会踏入那座图书馆半步。她还得收拾行李。她想知道这里的一切究竟有什么意义。

如今，她已无家可回。母亲去世了，父亲在西班牙。姐姐在加拿大。于是她搬去了汉娜家，位于伦敦肯蒂什镇边缘的一间小公寓，跟丽萨和她母亲的家只隔着一个长坡。凯特睡在汉娜家客厅的沙发上。汉娜新交了一个叫内森的男友，是通过丽萨认识的（当然了）。内森高大英俊又温柔，走路时微微弓着背，仿佛为自己太高感到抱歉。不过在其他所有方面，他似乎都是人生赢家。内森有时会来这间卡姆登的小公寓过夜。凯特偶尔在黑暗中醒来，会听到两人在隔壁发出的声音。

只有一回，她和汉娜谈起了汉娜的新工作——一家管理培训公司的基础岗位。

你为什么会想干这个？凯特问她。

又不是干一辈子，汉娜回答。我需要挣钱。我想挣钱。我实在受够没钱的日子了。我先干一阵子，再找其他更有价值的工作。

那帕蒂·史密斯呢？凯特想问。爱玛·包法利呢？小妖精乐队呢？但她最终什么也没说，只是点了点头。

所以，你打算做什么工作？汉娜问她。而凯特根本不知道答案。

她不喜欢伦敦。光是那儿的交通就让她头痛。汉娜在厨房桌上留了几张房屋租赁广告，暗示凯特别处也有房子可租，但凯特没有行动。汉娜和丽萨的关系让她很不自在，因为那两人友情渐增，和她则淡了下来。她俩与内森和迪克兰出去吃饭，她也跟着一起时，更是感到拘束——迪克兰是丽萨的男友，是个样貌非常英俊的爱尔兰演员。他们去了丽萨推荐的埃塞俄比亚餐馆，那里的食物盛在发酵的面饼上，不配餐具。那四人也都非常灵巧地用手掰着面饼蘸酱，喝着现场烘焙的咖啡。饭间他们语气坚决地发表看法，说话时比画手势，似乎对一切都胸有成竹，包括看什么电影、读什么书、他们是什么样的人，以及他们会成为什么样的人。

凯特却对任何事都不确定。她的生活仿佛既停滞不前，又充满危险，就像平静的水面上随时会涌起滔天巨浪，迎面扑来将她压倒。

她收到了毕业论文的成绩。勉勉强强拿到优等。她告诉了汉娜，汉娜看起来非常震惊。只是个意外，凯特连忙开口。随后又恨自己说了这话。不过，她想，这就是个意外。她没料到会有这么好的成绩。

导师来电向她表示祝贺。那你接下来打算做什么？他问。

她只想到，她想告诉妈妈。跟她分享这个好消息。

她收到一封埃斯特的电子邮件。埃斯特是她在牛津上学时的朋友，现在住在布莱顿，邀请她过去玩。她家有间屋子正在招租。

一下伦敦开来的火车，凯特便闻到了大海的味道。她朝海的方向走去，来到布满卵石的沙滩上，凝望远处苍白的海岸线。她穿过这座城市，一路走到埃斯特家门前。布莱顿破旧不堪，却对她的胃口，面积也很适合人类居住。空出来的这间屋子很便宜，面积不大，但采光很好。她租下了这里，又在刘易斯路的慈善商店买了些家具。

另一间屋里住着一个名叫露西的女人。露西时常穿着军裤、背心和厚底硬靴，仿佛正在参加某场无名战争的步兵。她梳着厚厚的脏辫，垂在背上，脸蛋小而精致。她在萨塞克斯大学读国际发展方向的硕士。她有一半美国血统，童年在德文郡和马萨诸塞州度过，有着混杂而迷人的口音。两年前的夏天，为了抗议纽伯里为修建绕行公路而毁坏古老森林，露西把家安在了当地的一棵树上，晚上就在三十米高的木台上睡觉。

露西教会了凯特使用钻头，在房间里搭置物架。她有一小团浅浅的腋毛，不用任何除臭剂。她们站得稍近时，凯特能闻见她身上的麝香味。和露西在城里闲逛也能学到东西——她有变废为宝的本领：捡木头烧火炉，把酒箱做成架子，总是能从超市的废品堆里找到刚过期的食物。露西一举一动都很敏捷，仿佛她仍行走在森林里。仿佛她随时可能成为掠食者，或是猎物。

生活渐渐有了节奏。凯特每两周去就业中心签字报到一次，每个月会有一笔救济金打到她的账户上。钱不多，但足以支付小房间的租金、购买便宜的食物——足以让她喘息。她很高兴地发现自己没有太多需求。埃斯特告诉她自己打工的咖啡馆正在招人，位置在小城的另一头，骑车就能到。凯特接下了这份工作。第一天下班后，她便拿到收银台里的现金作为薪水。第一次这么做很不好受，她觉得这是偷税。她把这个想法告诉了埃斯特，埃斯特咂了下嘴。你知道英国政府花了多少钱买武器装备吗？而且，这只是解决燃眉之急，等你能自力更生了再说。

后来她就坦然多了。

周末，她们会去海边，喝着苹果酒欣赏日落，看着椋鸟成群结队地飞来西码头、栖落在码头的钢筋支架上，鸟群如巨大的云团般衬着傍晚的天空。

露西与埃斯特常和一群年轻人在家中聚会，探讨各种话题——资本主义、等级制度、横向分权体制和变革的可能性。他们会制定行动方案。凯特不知道他们的行动具体指什么，直到一个夏末的黎明，露西敲响了她的房门，让她起床出门。凯特套上毛线衣和运动长裤，两人驾车沿着主街一路向前。露西将货车停在某处，让凯特换到驾驶座来。凯特照做了，当她看到露西下车后用头巾遮住脸，在一家运动鞋店门口熟练地用漆喷上SLAVERY——还把字母 V 喷成了耐克商标的形状——字样时，神经立刻紧绷起来。露西随即跳上货车，冲凯特大喊开车。她也照做了，兴奋地疾驰而去。她觉得自己仿佛成了邦妮，或者克莱德①。

她开始重读各类书籍：乔姆斯基、克莱恩和 E. P. 汤普森。开始参与讨论。起初在组里发言时，她感觉很奇怪，毕竟她已经有很长一段时间感到无话可说了。她开始觉得牛津——那个充满权力的地方，那个她希望从中获得权力的地方——其实剥夺了她的声音，抑或是，她放弃了自己的声音。又或许，它只是被藏了起来。也许只要循着面包屑的踪迹，她就能找回它。

她、露西和埃斯特一起去了伦敦，上街游行。她们换上了亲手用缝纫机做的服装；穿着细条纹增肥装对伦敦的阔佬表示抗

---

① 这二人是美国经济大萧条时期著名的雌雄大盗。

议。到处都是自行车。到处都有太阳能音响设备正对着人群发出声波。路人会停下脚步，开始扭臀。

她每周一早晨去上舞蹈课，教室里放着喧闹的音乐，各个年龄段的人汗流浃背地纵情舞蹈，着了魔似的大喊大叫。在这种课上，音乐开到最大声时，她有时也会大声尖叫。没人在意，因为这就是课上该做的事。她意识到自己很愤怒。真的非常、非常愤怒。

而这份愤怒的另一面是别的东西。

一天早晨，在凯特的房间里，露西发现了抗抑郁药。

你吃这些干吗?

我精神崩溃过一次，凯特说，大学的时候。从那时起就在吃了。

你不需要抗抑郁药，露西说，抬头对她笑了笑。你只是需要更棒的朋友。

她扔掉了这些药，等待着自己害怕的崩溃时刻到来。但脑中的浓雾退散后，她只感到解脱。

内心深处，她清楚汉娜看见如今的自己会作何评价。福利欺诈、喝苹果酒、跳舞、眺望天际，这一切多么容易让人取笑。但她开始不在意了。

她给汉娜寄了张明信片，上面是一幅风格老旧的图片，一个老妇人撩起裙摆，双脚踏在海里——过来呀，上面写着，海水很舒服。

露西和埃斯特都有货车，于是凯特也用不多的积蓄买了一辆——是辆退役的救护车，把它停在了郊区的水泥厂。那年冬天，凭借露西的一点帮助和一把牧田牌电钻，她把车改装了一遍，内部加了榫槽接合板，用锯好的胶合板做了一张床，上面是架子，底下是抽屉。春天到来时，一切就绪。完工的那一刻，她感到前所未有的骄傲。

有张专辑她们都爱听，整个秋天、冬天和春天都在循环播放。那是曼吕·乔的《偷渡客》。凯特最爱其中那首《我的同伴》。

噢我的瀑布。

噢我的姑娘。

我的吉卜赛姑娘。

她把这首歌放了一遍又一遍，每次听的时候，都会想到露西。

夏天来临。她们从当地的批发商店买了大量的什锦麦片、咖啡豆和大米，然后动身上路，开着车一路向西。她们在河里裸泳，兴高采烈地从水中起身，后背闪烁着银色的光泽。她们去参加青山深处举行的各种小型节庆活动。

在夜晚的篝火边，凯特渐渐有了一些熟面孔：和她们相仿的年轻人。还有年长些的人，脸上写着故事：或是写着风霜，或是写着劳作，或是写着外面世界的生活。到了深夜，那些年长的人就喝着茶和威士忌，开始侃侃而谈——聊着圈地运动，聊着下议院，聊着那个更古老也更野蛮的英国，聊着他们对现状或温和或激进的反抗。凯特仿佛可以触碰到一条涌动着生命力的思潮，它如细流般流进了这个西部的澄澈夜晚。

接着他们就跳舞。

盛夏时分一个漆黑的夜里，在一小群人的聚会上，午夜的空气依旧温热，没有灯火，也没有月光，凯特和露西走散了。凯特四下寻觅了好几个小时，恐慌逐渐侵蚀着她。破晓时分，她找到了露西，她坐在一堆人中间，腰部以上裸露着，乳头涂成了金色。

露西向凯特伸出双臂，凯特步入她的怀抱，然后，满怀爱意、宽慰和宣示主权的意味，她亲吻了露西。一股盐、金属和泥土混合的味道。

不久，太阳映在货车的窗户上时，凯特注视着露西在她身下猛地弓起身子，眼睛半眯。她看见了露西大腿内侧的文身，一只笔触精美的蜘蛛，一张银线勾勒的网。她把嘴唇靠近文身，亲吻了它。她无须被触摸，便因欲望而颤抖。

2010

凯特

上午十点左右，汤姆在睡觉。凯特坐在厨房桌边，面前放着一袋药。

真的，凯特，趁早解决。

说得倒是容易。

今天早上，她像汉娜建议的那样去看了医生。医生为人和善，询问了凯特的饮食、睡眠和性欲状况，还问了凯特是怎么分娩的，她如实回答了。

剖腹产。

过程痛苦吗？

她想起了自己当时多么害怕——为孩子，也为她自己。那混乱的场面。剪刀和麻木的感觉，皮肉烧焦的气味。

我觉得痛苦。

医生又问她是否有伤害自己，或是伤害孩子的念头。没有，凯特说，没那种事。

医生说，她觉得凯特确实患了抑郁症。可以采用认知行为疗法，不过要排很长的队；或是服用抗抑郁药。但假如选择后者，她就得给儿子断奶。她问凯特以前是否服过抗抑郁药。

用过，百忧解。上大学的时候。

很好，医生说，或许我们可以从它开始。

凯特拿起药盒，从药板上摁出一粒，放在掌心。无害的白色加上医院常用的绿色。过去它们能让她的脑子异常兴奋。假如在服药期间喝酒，她会直接晕过去。

她把药放在桌面上，拿过电脑，在搜索栏输入"母乳喂养 抗抑郁药"，查到宝宝通过母乳吸收进体内的药物量，通常不到母亲血液里含量的百分之十。听起来依旧高得可怕。

你不需要抗抑郁药。你只是需要更棒的朋友。

她手指在键盘上顿了顿，用谷歌搜索了"露西·斯凯恩"几个字，同时心跳加速。网页上出现了几张照片，但都不像露西。当然，此时的她也老了些，老了很多。她比凯特大四岁，如今应该四十左右了。也许"露西·斯凯恩"甚至都不是她的真名。

她们是在美国分开的。当时她们去了西雅图，参加抗议世界贸易组织的运动[1]。人们用透明塑胶管把彼此连在一起，整座城市都瘫痪了。她们看见警察骑着马，穿着黑色制服，戴着面具，仿佛置身于童话里正义对阵邪恶、光明对阵黑暗的场景。她们和上万名抗议者坐在一起放声喊叫，直到被催泪瓦斯喷中，眼睛灼

---

[1] 1999 年，世界贸易组织在美国西雅图召开会议时，反全球化运动者举行了大规模的抗议活动。

热到近乎失明。她记得那种痛苦，也记得那股瞬间涌入的强烈感觉——二元对立的逻辑带给人的狂喜。黑白分明。身为正确的一方。

西雅图之后，她们又前往俄勒冈州的尤金市，和另外十名活动分子霸占了某个仓库，住了几个月。露西也是在那里听说了胡德山上有抗议营地——因为伐木工在砍伐山上的古木。她们一起搭便车去了胡德山，在一个凉爽的十一月早晨步入森林。山峰巍然耸立，空气里混合着泥土、树脂和雪的强烈气息。两人抵达营地，周围就是那些古树，人们都在树上，在她们头顶上方的编网里走动，高声喊叫或吹着口哨。凯特看见了露西的表情，然后无助地看着露西掏出绳索系在身上，抛下她爬上树去，消失在一片绿色和光亮之中。凯特立在原地一动不动，心如铅一般沉重。

她们返回了尤金。凯特的签证即将到期。露西不需要这个。两人来到市中心的一家文身店，露西坐在她身旁，握住她的手。一个不苟言笑的男人弯着腰在凯特的手腕上文了一张银色的网，上面栖着一只笔触精美的蜘蛛。她乘飞机回家，决心签证一办好，就立刻飞回美国。她每天都去网吧查看电子邮件，但没有收到只言片语。最初的几周里，文身逐渐结痂、愈合，而她对露西的思念愈发深沉时，会用指甲去掐伤口，掀起结痂的地方，再次感受那种疼痛。

她又回到咖啡馆上班，也去就业中心签到，想为下次出行攒钱。她一直在等消息，却没有收到。春天来了又走了，露西仍然毫无音信。直到初夏，她收到一封邮件，只有几句话。

营地的一些人被逮捕了。他们说我们是恐怖分子。我不会再用这个账号了。

永远要吐丝。

永远要织网。

永远要爱。

露西　爱你

然后就没有联系了。一刀两断。一落千丈。

数年过去。凯特时常觉得自己看见了露西的身影，看见她出现在布莱顿的海滩上，或骑车在城市之中穿行，长辫垂落于背后。那些年里凯特一直在咖啡馆工作，依旧时常注意着门口，等待露西回来的那一刻。

最后推门而入的却是汉娜。汉娜某天突然来到布莱顿，穿着时髦的职业装出现在店里，环顾四周——蛋糕架上的蛋糕，黑板上粉笔写的菜单，皮塔饼、鹰嘴豆泥、素豆汉堡和豆奶拿铁。然后她说：你有牛津大学的优等生学位。到底为什么还在这里工作？

也是汉娜告诉她，丽萨在伦敦广场有一间空房。就在公园旁边。房租很便宜。这是一个重新开始的机会。凯特知道自己被等待侵蚀，在柜台后面已经快要腐烂，于是接受了这份提议。

她再次看向电脑屏幕上的照片，曾经的失落感又缠上了她。

她本可以更努力地搜寻她的下落。本可以回美国，本可以找到她。本可以赢得她的心，与自己的另一面坦诚相对。

然后她突然想到——埃斯特。埃斯特的社交网站页面上也许有露西的照片，也许她们保持着联系。她搜索埃斯特，找到了她的个人档案、她家人的照片、她在布里斯托的乔治王时代风格的房子——有着挑高的天花板和漂亮的厨房。凯特一直沿着时间线向后点、再向后点。是有一些布莱顿时期的旧照片，但没有露西。

她点击了埃斯特的名字。

> 嘿埃斯特，好久不见。希望一切都好。
> 今天刚好想起来一些老朋友。想知道你有露西·斯凯恩的联系方式吗？
> 爱你，
> 凯特。

按下发送键。

该死。

有人在敲门。凯特没动，敲门声继续响起，这次迫切了许多。紧接着传来钥匙在锁孔里转动的声音。她吓了一大跳，走到门厅，看见艾丽斯正开门进来。

"我想你可能需要帮忙。"萨姆的母亲语气轻快。她穿着厚夹克背心，戴着围巾，面色红润。脚下放着一只鼓鼓囊囊的包。"所以我带了些工具。"她拎起包，里面塞满了色彩鲜艳的塑料瓶子。"我能进来吗？"

艾丽斯走向厨房，经过她身旁时，凯特往后退了退。那些药还摆在桌子上，旁边是她的电脑，屏幕上还有一堆女人的照片。凯特走过去，挡在桌子和艾丽斯中间，心在狂跳。

"那些还没收拾吗？"艾丽斯脱下背心挂在椅子靠背上，然后指着门后的一摞箱子问。

"还没有。我的意思是，我在等着借辆车，好去慈善商店一趟。"

"你可以借泰瑞的车。"艾丽斯说着，从包里拿出一条熨得平平整整的围裙，系在腰上。她举起包里的瓶子。"咱们可以先搞定厨房和卫生间，然后出门喝喝茶，吃块蛋糕。带你俩一块儿出去。"

凯特看了一眼那些瓶子。艾丽斯的清洁装备是各类致癌物的天堂。"噢，你真好，艾丽斯。"她转身拢了拢电脑和药片，把药片塞进了开襟毛衣的口袋，"问题是……"

"嗯？"

"我其实正打算出门。"

"出门？"艾丽斯歪着脑袋，似乎闻到了谎言的味道。

"是啊。去亲子班。"

"亲子班？"

"你推荐的那个。"凯特指了指冰箱门上的宣传单，"我在等汤姆睡醒。这就去看看他。失陪一下。"

她快步上楼到卧室，汤姆还在熟睡，胳膊在羽绒被上平摊着。她把药片塞回包装盒，包装盒放进纸袋，再把纸袋放到了浴室柜子最里面的角落，最后盖上一条毛巾。她用法兰绒毛巾擦了把脸，回到卧室，在汤姆的连体服外加了件套衫，戴上吊兜，熟练地把汤姆放进去，等他扭动着身子快要醒来时，她才下楼。

"我们准备好啦。"她说着，抓下冰箱门上的亲子班宣传单，从碗橱里拿出一小包太空食品，"很抱歉不能跟你一起出门了，艾丽斯。你来帮忙，我真是感激。"

艾丽斯站在屋子中央："好吧，那只能这样了。但别忘了星期二。"

"星期二？"

"星期二，我和我孙子有个约会！"

宣传单上的地址是一栋不怎么起眼的低矮的市政大楼。她快步从它一旁走过，继续上坡，然后绕着街区走了一圈，再次来到建筑的正门附近。

她并不需要真的去亲子班。她可以带汤姆去其他地方，比如有无线网络的咖啡馆，喝着咖啡焦躁不安地度过上午，继续把有限的精力投入徒劳的网上搜索。可天空下起雨来，汤姆开始啼哭，而她正好站在这里。她穿过马路，跨过门槛，走进一条堆满了婴儿车、鞋子和外套的杂乱走廊。她把汤姆从吊兜里抱出来，向接待处的女人报上名字。双层玻璃门后传来此起彼伏的叫嚷声。

"这节课的费用是五镑。"女人开口，"不过你交三镑就可以了。已经开始一个小时了。"

凯特从钱夹里掏出几枚硬币扔下。她推门进去，迎面而来的是一片孩子和塑料玩具汇成的波涛汹涌的汪洋。她紧紧抱住汤姆，他也紧搂住她，伸着小脑袋东张西望。这里似乎没有一处是安全的港湾。她的心怦怦直跳，后背不停冒汗。

"现在到了圆圈时间。"

凯特转头，一个看起来很活泼的灰发女人站在她身边。

"那边有张爬行垫，我们准备好了就过去。"女人指着远处的角落说，然后拍了拍手，"圆圈时间！"她的声音抑扬顿挫。凯特看见房间里的人自行围成了一个参差不齐的圆圈。"一起来吧。"灰发女人以不容抗拒的语气对凯特说，"加入大家。"

女人跟着毫无乐趣可言的《公交车轮子》[①] 做起游戏来。大一

[①] 儿童启蒙歌曲，旨在让儿童认识公共汽车上的不同部件。

些的孩子都在地上练习突击队员式的爬行，凯特则把汤姆护在双腿之间。在这里，和这些年龄更大的孩子一比，他弱小得可怕。

我们什么时候下车呢？凯特想问，看着那个灰发女人无聊地继续这场游戏。这趟公交车到底什么时候才到站呢？上一回像这样坐在这种垫子上，她还是个小姑娘。女士？女士？我们快到了吗？拜托，女士，我想下车。

这趟公交车终于在剧烈震动中停了下来。又放了几轮《小星星》和《绕起线轴来》之类的儿歌后，女人拍了拍手："好了，孩子们。现在到了自由扮演时间！"

大一些的孩子们尖叫着冲向挂满服装的架子。一个女孩穿着消防员制服从混乱的人群里钻出来，她戴着头巾的母亲报以微笑，向她竖起大拇指。房间里到处都是超级英雄在打斗。凯特退到角落，在爬行垫上坐下，这里散放着一些玩具。

"老天，简直是第三次世界大战。"

她抬头看见一个女人站在自己身旁，怀里抱着和汤姆年龄相仿的孩子。"别人还告诉我小家伙也可以来。"

"我也以为。我觉得你可能得往边上站站。"凯特指了指身下的垫子。

"是吗？"女人看上去有些生气，"那我们究竟来这儿干吗呢？"

女人怀里的宝宝看见了汤姆，朝他伸手。她的母亲注意到这个动作，被逗乐了。"你想下来呀？"她单膝跪下，把孩子放在垫子上。孩子打扮得很随意，穿了一身手织的衣服，戴着手织的童帽，看上去像一朵小蘑菇，也像勃鲁盖尔[①]画的农夫。女人摘

[①] 彼得·勃鲁盖尔（Pieter Bruegel，约1525—1569），16世纪尼德兰地区的画家，擅长描画农村生活。

掉女儿的帽子，黑色鬈发散落下来。然后脱掉了自己的开衫毛衣。她身材娇小，五官特征鲜明，留着棕色短发和斜刘海。

垫子上，两个宝宝正试探性地摸索对方。他们小手刚一碰上，就兴高采烈地尖叫起来。女人大笑，"这是谁呀？"

"这是汤姆。"凯特答。

"这是诺拉。"女人说。

"这名字很好听。"

"你也这么觉得？我的伴侣取的。我自己喜欢的名字总有点悲剧色彩。像安提戈涅、伊芙琴尼亚什么的。"

她在开玩笑吗？凯特不确定，不过女人捕捉到她的目光，笑了笑。女人往后坐了坐，把额前的碎发吹开。"那'汤姆'这名字又是怎么来的呢？"

"噢，我们大概只是单纯喜欢这个名字。"

"挺好的。"女人把一个玩具放到诺拉面前。上面有很多按钮，诺拉一个个摁过去，刺耳的美国儿歌随之响起。

"噢，不不不不不不。"女人探身关掉声音，"这个我们已经听够了。"诺拉又摁了几次，看它毫无反应，便兴味索然，朝汤姆爬去。他正用一块方形积木敲打桌子边缘。"我喜欢这件连体服。"女人指着汤姆说。

"噢。"凯特脸颊发烫，"我们出门迟了，他还在睡觉，所以——"

"要是有可能，我自己也想穿这个。你能想象吗，有人给你套上连体服，给你盖好被子？再让你好好睡上一觉？简直是天堂。"女人说着闭上眼睛，这一瞬间，她脸上的疲惫显露无遗，但一声哭喊让她立即睁开眼睛。诺拉正伸手抓汤姆的一小缕头发。"噢，别这样，不能随便乱抓，亲爱的。"女人把孩子抱开，放在大腿上，诺拉的手指还在空气里乱抓。

"诺拉·巴纳克尔①！"凯特喊道，"乔伊斯。"她想也没想便脱口而出。

女人抬头。"没错。"她笑了，"正是。她有长成巴纳克尔的趋势。脾气坏又爱黏人。来，小可爱。"她弯腰用衣袖擦了擦女儿的鼻子，"我的伴侣正在写关于乔伊斯的文章。"她说，"我叫迪亚。"女人抬头一笑，"那么，咱们接下来做点什么呢？"

丽萨

她头有些痛，舌头似乎也肿了。床边的玻璃杯是空的——她肯定是夜里醒来把水喝光了。排练结束后她什么也没吃，直接和其他演员去了酒吧，三杯葡萄酒下肚才意识到自己有多饿。但那时酒吧的厨房已经收工，所以她只吃了两包薯片当晚饭。

从床上可以望见窗外的景色，此时雨水正沉闷地敲打着湿漉漉的花园。昨夜一定有场大风，树叶掉落了一地。至少，围墙另一边的公园十分安静——通常周六一早，她能听见聊天声，但今天的天气显然阻止了人们前来。

她强迫自己下床，套上旧晨袍，轻轻走进厨房，从水龙头接了杯水，一口气喝完。她在橱柜里翻来覆去地找布洛芬，但只找

① 诺拉·巴纳克尔（Nora Barnacle，1884—1951），爱尔兰作家詹姆斯·乔伊斯的妻子。

到一只空盒子。接着她翻出几粒扑热息痛，满怀庆幸地吞下。冰箱里有一块切达奶酪，包装不严实，露出的部分已经发硬；还有一些被餐刀挖得凹凸不平的黄油，上面粘着果酱。她拿出奶酪，一边小口咬着，一边盯着窗外的雨幕。

迪克兰以前会来这里，而她的生活习惯差点把他逼疯——不把东西放回原处，一个东西没用完就开另一个，或是把空罐子盖好放着。他最后一次在这儿住的时候，有一天她下班回到家，看见厨房的小桌上攞着五个快要见底的马麦酱①罐，旁边放了一张字条：懂我意思了吧?

迪克兰有一点奇怪：初识之际会觉得这人很容易相处，他体态轻松随和，会像狼一般咧嘴笑，愿意陪你在酒吧里喝健力士黑啤，或是干掉一包可卡因，可不知为何，她才是邋遢的那一个——总是她喝得比他多，完全不记得前一晚发生了什么。而他即使只睡了几个小时，还是会早早起床出门，绕着公园跑步。他喜欢立规矩，也按规矩办事。他喜欢整洁的厨房。他喜欢无毛的阴部。他性格里有一丝冷酷，让你不能越界，即使你们正共度欢乐时光。她想起排练第一天迈克尔说的话——假如我能拥有某人的事业，我绝对会选迪克兰的。

当时她撒了谎。她当然看过那部电影。他所有的电影她都看过。看了好几遍。迪克兰是极为优秀的演员。他的选择很明智，只跟想合作的人一起工作。每次看他的电影，他的演技总会让她暂时忘了他是谁，忘记自己还恨他。

她拉起晨袍的兜帽戴上，卷了支烟，坐在桌旁点燃，吸了两

---

① 一种味道浓郁的英式酱料。

口又嫌恶地吐了出来。

她想被触摸。上一次有人触摸她是什么时候了？上一次做爱又是什么时候了？她甚至不想做爱。只想被触摸。再没人触摸，她也许就要枯萎。她并不擅长单身。擅长单身的人会计划好整个周末——他们太了解被孤独伏击的不幸感觉，所以会防患于未然，提前约人做瑜伽、吃早午餐、逛展览、享用晚餐——而她没有任何计划，只有宿醉，只有她自己，面对漫长的一天。

她考虑要不要回床上，试着再睡一会儿，又觉得那只会令她更加沮丧。于是她沏了茶，端着杯子来到客厅。百叶窗还合着，她也不打算把它拉开。

视线落到伯格曼的影碟上，她想起了图书馆的咖啡厅里内森的脸，想起他笑吟吟地看着她用他的笔在手背上草草写字。

他们会一起讨论她吗——他和汉娜？

丽萨想念个博士。噢哈哈哈哈哈哈哈。

她拿出手机，滑到两人简短的聊天记录。

多谢推荐伯格曼这部电影。超爱。丽丝。爱你

很高兴你喜欢。希望你给自己买个笔记本。有空图书馆见。内森。爱你

自那之后，她又去过图书馆几次，办了读者卡，订了些有关俄国历史的书籍。她喜欢那个地方，喜欢把个人物品放进寄存柜，喜欢在咖啡厅里喝香浓的咖啡。她搜寻过他的身影，经常如此，但再也没在那里见过他。

她的手提包就在旁边，里面的东西有一半倒在了沙发上：剧

本、围巾、烟草、手机。她伸手拽过剧本。它被翻开固定在了某一页，正是他们昨天排练的场景，她和强尼。那场戏是叶莲娜在痛斥以万尼亚为代表的所有人：你们不顾一切地破坏着森林，你们所有人。用不了多久，地球表面就什么都不剩了。

这才刚刚过去一周，排练室里的气氛已经有些微妙。克拉拉脾气很大，一点小事也会大发雷霆。星期四那天，扮演阿斯特罗夫的格雷格因为医生给儿子看诊多花了点时间，迟到半小时，结果被她大吼一顿，告诉他如果再有下次，他就不用来了。

通常情况下，第一周结束时，她应该已经摸清排练的要点，但这回不行——例如昨天，她念叶莲娜的独白时，导演几乎毫不掩饰鄙夷的表情，最后忍无可忍地捶了捶桌子。"把这种微波情绪给我收起来！"

她很快注意到，微波情绪，显然是克拉拉最爱说的词。他们又用别的方式将这段独白排演了几遍，但克拉拉始终摇头，低声嘟哝着什么。而轮到强尼开口时，万尼亚对叶莲娜说——你是我的幸福、我的生命，你是我的青春……让我看看你，让我听听你的声音——克拉拉却靠回椅背，点着头，小声表示赞许。假如她是只猫，一定会满意地发出咕噜声。

无可否认，强尼是名出类拔萃的演员。昨晚在酒吧，她听见格雷格对迈克尔激动地描述，二十年前他在利物浦看过强尼演的一场戏——他是那一代演员里最棒的哈姆雷特。让我也想当演员了。他不出名，真是该死的悲剧。

尽管这回参演的大多数演员，无论男女，在某种程度上都心照不宣地希望得到强尼的肯定，但他并不与人来往。昨晚他在酒吧没待多久，只与扮演谢列布里亚科夫的老演员理查德在吧台喝了一杯。他对花费精力非常小心，不像其他人一样很快就打成一片、献上亲吻、相互拥抱、分享故事。他离开时，她无意中听见他告诉理查德，这周末轮到他带孩子。他们一直想去室内游乐场玩——我要是宿醉，就完蛋了。

她不知道强尼怎么看待她。他的表情让人捉摸不透。昨天，她和克拉拉单独排练时，看见强尼悄悄溜进了房间。他坐在后面沉默地注视着她——那对湛蓝的眼睛，凝视中蕴含着沉静的力量。

一个念头在她脑中升起。她沿着沙发下滑，掀开晨袍，把手伸进内裤，覆上自己的阴部。她闭上眼睛，想象自己一个人站在舞台上，而强尼注视着她，想象自己为他慢慢地、一层层地褪掉衣物。他的脸，他的蓝色眼睛，他注视她、渴求她的模样——然后场景一变，那人的脸从强尼换成了内森，内森坐在了强尼的位置上，在房间的另一头注视着她，渴求着她。而她站在台上，全身赤裸，在自己的手底抵达高潮。

她躺在那里，喘着气，盯住头顶的天花板。

然后她蜷起身子，呻吟一声，羞愧地将头埋进靠垫。

汉娜

"咱们这个周末要做点什么吗？"

内森站在淋浴间冲澡。这是移植后的第二天。露台的门大开着，秋日的阳光涌入屋内。

"比如说？"他的声音压过水声传来。

"比如——我也不知道——去伦敦外面转转？乡下、海边之类的。"

"好啊，为什么不呢？噢等下……"他关掉龙头，捞了块毛巾，"我那篇文章发表前还得好好润色一下。"

她看着他用毛巾擦干身体，在阳光中舒展了下四肢。他向她走来。"你气色看起来不错。"他说。

"我也觉得。"

他散发着咖啡、牙膏和香皂的味道。

"但你应该去。"他背对汉娜，一边说一边走进卧室，从五斗柜的抽屉里拿出平角裤和牛仔裤，"出去走走。不妨和谁见见面？凯特？去一趟坎特伯雷？或者——海边的那个地方，叫什么来着？就在附近？有牡蛎的那地方？"

"惠特斯特布尔。"

"对，就是那里。"他一边扣着牛仔裤，一边向她走回来，"去那里怎么样？"

"再看吧。"

"等等。你能吃牡蛎吗？如果你——"

"噢。不能。"她说着，闭上眼睛，感到忽热忽冷，"我觉得应该不能吃。"

因为发现自己不想离家太远，最终她哪儿也没去。但周末在家转来转去时，她一直想着体内的胚胎。她反复拿出照片盯着看，这两枚被无尽黑暗包裹的光点，用手指勾勒它们的轮廓。

星期一，第四天，他们打来电话。她正在开会，发觉包里的手机振动起来。她起身道了个歉，来到走廊接通电话。

"很抱歉。"护士说，"其他胚胎一个都没有冷冻。都不太理想。"

"噢，"汉娜回答，"多谢告知。"

那些脉搏，那些摇曳着生命的光点，熄灭了。

"接下来呢？"她轻声问，"那些胚胎会怎么样？你能告诉我吗？"

"我……"护士磕磕巴巴起来，她的声音非常年轻，"它们……会被处理掉，我觉得。很抱歉，没人问过——"

"没关系，"汉娜回答，"谢谢你。"

第六天，星期三，她前往剧院与丽萨碰面。她乘地铁在堤岸站下车，慢慢走过亨格福德桥，此时暮色正在降临，河水闪动着耀眼的光芒。

秋日的晴朗还在，夜间微凉。她紧了紧身上的大衣，绕过一群街头艺人，找了张一镑零钱递给坐在台阶最高处的年轻女孩。她回想了一下她俩要看的是什么剧。是部家庭剧。丽萨选的。这回是去剧院而非电影院。事实上，她不想进去。在这个晴朗的秋日傍晚，她更愿意小心翼翼地沿着河边继续走走，携带着她体内的光点，做个朝圣者。如果这样走去海边，需要多久呢？

长廊酒吧挤满了人。角落里有一支爵士乐队正在表演。汉娜扫视酒吧，搜寻丽萨的身影，终于在落地窗旁的一把皮椅上找到了她。她躲在了这里，桌前摆着一杯没剩多少的意式浓缩。她正埋头看剧本，手里握着一支铅笔，嘴里默念着什么。汉娜碰了碰她的肩膀，她吓了一跳。"噢，嘿。"丽萨起身，亲了亲汉娜的面颊。她脸上的妆比平时稍浓，盘起的长发用日本木梳固定在头顶，看上去像极了她的母亲。汉娜在她身边坐下。

"你是不是做了那什么？"丽萨问。

"移植。没错。"

"怎么样？"

"还好，我觉得。我希望还好。这是你的剧本吗？排练得如何？"

"噢，还行。"丽萨说，皱了皱眉，折起剧本塞进包里，"那个导演很严厉。虽然我早就知道她是这样的人，但现在还是觉得她真的很严厉。在她眼里，我好像没有任何可取之处。"

汉娜的视线越过丽萨，望向窗外宽阔的河面，那些一闪一闪的灯光。

"感觉太像在⋯⋯角斗了。"丽萨在一边说着，"每一天、每一分钟都必须努力证明自己。无处可躲。还有那个扮演万尼亚的家伙。他很厉害，但我就是不知道怎么和他对戏。"

噢丽萨，她想说，是你自己选择演戏的。难道演员都这么不快乐吗？

她说出口的却是："我懂。"

演出开场的铃声响起。丽萨从包里拿出票，汉娜跟在她身后走进了昏暗的剧院。

这出戏很长，演员很多，票很便宜，座位离舞台也很远。汉娜认不清谁是谁，故事情节似乎统统发生在一个非常遥远的小方盒里。

中场休息时她们来到外面，静静地沿着河堤散步。

丽萨掏出一小包烟草："你介意吗？"

汉娜摇摇头。丽萨卷烟，点燃，然后朝两人的身后吐了口烟。两人陷入沉默，盯着水面。下方是一小片沙滩，沙砾和岩石在昏暗的光线中闪烁着微光。汉娜闻到空气中混杂着泥土、盐和灰尘的味道。

"我最近想去念书，"丽萨说，"想让生活有些改变。"

"噢？"汉娜收回自己的思绪。她想起来了，"你是不是在图书馆遇见过内森？几周之前？他肯定和我说起过这事。"

丽萨点头，一缕轻烟逸出唇间。

"是要念个博士吗？"

"对。也许吧。"

"念完之后想做什么呢？"

丽萨耸耸肩："我也不确定。最近在看一些书。"

"真的吗，丽丝？"汉娜紧了紧外套，"假如每有一位资历过高的博士来申请实习岗位，我就能得到五块钱……"

丽萨笑了笑："你就发财了。我知道。"她转头看见中场休息的观众正陆续返回剧院："咱们该回去了。"

"你介不介意……"汉娜说，"我真的很累。如果我不看了，你会介意吗？"她想回家，照顾好自己，一点精力都不想再消耗。

丽萨迅速吸了最后一口烟，随手把烟蒂丢向河堤。"没关系。"她说着，探过身来抱了她一下，"你要好好照顾自己，汉。"

汉娜继续向前走，来到滑铁卢桥，站在那里等公交车。她的思绪飘向身下湍急的水流，想着它的流向——穿过沃平区，流过泰晤士水闸，继续向外流，向外流，直到抵达宽阔的河口，汇入大海，海水和淡水混杂时打起旋来。

日子一天天过去，她十分确定地感觉到：有一股牵引力。她捕获住了什么。两枚光点已经深深埋入她的体内，扎了根。她的乳房更沉了些。她的体内生发出一种丰盈感，一种过去没有的感觉。

"它在长大。"第八天的早上，吃早餐时，她对内森说。

他伸过手来握住她的手。他微微一笑，但笑意并未抵达眼底。

"怎么了？"汉娜说，"有什么不对吗？"

"没什么不对，我只是——不想抱太大的希望。"

"是吗？为什么？"

"汉娜，拜托。"

"我要告诉你的是，"她抓住他的手，"我能感觉到它。它在长大。我知道。"

第十一天的下午，工作间隙去卫生间时，她发现内裤上有一丝血迹。量很少，但确实有。

她将视线移开。又转回来。她想尖叫，可又喘不过气。

这没什么。很正常。她回到工作台前，用谷歌搜索了一下"试管授精后出血"。搜索界面将她导向了一些留言板，上面有人说出血可能是好兆头——着床性出血。这意味着她的感觉没错，那两枚光点正将自己埋入她的体内。

她没再去卫生间。忍了整整一天。她写了份报告。和美方进行电话会议，会议期间她微笑，点头，不停地记着冗长的笔记。不会再出血了。没什么，很正常，已经着床。一切都很好。没什么很正常已经着床一切都很好。

乘地铁回家的路上，车厢每颠簸一次都让她痛得一缩。下腹深处很疼，仿佛有只爪子正划过她的子宫。到家时，她再也忍不住了。她的内裤已被鲜血浸透。结束了。完了。

内森下班回家时，她蜷缩在卧室的床上。

"嘿。"他吻了她一下。

"我在出血。"她对他说。

"什么？噢老天。噢汉。我很遗憾。"他听起来并不惊讶。

"你很遗憾？"她语气呆滞，"为谁呢？为我？为你？为我们的孩子？那个不存在的孩子？"

"都是。大部分是为你，汉。"他在她身后躺下，从背后紧紧搂住她的腰，"你还好吗？在这里待了多久了？"

"一个小时。或者两小时。"

"你的身体很凉。"他说，搂紧了些。

她这才突然意识到自己身体的存在，意识到他说得没错——她的身体很凉，已经逐渐失去温度。

"噢，汉娜。"他把脸挨上她的肩膀，"噢汉，我亲爱的。"

第二天一早，内森醒来时，她正弯腰看着电脑。

"怎么了？"他问，走进房间，在她的额头落下轻吻。

"我找到一家诊所。在哈利街。"

她感到他抓住她肩膀的手一紧。"汉娜——"

"拜托。"她说，"你看。"她指着屏幕上的婴儿照片。

"不行。"他离开她，走到窗前。

"内森——"

"不行，汉娜。你答应过我的。你答应过这是最后一次。"

“这人是最好的专家。他是——”

“汉娜。我不想听这些。”

“为什么？”她站起来，攥紧拳头，“为什么？”

“汉娜？你能不能……就让我……我能抱你一下吗？求你了？”

“为什么？你为什么想抱我？”

“汉娜。老天，汉。你觉得是为什么呢？”

“我要去。”她说，“我已经约好了。我来付钱。跟我去吧。求你了。你就——去吧。”

真北方向
1987—1992

　　她们彼此猜疑。她们知道对方的存在，因为去年的英语她们分别考了第一名和第二名，大家都会谈论这种事。但她们此前从未一起上过课。如今她们坐在同一间教室里。这是英语成绩最好的班，老师是莱利小姐。两人都是十二岁。

　　莱利小姐有一头长长的鬈发，戴着眼镜，有些像《嗨嗨露营者》[①] 里的苏·波拉德。她把托马斯·哈代的一首诗分发给大家。谁先来朗读一遍？她扫视着眼前的一张张脸。他们的教室是战后修建的破旧的预制板房。

　　第一次上课，汉娜和凯特谁也没主动举手。她们像狙击手一样彼此观察，等待对方率先采取行动。其他同学（磕磕绊绊地）念完这首诗时，莱利小姐抬起头来。

　　那好。凯特？你能说说这首诗讲的是什么吗？

[①] 英国 20 世纪 80 年代的情景喜剧。

她算不上特别漂亮，汉娜心想，这个英语成绩比她（以及其他所有人）高出整整五分——考了九十七分的女孩。她长了张圆脸。在女孩子都爱把长袜堆叠在脚踝，尽量拉高短裙的年代，凯特的裙摆仍维持在普通长度。她的头发刚好及肩，略有些胖，但身上有种汉娜无法用言语形容的东西，似乎外表下正涌动着什么，某种力量。

这首诗讲的是爱，凯特说，接着又失去所爱。他很爱他的妻子，而她离开了。

很好。有人补充吗？

汉娜举起手来。她的手心发烫。

嗯，汉娜？

她已经去世了，她说。

你是怎么看出来的？

她"已化为空白，无知无觉。无论遥远或是亲近，再也无法听见"。她是鬼魂。

没错。

而他感觉很糟。他对某件事心怀愧疚。从这首诗的韵律、句间停顿，以及最后一节的气氛变化可以看出来。结尾并不圆满。

好极了！莱利小姐笑容满面。

凯特坐在教室的另一边注视着这个大获全胜的女孩，她的深色长发，像鸟儿一样专注的目光。

比赛就此拉开帷幕：自那天起，她们兴高采烈地投入了猛烈的较量。

过了半年左右，学校组织出游，在前往斯代尔纺织厂 [①] 的大巴车上，她们不知怎地坐到了一起，竟相处得非常愉快。接下来的周末，汉娜邀请凯特来家里喝茶，这令凯特大吃一惊。而她接受了邀请，也在汉娜的意料之外。

汉娜家的房子很小，位于帕斯伍德路边，是地方政府所建住宅群里的一栋半独立式房屋。房子背后有一个长条形的花园。小厨房和餐厅之间仍保留着旧式的传菜窗口，汉娜的妈妈会从这里递给她们炸薯条和草莓奶昔。汉娜的房间很小，比她弟弟詹姆斯的还要小。这种不公平待遇让汉娜非常恼火。

汉娜的父母每周日早上都去教堂，她也得与他们同行。她经常会带本书，好在布道时看。她告诉凯特这事后，凯特借给她一本朱迪·布鲁姆的《永远》，封皮包着威廉·莫里斯设计的壁纸，看上去像一本无害的诗集。我给精彩部分折了角，凯特说。

接下来的周日，牧师开始低声布道时，她翻开一页读道：

他翻身压向我，接着我们反复以同一频率运动，这种感觉太好，我根本不想停下，直到抵达高潮。

汉娜咧嘴笑了，她开始明白，凯特温和的外表下涌动的那股力量———尽管她还不能准确描述———是"颠覆"。这女孩有颗叛逆的心。

凯特的家在帕斯伍德路的另一头，位于迪兹伯里，是一栋爱德华七世时期风格的半独立式住宅，有四间宽敞的卧室和一座花园。家庭成员还有妈妈、爸爸和姐姐维琪。维琪今年十七岁，她在楼梯平台上趾高气扬地走过的样子简直像一位发怒的女神。

凯特的妈妈是护士，脸圆乎乎的，长得很漂亮。她的红色长

---

① 工业革命中保存得最完好的纺织厂之一。

发垂在脸边，鼻翼周围散落着些许雀斑。她很爱笑。会自己烤面包。汉娜以前从未吃过自制的面包。凯特的爸爸个子很高，蓄着胡须，他在家时，经常在客厅放音乐。他收藏了一系列黑胶唱片，喜欢听鲍勃·迪伦、保罗·西蒙和凯特·斯蒂文斯。喝过茶后，他们有时会放起音乐，在厨房里跳舞。凯特的妈妈舞跳得好极了。她爸爸也是。他们跳舞有时挨得很近，有时笑着亲吻彼此。汉娜以前从未见过做父母的人彼此触摸。凯特的姐姐每次看见这一幕，都会翻白眼。真他妈的，她会说，够啦。

和自己的父母相比，凯特的妈妈和爸爸看上去更年轻。

凯特家投票给工党。汉娜家投票给保守党。

凯特家有左拉和厄普代克。汉娜家有《读者文摘》和《大英百科全书》。

凯特的爸爸做工程设计方面的工作。汉娜的爸爸在克里斯蒂医院做门房。

凯特家有橄榄油，汉娜家有沙拉酱。

她们十三岁时，凯特的妈妈病了，体重骤减，开始脱发，于是试着包起了头巾。她有时会来学校门口接凯特放学，但凯特并不想让她来。她希望自己能从这个骨瘦如柴、包着头巾、戴着耳坠、抹了口红的奇怪女人身旁径直走过。她装扮得太过刻意，消瘦的脸颊衬得牙齿尤其大。

但是过了段时间，母亲看起来有所好转。她的头发长回来了，不过还是和以前不同，要稀疏些。凯特的爸爸依旧在家里放音乐，但他们再也不在厨房跳舞了。

她们十六岁时，凯特在卧室的墙上贴了一张帕蒂·史密斯的专辑《马群》的海报，尺寸有真人大小。是她在市中心的谷物市场买的。她们一起去阿弗莱克斯宫①，在散发着霉味的衣架上寻找和帕蒂类似的夹克。实际上汉娜更适合这身打扮，因为她还没什么胸。那一整个夏天，每到周一晚上她们都会告诉汉娜的妈妈，汉娜要在凯特家过夜，然后就跳上前往丽兹酒店的公交车，随着小妖精乐队、涅槃乐队和快转眼球乐队的音乐在舞池里上蹦下跳。凯特穿着蓬蓬短裙、马丁靴和磨边的条纹上衣。汉娜则穿着拼布长裙和马丁靴。假如汉娜打扮得再大胆些，她妈妈会发心脏病的。事实上，她在画眼线时，妈妈就差点发了一通脾气。

她们参加法国交换项目，去了巴黎西部的一个小镇，回来后法语说得勉勉强强。周六，她们手挽着手在弗莱彻·莫斯公园散步，高声练习法语。两人会互考以往的试题。

爱玛·包法利要为自身的堕落负责？抑或是当时社会狭隘的本质和她周围的人，使得她的不幸无可避免？

她们当年的英语老师是个工作勤恳、精力充沛的女人，坚信社会的流动性，坚信女孩可以掌握自己的命运。她建议两人都申请牛津大学，愿意晚上花额外的时间为她们做考试补习。她们进入新一轮的竞争，彼此鞭策。

某个周六上午，凯特的母亲在阿斯达超市摔了跤，瘫倒在麦片货架区的过道里。她再次住进医院，于是凯特暂住在了汉娜家里，睡在汉娜卧室里的折叠床上。夜里，汉娜熟睡时，凯特躺在羽绒被下望着她的脸，看她陷入梦乡，进入安全的怀抱，自己却感到恐惧在黑暗里涌动。

---

① 曼彻斯特的一个室内市场。

妈妈去世前一周，凯特去临终安养院看望了她。妈妈的眼睛显得巨大无比，身体却只占了床上的那么一小点空间。病房里的气味刺鼻又浑浊。噢，凯特进门时，母亲说。这声音就像有人正用力按她的胃部，挤出了里面所有的空气。凯特缓缓走向她。她觉得这大概是自己最后一次见母亲。她有点想要大笑；她用手死死捂住嘴巴，不让自己笑出声来。

你来啦。母亲说着，示意凯特走近些，你来啦。

葬礼过后，凯特的姐姐维琪搬去了男友家。家里只剩下凯特和父亲，空空荡荡。父亲不再做饭，凯特也经常忘记吃。她不再写牛津补习课上布置的文章。汉娜在为朋友的遭遇感到惊骇的同时，心底某个无情的小角落里，也悄悄松了口气。

她们开始申请大学里具体的学院。由于她们自己和老师都不了解牛津大学，只能胡乱填报——汉娜选了看起来最漂亮的学院，凯特挑了自称每年从公立学校招生最多的一所。她们参加了笔试。两人都获邀在十一月的一个阴冷周末参加面试。汉娜的考场正对一个四方形的院子，早晨的薄雾为它蒙上了一层水汽，院墙仿佛散发着美好未来的气息，令汉娜心跳加速。凯特的考场位于餐厅背后的一处现代化办公楼，窗户背靠一根通风管柱，整个房间充斥着油烟和饭菜的气味。

一个月后，圣诞假期才刚刚开始，她们便收到通知。像之前说好的那样，她们给彼此打了电话。两人打开信封。汉娜低着头，难以置信地看着手中的信纸。

凯特看向她的。见鬼。她说，噢见鬼。

2010

凯特

"早上好，我的小战士！"

尽管时间还早，艾丽斯照常打扮得一丝不苟：马甲、发型、熨过的牛仔裤。"我的小战士今天过得好吗？准备好和我约会了没？！"

汤姆咧嘴笑着拍拍小手，对她眉目传情。"挺好的。"凯特说，"他很好。我们都挺好。"

"你有亲亲吗？"艾丽斯弯身向汤姆张开双臂，"给奶奶一个亲亲好不好？"

汤姆兴高采烈地猛扑进他奶奶的怀抱。"泰瑞在花园里。"艾丽斯抱起汤姆，"昨晚的风可真大。"她用下巴指了指窗外，萨姆的父亲正奋力操作一台吹叶机。他们三人沉默地盯着他看了一阵。泰瑞制造的混乱似乎不比他治理好的混乱少。

"我一直不明白这机器的用处。"凯特小心地开口。

"用来清理树叶呀。"艾丽斯说。

"噢，没错。"

泰瑞抬头看见他们，用力地挥了挥手。汤姆在艾丽斯的怀里使劲蹬脚，向前拱身子。"他想和大男孩待在一起。"艾丽斯说，"我带他出去一下。咱们待会儿见。"

汉娜咽下她的恐惧；她儿子小小的身形，那台蠢笨的机器。"你觉得行就行。"

"我觉得，"艾丽斯干脆地说，"那对他有好处。"

凯特没等到公交车，于是决定步行下山进城，朝着坎特伯雷大教堂走去。她有足足五个小时可以打发——这五个小时里她能做任何事，只要还算合理。她可以坐火车去查令十字街，逛逛英国国家肖像馆。欣赏西克特的作品。还有瓦妮莎·贝尔的。再沿着圣马丁巷穿过考文特花园，在高尔街尽头的乐施会书店买本便宜的平装书，随便找个广场坐下，重温她往日的岁月。

她知道自己应该做什么——回家，清洗茶巾、婴儿连身衣和白色厨师服。叠衣服。收拾纸箱。完成搬进新家的最后一步。但这些事她一件也没做，而是继续在街上走着，不自觉地踏上旧时的朝圣之路①，走过城墙，沿北门向南来到宫殿街。

大教堂门口照例排着由外国学生和世界各地的基督徒组成的长队。她钻进普利特咖啡馆，买了咖啡和点心，坐在窗畔望着这座砖木结构的城市之心。街边有兜售劣质旅游商品的摊子，多数

---

① 坎特伯雷是英格兰历史上著名的宗教圣地。

是印有 LONDON（伦敦）字样的旅游衫和棒球帽。还有门牌是二十世纪五十年代风格字体的糖果铺，售卖大块的圆形硬糖和糖霜软糖。穿红色夹克的年轻男人在人群里招揽生意，推销自家的撑篙游船行。一派二十一世纪快乐英格兰[①]的虚假幸福。

人潮中一个小小的摊位吸引了她的视线。摊位前挂着一条横幅：抗议学费大幅上涨。十二月十日投票。

一个女孩站在横幅前分发传单，她的头发很长，染成了粉色。凯特注视着她同路人讲话的样子。她小小的身形裹在宽大的套头衫里，脸上有种活力，让她想起了露西。

凯特几乎每个小时都会查看邮箱，但没收到埃特斯的回复。

她喝完咖啡，便走出咖啡馆，腼腆地朝那个摊位走去。

"我可以拿一张吗？"她对粉头发女孩说，指了指传单。

"当然啦，"女孩笑了笑，塞了一张到凯特手里，"你愿意顺便签一下请愿书吗？"

"没问题。"凯特俯身写下名字，随即突然意识到自己在做什么。来不及想好接下来去哪里，她便含糊地说了句再见，转身走开，排进了教堂外的队伍。参观门票要十镑。她有些迟疑，还是掏出钱夹刷了卡。一条鹅卵石路通往入口，大教堂就矗立在她面前。她走进去，来到正厅，高高的屋顶在上方俯视，穿无袖外罩的导游面带笑容地向游客兜售旅游指南。她离开这里，经过烛架来到远处的墙壁，仔细阅读刻在石墓上的铭文。铭文用悲痛的语言描述了殖民战争导致的不幸：年轻的战士葬身于滑铁卢、印度、西非和北非，直至最为惨烈的两次世界大战。墙上垂挂着破

---

① 一种描述中世纪到工业革命之间的田园牧歌式英格兰社会的概念。

烂的黑色旗帜。远处传来管风琴的旋律。她在一块椭圆形纪念碑前驻足。这是皇家骑乘炮兵少校罗伯特·麦克弗森·卡尔恩斯之墓，"于一八一五年六月十八日长眠于此，享年三十"。

这座简陋墓碑
由友谊之手所立，
忠实，但远不足以表明
我们的崇敬，以及无法用言语表达的悲痛，
活在墓穴外面之人的崇敬，
永无休止的悲痛，
直到如今缅怀他的那些人
也与他团聚，
在上帝护佑的国度
获得
永恒的安息。

所有的这些孩子。所有的这些母亲。所有的悲痛。这里，只字未提对他们的歉疚。假如能在某个地方表示歉意，也会给人些许安慰，哪怕只是在一块小小的牌匾上写着：对不起。我们错了。一切殖民主义、帝国统治和杀害我们孩子的行为都错了。包括上帝。强占的土地。掠夺的资源。奉行的父权制。狼狈为奸的教会和军队。

谁要当个小战士啊？

她想把儿子要回来。想跑上山，到哈伯道，把他从他奶奶的怀里夺回来。她突然感到难以呼吸。她匆忙穿过侧门，来到回廊上，冷风刺骨，四方院子里的草叶一片深绿。她在墙面凿出的石椅上重重坐下，大口喘着气。她突然明白了自己不喜欢这座城市的原因：这里的一切都让她想起牛津——教堂、游客、无法踏足的草坪。甚至是撑篙游船，还有结伴来到河边、试图捕捉《故园风雨后》[①]里的美妙场景的一代代学生。

伊夫林·沃是极右分子，也是个多愁善感的人。开始讨论。

她恨那本该死的书。

石板路上传来脚步声。凯特抬头，看见一个人正快步朝她走来。这人穿着宽大的男式外套，戴着毛线帽。凯特认出她是亲子班上的那个女人，于是朝墙边一缩——今天她不想被任何人碰见。但为时已晚。

"嗨！"迪亚说，"凯特，对吧？"她微笑着伸出一只戴了手套的手。她脸色疲惫，像是被风刮的。"我一开始没认出你来。因为没看见孩子。他今天去哪儿了？"

"和我婆婆在一起。在哈伯道。"

"挺好的。"迪亚把头歪向一边，"你似乎有点迟疑。那样不好吗？"

"噢，不——挺好的。只不过这是我第一次离开他。感觉有点怪。"

"我懂你的意思。"迪亚点头说，"周二是属于我自己的一天。我每周都盼着它到来，好工作一会儿，但我就是……"她扮了个鬼脸。

"你的工作是？"

---

① 英国作家伊夫林·沃（Evelyn Waugh，1903—1966）创作的长篇小说，主人公查尔斯怀着梦想进入牛津大学，并在这里结识了好友塞巴斯蒂安。

"教堂艺术。我正在写一本书，但总也写不完。"

"哪种类型的教堂艺术？"

"这里就能看到一些。"迪亚指向屋顶，凯特抬头看去。一开始，她不知道自己要看些什么，不过接下来，"这里——"迪亚抓住她的胳膊肘，"看见那个绿人了吗？还有美人鱼？"

起初很难辨认，凯特仔细看了一会儿，才看出上面的细节——不只是绿人，还有盘绕的巨龙、蜥蜴以及吹笛子的牧羊人。"噢。"她回答，"我看到了。真想不到上面还有这个。"

"没错！我喜欢把它们看作小小的颠覆。异教诸神托起国教教堂的扶壁。"迪亚回头看了一眼，"我真把这话说出口了吗？抱歉。"她露出懊恼的笑容。

一股冷风穿过回廊。"天真冷。"迪亚说，"愿意来我家坐坐吗？就在这附近。咱们可以喝杯茶。"

"好啊。"

她们走出大教堂，经过那个学生管理的摊位时，迪亚停下脚步对粉头发女孩说了几句话。凯特没有上前，默默看着女孩骄傲地向迪亚展示他们收集到的一连串签名。

"她是我的学生，或者说我休产假前，她曾是我的学生。"迪亚回到凯特身边时说，"我们想请校长声援这次活动，但我估计她不会同意。不过，挺有意思的——这些孩子勇敢地站了出来。我很自豪。"

迪亚的家很近，就在主街边上，挤在一排外观相似的小房子中间。前门刷成了柔和的灰绿色，门旁的窗栏花箱里盛开着花期较晚的深红色鲜花。大衣和围巾在狭窄的门厅里胡乱堆成一团。迪亚领她穿过门厅来到屋后的厨房，空间开阔起来，光线明亮，惬意又舒适。一位高个子的黑人女性站在炉子前，她有一头蓬松的埃弗罗发式①。

"嘿，佐。"迪亚解下围巾，"这是凯特。我在'亲子大混战'认识她的。就是我跟你提过的那个要命的亲子班。刚才我在大教堂又碰见她了。"

女人转身。她身体的每一个部位都可以用"长"来形容：修长的四肢，纤长的颈部，细长的手指绕着一只马克杯。绝色美人。"很高兴认识你，凯特，我是佐伊。"她说话像美国人，凯特觉得有些南方口音。迪亚走到炉边吻了吻佐伊。凯特看见佐伊伸手在迪亚的背上搭了一会儿。

"坐吧，凯特。"佐伊说，"抱歉有点乱。"

凯特在一张破旧的沙发椅上坐下，上面堆着毯子和靠垫。阳光从身后的窗户斜斜照进屋内，后背一片温暖。架子上挤着密封罐、书、玩具和瓶子，在阳光下闪闪发亮。房间到处都堆满了书。路易丝·布尔乔亚的传记被当成了花架。护墙板上落了灰，地板也有些磨损。洗碗槽里摞着一堆待洗的碗碟。看到这些脏盘子，凯特内心深处有些如释重负。"你们在这里住了很久吗？"她开口问道。

"五年了。"迪亚抖了些花草茶到壶里，"之前我们住在美国。我在那边的一所大学教书，我俩就是在那里认识的。但我是个肯特郡姑娘。在市郊长大。你呢？在坎特伯雷住很久了吗？"

"快两个月了。我们是在汤姆五个月大的时候搬过来的。"

"一定很不容易吧。"

---

① 常见于非洲黑人的一种圆蓬形的、非常浓密且紧凑卷曲的发型。俗称爆炸头。

"还行。"凯特撒了个谎。

"你住在哪儿？"

"城市的另一头。温奇普路。"

"我知道那里。"迪亚说，"我们在那边租了一小块可以种菜的土地，就在'幼儿园地'①的后面。"

"很高兴认识你，凯特。"佐伊说，"我得趁着诺拉小睡去做点工作。"

"噢，享受博士补贴的宽裕生活。"

"噢，带薪产假的无边欢乐。"佐伊抛给迪亚一个飞吻，"嘿。"她走到门边时转过身来，"你们两个应该做点什么。好好放松一下。做点妈妈们聚在一起时做的事。"

"我们现在就在做。"迪亚走过来，把手里的茶递给凯特，"对吧，凯特？这就是。这就是我们的小聚会。就在这里。就是现在。"

"呃……没错，我也觉得。"凯特说。她端起茶杯。茶汤呈淡黄色，微微冒着香气。纤小的花瓣浮在表面。

迪亚顺势在沙发上挨着凯特坐下。"宝妈俱乐部。宝妈俱乐部的唯一规则就是，我们不讨论这个俱乐部的任何事②。对吧？"

佐伊大笑，翻了个白眼。"我不打扰你俩了。"她挥了挥手。

她离开后，迪亚把头转向凯特："来点巧克力饼干？我可存了一大罐子。"

"嗯。好啊。"

---

① 位于坎特伯雷斯陶尔河畔，专为学龄儿童设计的游乐园。
② 演化自电影《搏击俱乐部》的经典台词："搏击俱乐部的第一条规矩是，你不能讨论搏击俱乐部。"

迪亚向背后的橱柜伸手，掏出一只饼干罐。"当了妈妈之后，你会发现自己买的都是一堆稀奇古怪的东西。我已经忘记巧克力手指饼干的滋味了。"凯特欠身拿了一块。

　　"所以……"迪亚说，"你过得好吗，凯特？"

　　"我……"凯特嘴里塞满了饼干屑，被这个问题吓了一跳，"我还好。"她说。

　　"在宝妈俱乐部里，要说实话。"迪亚的语气略带责备，"那我先来。问我吧。问我过得怎么样。"

　　"嗯……你过得怎么样，迪亚？"

　　"让我想想。"迪亚闭上眼睛酝酿了一下，"怎么说呢，我平均每晚只睡五个小时。以前我至少要睡八小时。假如没睡够，整个人就会疯掉。内心深处，我还是我，不过自从女儿出生，我就没睡过一个整觉。我的膝盖火烧火燎地疼。这伤以前就有，现在因为要用吊兜带着女儿，又加重了。她三周大的时候，用吊兜带着她仿佛是世界上最美好的事，但如今这样感觉就不太好了。可她只有在吊兜里才睡得着。就是这么回事。我的乳房涨得很大，沉甸甸的。我听别人说它会恢复正常，但至今也没有。我左肩根本动不了。我没日没夜地都在担心各种可怕的事：女儿摔倒了，不小心伤到了自己，或是有人伤到了她。我一听新闻就会大哭，或者索性关掉不听。自从女儿出生以来，我再也没做过爱了。"

　　凯特笑了。

　　"你觉得很好笑？"

　　迪亚轻轻啜了口茶。凯特的嘴里充满了巧克力甜甜的余味。

　　"还有很多其他的事，不过——你懂的。我可以留着下次再聊。好啦。"迪亚把话题转向凯特，"和我说说吧。你怎么样？"

她做了意大利面加小番茄，放了橄榄油，一丁点辣椒，最后翻出被遗忘在冰箱内层的一小节干酪，撒了点干酪丝在上面。汤姆的那一份已经盛在他的绿色小碗里，桌上还放了瓶打开的红酒。

门开了，她听见萨姆在门厅里挂外套。"嘿。"他吸了吸鼻子，"闻着很香。"

"我想着今天我来做饭。"她弯腰抱起在地板上玩耍的汤姆，"来吧，小可爱。过来尝尝意大利面。"

意大利面做得相当成功。汤姆抓起蝴蝶面片时，小手灵巧得出人意料，还把汤汁也喝得一干二净。吃完饭后，她和萨姆又一人喝了一杯半红酒，萨姆主动提出要给汤姆洗澡，凯特坐在桌边听着两人咯咯大笑，一起唱着歌。洗过澡后，萨姆把汤姆抱回凯特身边，孩子湿漉漉的头发微卷着。她亲了亲他的额头。"谁是我的可爱儿子呀？"她说，"谁是我的小宝贝？"

"我来给他换上睡衣？"萨姆问。

"好，拜托你了。"

她从艾丽斯那里接回汤姆时，他看上去既快乐又安宁。

她起身去洗了碗，擦了桌子，又给自己倒了半杯红酒。

实话？

是的。我们实话实说。

迪亚的语气像是真心想听到答案。似乎实话以外的答案都不够好。

实话就是我也很害怕。

接着说。害怕什么？

所有的事。每时每刻。我很孤独，也很痛苦。我至今也接受不了他们把我切开的事实。我觉得自己很失败。作为女人，作为母亲，我什么事都没做对。我的母亲不在这里。我很想念她。我意识到自己一直都很想念她。她没有让我做好准备。我气她扔下了我一个人。我不会处理这些。也不想处理。没人告诉我结婚生子是这样的。

我觉得我嫁错人了。

最后一句话她没说出口，但其余的都说了。话开了头，就无法停下。迪亚坐在那里，听她倾诉。被人倾听的感觉如同吸入纯净的、令人兴奋的氧气。

那么。下周同一时间？宝妈俱乐部？

好啊。下周同一时间。

"嘿。"萨姆走进房间，"汤姆看上去状态不错。他和我妈相处得好吗？"

"噢。"凯特说，"挺好的。"她喝干了杯中的酒，"我觉得这个安排不错。"

丽萨

他们要做个游戏，克拉拉说。不过是个严肃的游戏，一种技法，能让真情实感喷涌而出的手段。他们需要运用这种技法，因为他们的表演都太生硬了。他们都是英国人典型的紧绷、拘泥的姿态。跟俄国人完全比不了。俄国人一点也不生硬，压根儿不会。他们的血管里就流淌着伏特加，流淌着悲痛，还有属于那片土地的血液，而英国人只有淡茶和湿乎乎的气候。

那么……

克拉拉导演的目光慢慢扫过整个房间——全体演员都在她面前，一个不落。这是周一早上他们做的第一件事，第三周就此开始。

"里萨。"她眯起眼睛，"你很生硬。你总是很生硬。瞧见你的坐姿了没？万尼亚是怎么描述叶莲娜的？"她转向强尼，"她是个什么样的人？"

"您瞧您的脸庞。"强尼凝视着丽萨道，"您的步姿。您这娇懒的生活。十足的娇懒。"

"谢谢你，强尼。那么，里萨——叶莲娜会像你这样坐吗？"她把双手交叠放在大腿上，模仿丽萨的坐姿，"当然不会。你太英国了。你们没一个做对的。我当初为什么要选英国人来诠释这部俄国剧？真是疯了。绝不会有下次。里萨——你知道迈斯纳表演技法①吗？"

丽萨点头，她知道。"我们在戏剧学校学过。不过那已经是很多年——"

"很好。来，请坐到这里。"

房间中央放了把椅子，丽萨顺从地走过去坐下。"还有你——"克拉拉突然转身，指着迈克尔说，"你也很生硬。你在台上待个五分钟就生硬得不行。真是糟透了。过来。"

迈克尔起身，抓了抓头发，咧嘴笑着。"好极了，"他说，"说得

---

① 美国表演大师桑福德·迈斯纳（Sanford Meisner, 1905—1997）研发的一套演员训练方法，强化演员的想象力，帮助演员将注意力放在对手戏的演员身上，根据对方言行做出准确反应，从而更深入地体验角色。

好。"

"迈克尔，你知道这个技法吗？"

迈克尔摇了摇头。

"里萨。请你给迈克尔讲讲。"

丽萨在脚踝处交叉小腿，又打开。"嗯……我记得是这样……我们随便哪个人先指出自己在对方身上注意到的东西。比如说，我仔细留意你这个人，先从外表开始，比如你现在穿的衣服。我可能会说，你穿了一件蓝色上衣。然后你对我复述一遍这句话。我穿了一件蓝色上衣。先这样来几轮，然后逐渐深入——"

"停！"克拉拉拍了拍桌子，"解释到这里就够了。开始。"

迈克尔短促地笑了一声。丽萨吸了口气。

"你的发型，"她开口，"……有点像飞机头。"

迈克尔笑了。"我的发型有点像飞机头？"他应声，句尾的词微微上挑。

"停。"

迈克尔转头看向导演。

"不要演。"克拉拉砰砰捶了几下桌子，吓了舞台总监助理波比一跳。"你就是在演。假如这就是你的本事，那幸好你在这部戏里一句台词也没有。关键是不要刻意去演。"

迈克尔像霜打的茄子般转向丽萨，丽萨递给他一个同情的眼神，接着他们再次开始。

"你的脸色很苍白。"丽萨开口。

"我的脸色很苍白。"

"你的脸色很苍白。"

"我的脸色很苍白。"

她看得出他现在整个人都吓呆了，一动不动地站着。

她想起了戏剧学校的老师，一个情感丰富的小个子男人，热切地笃信这种技法真的有用。大声说出你看到的东西，这是他们在运用迈纳斯技法时他常说的话。把你的注意力集中在对方身上，仔细观察，然后大声说出你看到的东西。"你看起来很害怕。"她对迈克尔说。

"我看起来很害怕。"迈克尔表示赞同。

"你看起来很害怕。"

游戏磕磕绊绊、不温不火地进行了一会儿，直到克拉拉发出不满的嘘声，连连摇头。

"停。这简直糟透了。糟糕透顶。"她不耐烦地挥了挥手，赶迈克尔下台。

"老天。"他低声嘟囔，起身拽了拽牛仔裤，"祝你好运。"

"你来。"克拉拉朝强尼坐的方向歪歪头，"强尼。该你了。"

强尼沉默地起身，来到迈克尔之前的位置。

他静静地坐在那里，一动不动地看着她，持续了好一会儿。他的视线很温柔。她察觉到它轻扫过她的肩头，她的胃部，她的双脚，她的胸口。她意识到自己的双腿又紧紧交叉在了一起——她什么时候这样的？——以及双手的位置。她意识到手心和腋下在发热。她意识到一种力量的平衡，而这种平衡来自他。紧接着，"你看上去很悲伤。"他终于开口。

"我看上去很悲伤。"丽萨重复这话，有些惊讶。

"你看上去很悲伤。"

"我看上去很悲伤。"

"你看上去很悲伤。"

"我看上去很悲伤。"

"你的脸红了。"

"我的脸红了。"

"你的脸红了。"

"我的脸红了。"

"你很沮丧。"

"我很沮丧。"

"是我让你感到沮丧。"

"是我让你感到沮丧，不对——"她结巴了一下，"是你让我感到沮丧。"

"是我让你感到沮丧。"

她感觉自己的脸颊烧了起来。"你——穿了件黑衬衫。"她接着说。

强尼挑了下眉毛。"我穿了件黑衬衫。"他重复。

"停。"两人一齐转向克拉拉，她已经从座位上站了起来，怒火中烧。

"你为什么要这么做？你为什么要提他的衬衫？我要的东西就在那儿。这间臭烘烘的该死的房间里头一回快要有点进展，你却谈起了他的衬衫？不行。就现在。再来。"

强尼缓缓转过身来，对她笑了。宛如刺客的笑容。他的蓝色眼睛几乎一眨不眨。"你觉得不舒服。"他说。

"我觉得不舒服。"

"你觉得不舒服。"

"我觉得不舒服。"

"是我让你觉得不舒服。"

"是你让我觉得不舒服。"

"是我让你觉得不舒服。"

"是你让我觉得不舒服。"

"你看上去很难过。"

"我看上去很难过。"

"你的表情很悲伤。"

"我的表情很悲伤。"

她的喉咙发紧。还没来得及从上一击中恢复过来，他的下一击就袭来了。

"你失去了某些东西。"

"我失去了某些东西。"

她察觉得到——其他演员坐在座位上，身子前倾。这一排排脸庞变成一片观众时，存在于她与他们之间的无形的细线突然绷紧，某种情绪正在悄然生发。

"你哭了。"

"我哭了。"

"你哭了。"

"我哭了。"

"太棒了！"克拉拉跳了起来，"就是现在。马上。开始演你们的场景。"

她需要新鲜空气。她挤过人群，来到门外，站在脏乱的楼梯井边，抬头望向天空。

迈克尔已经出来一会儿了。"操。"他说，"真狠。可又跟过了电似的。"

丽萨什么也没说。

在她身后，强尼出来了。

"真他妈带劲，伙计。"迈克尔说。强尼没理他。迈克尔只好兀自点点头。"带劲。"他对着空气说。

"你刚才演得相当不错。"强尼对丽萨说，"你可以成为更优秀的演员，比你自己认为的更优秀。假如你能放手一搏的话。"

她那天整个下午都没有别的安排。她不愿意回家，也不愿意在排练室多待一秒看其他人排练。于是她跳上开往市中心的公交车，喧闹老旧的七十三路：金士兰路站、肖尔迪奇区站、老街站、天使站、国王十字车站。昏黄的天幕低垂，她在图书馆下车时，天空飘起了雨。她把大衣和提包存进储物柜，向善本阅览室的门卫出示了读者卡，找了空座坐下。最后在静寂中闭上双眼。

她是个空心人；她的体内什么也没有，没有牵绊，没有才能，也没有成功。强尼说得对——她失去了某些东西。抑或是很多东西。抑或她从未拥有过。她整个人不过是一堆失败的总和。她的身体空洞到可以轻飘飘地浮在人群上方，看着他们埋头辛勤劳作，而她却独自在城市上空游来荡去。她爱这座城市，可它并不爱她，它没有给她生活所需的养分，只让她勉力生存。

她打算下楼取出自己的东西，给经纪人打电话，说她要退出这部剧，要放弃这个她一直当作借口的职业。

她下楼到衣物寄放处，拿好外套和提包，穿过空荡荡的门厅走向大门。就在这时，她看见了他。即便他背对着她，她还是一眼就认了出来。他弓着背，没有开口说话，不过电话另一头的人看样子说了很多。丽萨双手插着大衣口袋，踌躇不前。没过多久，他挂了电话。她看着他一动不动地站了几秒，然后抬起头来。她上前碰了碰他的手臂。内森吓了一跳。

"丽萨。嘿。"

"你还好吗？"

他抓了抓头发，眼神有些狂乱。"我只是需要……烟。你有吗？"

"当然。"

他们经过门口的安保人员，走到图书馆外能稍稍挡一些雨的屋檐下。雨势已大。她递给他一些烟草，他卷烟时，她往后退了一步。

"抱歉。"他把烟举到唇边时说。

"抱歉什么？"

他抬头看向她，眼神有些惊愕。"我不知道。我大概只是——习惯了说抱歉。因为抽烟而感到抱歉。我不应该抽烟的。"

他接过她递的打火机点着烟卷，感激地仰头吐了口烟。她从他手里拿过皮革制的烟草袋，自己也卷了一支。他们呼出的烟雾在潮湿的水汽里交织在一起。广场上，人们快步走过雨水淋湿的水泥路面，手里拿着提包和书。"你吃过了吗？"他问。

"没有。"

"这附近有个酒吧。有……塔帕斯①之类的。"

他说"塔帕斯"的方式不知为何让她嘴角上扬。

一起过马路时，他看上去有些心不在焉。她努力忍住了拉住

---

① 西班牙风味的餐前小吃。

他的手臂、领他安全通过车流的冲动。

"就在这附近。"他带她穿过尤斯顿路南侧的一栋栋红墙公寓，又经过一栋乔治王时代风格的排屋，来到拐角处一家光线昏暗的酒吧。"我觉得就是这儿。反正在这里吃也行。"他拉开门让她先进。"你想喝点什么吗？我要喝啤酒。再来杯威士忌。你要威士忌吗？"

他没再提吃什么。她看了一眼吧台上方的挂钟——两点四十五分。

"好啊。"她说，"为什么不呢？"

她在角落里找了张桌子，离窗边稍远。他端了两杯健力士黑啤和两杯威士忌过来。"为健康干杯。"他几下喝光威士忌，又喝了一大口黑啤。然后，他像才真正注意到她的存在似的，问道："你今天过得怎么样？"

"糟透了。"

他表情阴沉地点点头。

"你呢？"她说。

"你肯定不想听。"他抬头看向她，她看见了他脸上的绝望。"试管授精失败了。上回那次。"

她并不感到惊讶。她希望自己会惊讶，但并没有。

"我没法子了。"他说，"我们俩都不知道怎么办了。"他转头看向窗户，雨水在玻璃上溅起了大朵水花，然后他三大口灌掉了剩下的黑啤。"我得再去买点酒。你要吗？再来杯威士忌？"

"好啊。"

他走开后她一直在摆弄手机。摁亮。再摁灭。她觉得很奇怪，汉娜对此竟然只字未提。她喝完威士忌，又小口啜着黑啤。

他回来时又端了两杯黑啤和两杯威士忌。"要是你喝不了的话，我会喝完的。"他把酒杯推向她，微微一笑。"接着说吧，为什么今天过得很糟？汉娜说你在排练一部戏剧。"

她想对他说这不重要。想说她不想讨论自己的事。"对。"她说，"我在排练。"

"俄国的？"

她点点头。"《万尼亚舅舅》。契诃夫。"

"情况如何？"

"还行。"

他向前倾了倾。"还行？听起来不太好。"

"还好。不过就是……"她短促地笑了下，"我也不知道。我今天简直怀疑整个世界。"

"我也想这么说。"

"真的吗？"她停顿，等他继续，看着他圈住啤酒杯的双手。他的眼睛——眼睛下方薄薄的皮肤，他嘴角的弧度。大声说出你看到的东西。

你很悲伤。

你很愤怒。

"我也不知道。"他用手指敲着染了污渍的木头桌面，"我只是——我甚至想不起来我们为什么要做这件事了，可它让我们的生活变成了这样。把汉娜变成了这样。有那么多的规矩。每、一、件、该、死、的、事都要严格规划，时刻监管。无论我把什么摄入体内，她好像都在一旁看着。我喝咖啡也要看着。我下班后和朋友聚会，就会问我喝了几杯酒。计算。无时无刻不在计算。她简直成了个警察。"

他陷入沉默。

"她只是想要个孩子。"丽萨轻声说。

"你以为我不知道吗？"现在他火冒三丈了，"但她如今变成了这样。成了一个想要孩子的怪物。但那根本他妈的不管用。孩子难道不该诞生于爱吗？诞生于放纵？美好的性爱？不是时间表。不是电子表格。不是图表。"

他说得太多了。她看出他自己也吓了一跳。

他抬头看她。"你从来没想过要孩子吗？"他声音低沉地问。

"我——没有。就一次。我是说，我怀过一次孕。"

"真的吗？"

"是啊。"那是在大费兹罗维亚区的玛丽·斯托普斯诊所，扫描照片上一个隐隐约约的暗影。她念戏剧学校第一年的年底。

"然后呢？"

"我做了终止妊娠。"

"抱歉。"

"不必。来。"她举起威士忌，"干杯 ①。"酒精滑过她的喉咙，火辣辣的。"再来支烟？"她说。

"你真了解我。"

他们走到门外，挤在门廊上依次卷烟。

"接着说吧，"两人都点着烟时，他再次开口，"你还没跟我说为什么今天很糟。"

"有人……批评了我的演技。我可能不太承受得了。"她找寻着能让目光停靠的地方——雨幕，开着前灯的来往车辆，费力握

---

① 原文为爱尔兰语。

着雨伞的人们。她的醉意迅速飙升。

"有时候……我感觉一切都不真实。"她转向他。他正注视着她。距离很近。他摇摇头。

"怎么了？"她问。

"只是听见你说这样的话，有些奇怪。"

"为什么？"

"因为你在我眼里一直都很鲜活。可不止真实。"

她短促地一笑。

"我还记得第一次见到你的时候。你简直——闪闪发光。后来我们大些了，还有那些派对。在慈善商店里狂欢。"

"是啊。当时我是怎么想的呢？"

"那些日子很美好，不是吗？无忧无虑的，对吧？那时我们是自由的。"

他朝前靠，抓住她的手腕。她低头看着他的手指，修剪得不够整齐的指甲边缘。她感觉到心脏、手腕和两腿之间传来的搏动。

"我很怀念从前。"他说。

大声说出你看到的东西。

你想要我。

"我呢？"她抬头看向他的脸，"我是什么样的？对你来说？"

"你很美，明亮夺目，无拘无束，丽萨。你很真实。"他抬手捧住她的脸，吻向她的嘴唇。

出乎意料。

又在意料之中。

她的双唇为他张开。触到了他的舌尖。

"对不起。"他说，往后退开。

"没有。"她说。

"我不该这么做的。"

"没关系。什么都没发生。"

他摇摇头。"汉娜。"他说，声音有些哽咽。

"什么都没发生，内斯。"

他捂住了脸。"不是因为这个。而是——她想再试一次。试管授精。想换一家诊所。哈利街上的诊所。"

"那得花几千块钱吧。"

"不只是钱。"

"你打算怎么做呢？"

"我不知道。"他的脸庞再次涌上绝望，将他笼罩其中。他抬头看她。"换作你会怎么做呢？"

"噢老天。"她轻轻笑了，"别问我啊。"

"但我在问，"他说，"我就在问你。你是我第一个倾诉这件事的对象。你没法想象说出来的感觉有多好。丽丝。告诉我。"他恳求道，"拜托。你会怎么做呢？"

"我不会做的。"她答道，紧了紧身上的羊毛衫，盯着大雨冲刷的街道，"我会说不。"

汉娜

他们在摄政公园站下了地铁，路过一排有奶油色柱廊的建筑，沿马里波恩路前行，随后拐进哈利街。她走得很快，仿佛在赶时间，领着内森走过那些迷你豪宅，走过吞吐出包着头巾的瘦削女人的豪车，走过怀抱着小型犬的老太太。他简直根本认不出自己到了哪儿。

她摁响了一栋三层建筑的门铃，幸好这里不像周围的建筑那么豪华。蜂鸣声响后，他们进入铺着黑白石板的门厅，四周的墙上挂着可爱婴儿的照片，一段摄政风格的楼梯弯曲向上，尽头处是光亮。他们报上名字，然后被引进一间休息室，和他们的公寓差不多大小。松软的沙发隔着棱角分明的桌子两两相对，桌上整齐地码着杂志。大约六米以外的沙发上还坐着一对夫妇，正隔着房间打量他们。

内森落座，顺势跷起了二郎腿。他的运动鞋磨旧了，着地的一条腿在长毛绒地毯上抖动。角落里的咖啡机传来汩汩的水声。"我去拿杯喝的，"他说，跳了起来，"你要一杯吗？"

"不用，谢了。"汉娜弯腰看向桌面：《闲谈者》《时尚芭莎》《乡村生活》《ELLE》。她抽出一本《ELLE》，随意翻了翻，发觉自己的呼吸又急又浅。

内森端着一小只白色塑料杯子回来了。

"咖啡太差劲了。"他不满地说，"他们要收多少钱？"

"七千。"她平静却准确地报出数字。他知道这个价格。她知道他知道。

"真想知道这地方的租金要多少。"他的声音有点太大了。房间另一侧的夫妇支起了头。接待员朝门里看了看。

"吉拉尼医生可以见你们了。"

汉娜起身，抚平裙摆："谢谢你。"

内森跟在她身后上楼。"画不错。"路过一组花里胡哨的抽象画时，他说。

楼上一间巨大的办公室里，吉拉尼医生就坐在宽阔的书桌后等着他们。他身材壮硕，像一只微笑的大熊。他欠身同两人问好，爪子牢牢攥住他们的手。"很高兴见到你们。"他发自肺腑般地说，"来，请坐。"

"所以，"两人落座后，他继续道，"我读了你们的记录。汉娜，很多女人都像你一样，查不出不孕的原因。"

汉娜点头。

"至于你曾经怀过一次孕，虽然没有保住，也是好现象。好消息是你依然随时可能受孕。坏消息是除了常规方案，我们也没有更好的办法。不过——"他笑了，"我们的设备非常完善。"

内森环顾四周，想看看这里究竟有什么设备。而这个房间面积巨大，却空空荡荡。

吉拉尼医生给他们讲了一遍英国国家医疗服务体系无法提供，这里却可以实现的治疗方案：延时摄影，定期扫描，刮宫术，在周末提供受精卵移植服务。对于汉娜这个年纪的病患来说，这些能增加最多百分之三十的受孕概率。

"刮宫术是什么？"内森问，"听起来很残暴。"

"是一种技术手段，"吉拉尼医生回答，"已被证实有助于移植。来。"他隔着桌子递来一张纸，在几个数字下划了重点：受孕概率32%，年龄段35～38岁。再往下的胎儿存活率就更低了。列在纸页最后的一串小小的数字就是费用。

"你能给我讲讲，"内森开口，"价格的明细吗？"

吉拉尼医生的微笑没有丝毫动摇："当然，我可以让我的秘书准备一下。"

"因为——这真是挺大一笔钱的，"内森说，"不是吗？就一件百分之七十可能失败的事来说。"

汉娜的拇指掐进了另一只手的掌心。

"我理解。"吉拉尼医生不露痕迹地瞥了一眼墙上的挂钟，"我们的很多病人会用保险——"

"我们没买保险，"内森说，"我们一直都很信赖国家医疗服务体系。"

汉娜欠身拿过内森面前的那页纸，塞进提包。"谢谢您。"她说。

"那么——假如你们决定继续，请和我的秘书预约，之后我们就可以开始。"

"等等，"内森说，"汉——你不需要时间恢复吗？汉娜刚刚做完一轮试管授精。她很疲惫。"

"我挺好的，"汉娜说，"我自己可以判断。"

"当然没问题——"吉拉尼医生摊了摊大手，"如果你们想再等等。不过每等一个月，自然，这一个月就——"

"不。"汉娜开口，"我不想再等了。"

内森看向窗外，嘴唇紧抿。"谢谢您，吉拉尼医生。您帮了很大的忙。"

吉拉尼医生用力握了握他们的手。

内森在她之前走下楼梯，一步也没停地经过接待处，径直推开前门走上大街。汉娜快步赶上他时，他已经走到街角，手里的烟卷了一半。

"你什么时候开始抽烟的？"

"最近吧。而且我还没开始抽呢。"

"那这又是什么？"

"一支烟啊。"

"你之前也在抽吗？上一轮的时候？"

"没有，汉娜。那时我没抽。但现在我很想来一支。"他点着了烟。她盯住他。汽车喇叭声在他们周围盘旋。天色灰蒙蒙的，大气污染严重。

"我真不敢相信你会这样做。"她说。

"你不敢相信什么，汉娜？"

她朝他挥了挥手。

"噢。我恶心到你了，是吧？不过，这里——"他用夹着烟的手朝周围挥了挥，"恶心到了我。这些医生利用病人的绝望大赚特赚，几万、几百万。这整条街都是骗子。你还不如找个许愿井，直接投七千镑进去，效果也差不多。"

"你真是这么想的吗？"

"对。他们都是该死的信仰治疗师，汉。"

"那墙上的那些孩子呢？他们的确出生了。因为这位医生。"

"就算没有他，他们或许也会出生。"

"你没法确定。"

"对，我没法确定。我什么都不知道。你也一样。该死的吉拉尼医生也不知道。没人知道。因为人体是个谜。因为生育这件事本身就是他妈的一个谜。汉。"

"但也可以做点什么……"

"我们一直都在做。该做的都做了，汉娜。我们成年累月地努力过了，还是没有孩子。"

"我一直在做。是我一直在做那些事。你做了什么，内斯？

跟我说说。你做了什么？"

他看着她，深深地吸了一口烟。"抱歉，汉娜，真的。我想让你知道，我爱你，但我不想继续了。"

"什么？你不想继续什么了？"

"这件事。"内森回答。

"'这件事'是什么意思？"

他把烟蒂丢向马路，车辆在交通信号灯前咆哮，然后他摇了摇头。

*

父亲在斯托克波特的站台上等她。她透过窗户先一步看见了他——每每看到他蹒跚的模样和一头白发，她都会有一瞬间的惊讶。她走下火车时，看见他正东张西望，在人群中寻找她的身影。

"爸！"她喊道。他转向声音的来源，张开手臂。

她闻到他身上的香皂味，还有妈妈常用的洗衣粉的鲜明气味。

"我来拿吧。"他向她的行李箱伸手。

"没事。不沉。"

"给我吧。票拿好了吗？现在车站后面多了道检票口。"

车还停在老地方。"这会儿，"他一边说一边把行李抬进后备厢，"你母亲已经做好牧羊人派了。她很担心你，亲爱的。"

外面正飘着点点雨丝。树叶已经变黄，秋天的身影在逐渐显露。他们到家时，母亲正在厨房里，窗户蒙着一层水汽，狗儿上蹿下跳地同她打招呼。

"过来。"妈妈用力搂住她,念叨道,"你瘦了。"

他们吃了牧羊人派和西兰花,接着是水果和奶油布丁,吃完后三人一起来到客厅,在电视机前坐定。

"想看什么节目?"父亲打开电视,有点夸张地递给她三个遥控器。"你来定。"

"我其实无所谓。你们这个时候一般看什么?"

她坐在母亲旁边。他们看了一集古装剧。

插播广告时,父亲去厨房端来了热茶和巧克力。

他把她的那份递给她,眨了下眼。"巧克力棒是阿尔迪超市买的,"他说,"他们才卖这种可爱的小包装。"

父母九点半就寝,她也回了童年时期的卧室,在她以前的单人床上躺倒。墙上挂着一张婚礼那天她与爸爸的合照,两人站在公园里,沐浴着午后日光。她穿着那条绿色纱裙。

母亲从卫生间出来,路过她的房间时探了下头。

"你还需要什么吗?"

"谢了,妈,我很好。"

"要不要热水瓶?"

"不用了。"

"我知道,不过今晚有点冷。我只是,为了你的肚子着想……毕竟你做了那个。"

"我很好。多谢,妈。"

"好吧,亲爱的。晚安。"

"晚安,妈。"

母亲轻轻带上了门,而汉娜又一次意识到,尽管父母的生活圈子似乎一直都很窄、很保守，但他们非常善良。她过去经常抨击他们的一切——他们阅读的报纸（《每日邮报》）；他们看的电视节目（肥皂剧和自然类节目）；他们的政见；他们的信仰（英国圣公会）；他们的眼界，始终那么狭隘；他们的天真；他们的阶层。

可他们很善良。

他们深爱自己的孩子，也依旧深爱彼此。他们是怎么做到的？是这么些年来逐渐学会的吗？是从微小简单的行动中日积月累、慢慢形成的习惯吗？

周日早上，父母准备前往教堂。汉娜看着母亲套上冬天的大衣，又念叨父亲只穿了件薄风衣，然后想方设法说服他加了件连帽衫，最后连哄带骗地给他围上了围巾。

"你想一起来吗？"

"不了，我去散个步。再去超市买点东西。可能会做顿午饭。"

她沿着砾石路走出小巷，途经一排小窗户和杰克联盟餐厅。以前她总是感叹这里的房屋风格忽然转变，雾巷公园另一面的迪兹伯里是多么不同，那里街上有树，房子也很大。不像这些二十世纪三十年代的小小半独立式住宅，挤作一团，仿佛为自己的存在感到抱歉。

她绕着公园走了几圈，然后到合作社①买了一只鸡和一些蔬菜。父母在十二点前回到家，闻见厨房里的烤肉香气时，她看见他们露出了笑容。

---

① 指英国合作社集团，总部位于曼彻斯特，是世界上最大的消费者合作组织之一，不以营利为目的，旨在为会员提供服务并产生合理的经济回报。

饭后，汉娜和母亲一起清洗碗碟，转头问她："你怎么做祷告的，妈？"

　　"你是指什么？"母亲说。

　　"我的意思是在教堂里，你是怎么做祷告的？"

　　母亲褪掉手套，搭在操作台的边缘。她把碗冲洗干净，放回水池下方的碗橱里，然后转向汉娜。

　　"我其实也不太确定，"她说，"我会闭上眼睛。静静听着。算是……凝神专注吧。接着，假如我想特意为某人祷告，就会去想她的样子。如果是为你，我就在心里想着你。有时想的是你现在的样子，有时是你小时候的样子。"母亲握住她的手，"然后我就向上帝请求。开始祷告。"

　　"你会祈祷我有一个孩子吗？"

　　"是的，亲爱的。我祈祷过。"

　　"祈祷过？"她问，"那现在呢？"

　　母亲上前一步，双手捧住汉娜的脸颊。"现在，我祈祷你能幸福，亲爱的。希望你快乐。这就够了。噢，汉娜，"母亲看见汉娜哭了起来，"噢，我的宝贝女儿。"

伦敦
1997

　　一九九七年八月，大学毕业那年的夏天，汉娜来到了这座城市。

　　托尼·布莱尔已经担任了三个月首相。汉娜人生的前十八年里一直是保守党当权。选举仪式在考试前夕进行，她和丽萨一起在查尔顿的一家爱尔兰酒吧看了电视直播。两人喝着黑丝绒酒，醉得东倒西歪。连父亲也投了托尼·布莱尔一票。

　　丽萨是临时发来邀请的，写在一张罗马寄来的明信片上，背面印着特莱维喷泉。

　　我简直成了安妮塔·艾克伯格[1]。这里太美了。回国之后我肯定无聊又孤单。拜托快来伦敦找我吧。

　　丽萨在尤斯顿车站接她，穿着牛仔裤和快磨坏了的橡胶底帆布鞋。她晒黑了，头发披散着。汉娜自己刻意没怎么打扮。她最

---

[1] 安妮塔·艾克伯格（Anita Ekberg，1931—2015），美国演员，曾出演电影《甜蜜的生活》。该电影以罗马为背景。

近刚剪了一个齐短发，不时去摸脖子后面逐层变尖的发际。

哇噢。丽萨在车站大厅里抱了抱她。路易斯·布鲁克斯①。我喜欢。

真的吗？汉娜摸了摸脖子后面。

她们在国王十字车站外等公交车，车来后，汉娜跟着丽萨从后门上了车。丽萨占了前排空座，把穿着橡胶底帆布鞋的脚甩到扶手上搭着，一路喋喋不休。公交车穿过国王十字车站背后的荒地，丽萨指着几个仓库告诉汉娜，她去那里参加过派对，那是酒吧，她大多数周末都会去。她给汉娜讲她的新男友——迪克兰——一个比她大十岁的爱尔兰人。是他带她去了罗马，现在他还在那里拍戏。两人曾一起在罗马影城的摄影棚漫步，一起住在特拉斯提弗列的一处公寓，一起欣赏中世纪绘画和宗教圣地。

迪克兰说要给我找个经纪人，丽萨说。这样我在假期就有演出机会了。

她说这话的语气并不是特别惊讶，只是开心地接受了命运的安排。

汉娜看着丽萨说话的样子，觉得她比从前更美了，假如她的美丽还有增长空间的话。丽萨会成为一名成功的演员。这点毫无疑问。她甚至还可能成为巨星。她有才能与美貌，无忧无虑，还有大好的机会砸在她身上。而且嫉妒她也没有任何意义，因为这些都只是简单的事实。

公交车爬上长长的坡道，车窗外的工业用地逐渐被公用住宅替代。她们在一个地铁站对面下车，丽萨领她穿过马路。街道两

---

① 路易斯·布鲁克斯（Louise Brooks，1906—1985），美国女演员，她职业巅峰时期的齐短发曾广为流行。

旁的高大房屋离路边很远，汉娜听见敞开的窗户里传来练习乐器的声音。这里的街道非常安静，城市也变得柔软起来。她们在一栋房子前停下脚步，前院种着蜀葵，破旧的屋门是绿色的。

你的房间在楼顶，丽萨说着打开了门。你愿意的话，可以先把包放上去。

楼梯上铺着一块旧旧的摩洛哥地毯。几乎每一级台阶上都堆着东西，要么是在上楼，要么是在下楼的路上——其实也分不太清。墙上挂着很多图片：带框的卡通画，明信片，还有其他大幅画作——楼梯顶端挂着丽萨幼时的巨幅画像。汉娜盯着画看起来：她认得这种画风——丽萨的宿舍里也有一幅这样的。她把包放到了摆着单人床的狭小房间里，窗外可以看到一个长条形的花园，花园尽头是一处温室。头顶不知哪里正传来收音机的声响。

她在床上坐了一会儿，然后起身来到卫生间。卫生间很大，也很脏，墙壁被刷成暗灰绿色。地板上杂乱地放着几堆杂志。她捡起一本皱巴巴的《纽约客》，最上面的一页是小说版面。是四年前的杂志了。

楼下的客厅已经整个打通，其中的一整面墙都是书架。正对街道的窗户被各种植物的枝叶遮住，透进来的光线都成了绿色的，待在屋中感觉像是身处水下。房间一侧的桌上摆着几只烟灰缸，多少都溢出来了点。书架上的书没有按照特定的顺序排列：托尔斯泰，艾略特，阿特伍德，巴尔扎克。汉娜抽出其中一本，艾略特的《四个四重奏》。书页的空白处写满了潦草的笔记。身后突然传来响动，她吓了一跳。

楼梯最下级的台阶上站了个女人。她身材高挑，围着长长的棕色围裙，上面沾满了颜料。灰色长发用两把木梳固定在头顶。她美得惊人。

你是谁？女人问。

汉娜，她答道，抱歉。

为什么要道歉？女人歪着脑袋问她。她看上去既好奇又危险，像只猛禽。她走近了些，仔细瞧了瞧汉娜手中的书。

啊，艾略特。你是他的书迷吗？

汉娜低头看看书页，以及蜘蛛似的旁注。该怎么回答才对？

算是吧。我是说——我看过《荒原》。我喜欢那本书。不过……他对妻子很糟糕，对吧？

很遗憾，的确。他是个不折不扣的混蛋。不过挺会写的。

对了，我是萨拉，她说着向汉娜伸出手。借去看吧。不喜欢也没关系。年轻人还读不懂艾略特。

她们走进宽敞凌乱的厨房，萨拉从丽萨手里接管了做午餐的活儿，坚称自己很饿，吃三明治远远不够。饭做好后，汉娜看着丽萨和萨拉用餐的样子，注意到两人都漫不经心地狼吞虎咽着。盐没放在盐罐，而是盛在钵碗里，需要的时候就用手指捏一点。她们随意地把油淋在沙拉上，用面包蘸着吃。吃完沙拉后再把手指舔干。她们像动物一样进食，可那副样子却又是她见过最优雅的。她想到自己的父母：母亲穿着从玛莎百货买来的羊毛衫，沙拉酱倒在病恹恹的生菜上；还有他们的礼节，他们的餐巾纸，他们对规矩的坚持。

饭后她们一起吸烟。萨拉有一个和丽萨类似的皮革小烟袋，也用一模一样的深色烟纸。她们谈论着最近看的电影和戏剧，对话带着棱角，仿佛一场竞赛。丽萨说起罗马的艺术时，萨拉一声不吭，歪着脑袋听她讲话。萨拉告诉汉娜，丽萨去罗马之前，只

知道贝利尼 [1] 是种鸡尾酒。

它确实是酒呀，丽萨说，在碗里剩的橄榄油里把烟摁灭。艺术和生活并不互斥。是你教我的。

说得好，萨拉举杯。

汉娜觉得自己像一棵植物，想要伸长藤蔓牢牢地攀附在这座房子上，攀住这些女人、这种生活。

快到汉娜离开的日子时，丽萨说，你应该多待几天。我妈喜欢你。她觉得我多和你待待有好处。下周她有个展览要办开幕式。迪克兰也会回来。你可以一块儿见见他。

汉娜给妈妈打电话，电话另一端传来的声音显得微弱而踌躇。你确定吗，亲爱的? 你确定她们乐意留你多住吗? 不会给她们添麻烦吧?

这房子很大，妈。

噢，这样啊。那代我向她妈妈道谢，好吗?

开幕式当晚很热。汉娜穿着紧身背心和阔腿裤，不时伸手摸摸脖子后面新剃出来的发际。这家画廊不大，位于伦敦东区的一条鹅卵石街道上。萨拉的油画作品展示在一间毫无装饰的雪白房间里。画廊里供应葡萄酒和成桶的啤酒。外面的街道上挤着一群群人，和来参观其他画廊的人混在一起。

汉娜看着他们，想道：像这样，才是生活。仿佛一直以来，她的某个部分都在黑暗中默默地、孜孜不倦地为自己织一张皮，如今她已准备好披挂上阵，步入光亮。

---

[1] 意大利还有作曲家温琴佐·贝利尼和画家乔凡尼·贝利尼。

丽萨从她的视野里消失了一会儿。人群散了些时，她又看见了她，正站在街道的另一头，与一个身材高大的年轻男人说话，他穿着法兰绒衬衫、衣袖卷至肘部。丽萨比画着双手，在讲什么趣事，男人笑得很开心，倾身听得入神。她看到他们轮流吸着一支烟。所以，他就是迪克兰，丽萨的男友。看到他的那一刻，汉娜感觉到一种奇怪的变化。一种近乎认出了什么的感觉。还有一种沮丧，险些要戳破这个奇妙的夜晚，让某种黑暗的东西钻进来。丽萨这时看到她，冲她挥挥手，汉娜于是慢慢朝他们走去。

高大的年轻男人看向她，握住她的手打了个招呼。

不知为何，他看起来并不像演员。

嘿，丽萨说。汉娜，这是内斯。

2010

丽萨

  她没有联系内森，内森也没有联系她。不过，她时常在脑海中回放那个吻——晚上独自躺在床上，或是早晨清醒过来时。她已经几天没收到过汉娜的消息了。她相信内森什么也没说，可还是听得见意识边缘传来微弱却刺耳的警铃声。

  她全身心地投入了戏剧世界。克拉拉的办法开始奏效——他们的确变得没那么像英国人了，他们的表演变得原始而自然，流淌着热血，形成这部戏剧的肌腱和骨骼。随着克拉拉对全体演员愈发满意，备受鼓舞的演员们也逐渐成为一个充满活力的整体。他们早来晚走，兴致勃勃地观看彼此排练。他们开始从头到尾排练整部戏剧，感受它的节奏，哪里需要调整步伐，哪里要慢下来、让它呼吸。倘若哪一幕有些棘手，或是情绪不那么饱满，他们就跳出剧本，用迈斯纳技法彼此观察，代入自己的角色，复述他们看出来的东西，再重新排练那一幕。

迈克尔还提议所有人一起唱歌，这一想法得到了其余人的大力支持。大家学了一支俄罗斯民歌，上午排演前先练习一遍，由迈克尔用吉他扫几个和弦伴奏。

日子离首演当晚越来越近，丽萨也能感觉到自己的演技有所提高：她的肢体感觉不同以往了，变得有些慵懒，又带着热烈和悲伤，轻摇慢晃。就连强尼也多了几分柔软。自从那天他让她落泪后，两人之间发生了某种变化，丽萨惊讶地发现，自己最期待的就是与他的对手戏。

合成彩排的前一晚，她的手机响了——是汉娜。

丽萨盯着屏幕上的名字，静静等着。片刻后接到一条信息。她拿起手机，打开语音信箱，把听筒放到耳边。

"丽丝？"汉娜的声音很轻。"能给我回个电话吗？我有事和你谈谈。"

她脑子里的警铃声大了些，也更刺耳了。她卷了支烟，来到厨房门前，这才给汉娜回电话。

"嘿。"只响了一声，汉娜就接了。"你在忙吗？"

"只是在做准备。明天就要合成彩排了。"

"噢，该死。我该想到的。"汉娜听起来有些为难。"不过，你能来我家一趟吗？我需要问你些事。"

操。

"好啊。"丽萨尽量保持语调平静，"现在吗？"

"拜托了。还有，丽萨，要是方便的话——你能带瓶葡萄酒过来吗？"

她套上大衣，朝百老汇市集走去，顺路去了趟土耳其外卖酒馆，买了酒和巧克力。

汉娜远程打开金属门让她进去，丽萨爬上老旧的外部楼梯，来到好友位于顶层的家。薄暮之中，汉娜显得苍白瘦弱，给人一种坐立不安、尖锐易怒的感觉。"你带酒了吗？"

丽萨举起酒瓶。"里奥哈。"她挤出一丝微笑，"为美好时光干杯。"

汉娜接过酒，先进门来到厨房，开了酒，倒进两只酒杯，然后把其中一杯递给丽萨。"干杯。"她干巴巴地说。

"干杯。"丽萨回应，接过酒，但仍穿着外套。

"你很冷吗？"汉娜问。

"不冷——我其实不能待太久。明天还得早起。我们要合成彩排。"

"丽萨。求你了。我需要和你说会儿话。"

她只好脱掉外套，汉娜接过去挂在门后。屋外的暮色已经完全笼罩住公园和远处的城市灯光。桌上摆着一只插满花的花瓶。屋里开着几盏小台灯。这是一间成年人的公寓，可她面前的汉娜，双腿盘坐在蓝色沙发上，头发别在耳后，看上去却像个迷路的孩子。

"发生什么事了，汉？内斯呢？"

"在工作吧，我猜。我也不清楚。我们吵架了。"

"为什么？"

"他不想再继续了。试管授精。他不同意。我以为他会改变主意，但他没有。现在他说想休息一下。"

"什么事要休息一下？"

她感觉得到自己的呼吸，吸气，吐气，胸腔放空，又鼓起。

"所有的事。"

"他这话是什么意思？"

"我不知道。我回曼彻斯特待了几天，以为会有回转的余地，可回来后我们几乎没说过话。"

"或许他说得对。或许你真的应该好好休息一下。不是有这么个说法吗？往往在你要放弃的时候，事情就会出现转机。"

"你知道这话我已经听过他妈的多少次了吗？"汉娜把手里的抱枕丢向房间的另一头，它在地上弹了一下，停住了。"太多次了。"下一刻，汉娜突然蜷起身子。"为什么？"她问，"为什么这事会发生在我身上？我被诅咒了吗？我觉得我被诅咒了。"

丽萨靠近，挨着她在沙发上坐下。"嘿。汉。你没被诅咒。"

汉娜从手心里抬起头来。"你能劝劝他吗？"

"我没法——"

"求你了。"汉娜抓住她的胳膊，"劝他改变主意。他会听你劝的，丽萨。和他谈谈吧。拜托。"

她乘公交车来到布卢姆斯伯里区，在南安普敦大道下车，然后朝罗素广场的方向走去。这里的树叶是橙红色的，如火焰般夺目，映照着铁灰色的天空。

她事先联系过他，说有话要对他说，但只有周四上午有空。他立刻回了短信：听起来很神秘。周四我在学校。你去那儿找我吧？

她换了五套衣服才出门。最后穿了褪色的运动衫、牛仔裤和派克大衣。没化妆，长发在头顶盘了个髻。

接待处的工作人员让她上三楼。她爬楼梯上来，推开通往走廊的两扇门。他的门关着，她刚想上前，门开了，一个年轻女人出现在门口。她个子很高，披散着头发，细长的下肢包裹在紧身牛仔裤里。她目不斜视地经过丽萨。

他的门上贴着教学办公室常见的那类海报：一张是讲座宣传单，另一张是商讨学费问题的工会会议通知。她抬手敲了敲门。

"请进。"

他背对她坐在桌后。"嘿，"他转身，"丽丝。"看见来人是她，他似乎很高兴。

"嘿。"她迈进房间，带上了身后的门。他的办公室很舒服，透过落地窗刚好能看见罗素广场的大树，一面墙摆满了书，屋里还有一个小沙发、一张书桌。还有他。他穿着浅蓝色 T 恤，领口宽大。"这就是奇迹发生的地方啦。"她开口。

他笑了。她随即意识到自己不敢看他，只好转身走向书架，把目光落在书上。这里的书摆放得整整齐齐，按字母顺序排列。

"《萨摩亚人的成年》？"

"经典之作。你应该读读。"

"关于什么的？"

"性爱。"

"噢。"她感到自己的脸正在变红。

他面带笑意。他是在捉弄她吗？

"戏排得怎么样？"他问。

"好多了。我们明天首演。"

"那还真快。我能去吗？"

"当然啦。不过你得提前买票。"

"我会买的。"

"好的。"

"你要不坐下？"

她在沙发上坐下。坐垫还有余温。她想起之前来过办公室里的那个年轻女人。

"你看起来像个学生。"他说。

"谢谢，我该这么说吗。"

"你想喝点什么吗？茶？"他指指桌上的小托盘、茶壶和几只茶杯。"我抽屉里还有威士忌。"

"当真？"

"仅供紧急情况使用。"

"学生的紧急情况？"

"学术的紧急情况。"

对话在这里顿住，房间陷入寂静。她意识到该她开口了。"我来这儿是为汉娜的事。"她说。

"啊，"他说，"好吧。怎么回事呢？"

"我答应她我会来。"

"为什么？"

"因为她似乎觉得，我可以影响你的决定。"丽萨移开目光，低头盯住自己的手，"我觉得很糟。那天在酒吧，我不应该那么说。说我不会去做试管授精。我说错了。"

"是吗？但你当时好像非常肯定。你让我不要做。"

"可我不是那个意思。"

"那你是什么意思？"

"我是说我不会做。我只能代表我自己。不是说你和汉娜——我没想到——"

"什么？你没想到什么？你会影响我的决定吗？"

他直直地盯住她。没有丝毫退缩。"拜托，"她说，"请别这么说。这不公平。我当时并没多想。我没去想汉娜。"

"你知道吗，"内森轻声开口，"成年以来的大多数时间，我都想着汉娜。想着她想要什么。想着如何使她快乐。成年后的这些年里，这就是我想做的事。"

他下巴的弧度，说话时喉结的起伏。

"你究竟为什么来，丽萨？"他问她。

"为了汉娜。我和你说过了。"

他点头，继续说："我能和你说件事吗？"

"说吧。"

"说之前我可以锁上门吗？"

她点头，看着他起身。她感受到自己的心跳，血液的轰鸣。他拿着钥匙的手。门锁的响声。他走了回来，接着跪在她身前。"丽丝，"他开口，"我要和你说的是，最近我一直在想你想要什么。想知道如何使你快乐。"他抬手握住她的手。"你的手很凉。"他说。

"是。"她回答，尽管开口有些困难。

他拿起她的一根手指，放进嘴里含住。他的嘴很暖。自指尖传来的欢愉向周围延伸，到胸口，到双腿之间，再到双眼背后的位置。她闭上眼睛，把头靠在沙发上。

"我可以这样做吗？"他问。

"可以。"她回答，尽管几乎说不出话来。

她继续闭着眼睛，现在他的嘴唇落在了她的腹部，动作非常轻柔。现在他解开了她的牛仔裤，慢慢褪下，她也为他抬起身体。现在他的手指进入她体内，她听见某个声音低低地在房间里盘旋，随即意识到这声音来自自己。他的拇指揉搓着她，一根手指在她体内，低沉的声音还在继续。

"我可以这样做吗？"他问。

"可以，"这声音的主人回应，"可以，拜托，就这样。"

凯特

"那么宝妈俱乐部的第二条原则是……"

"什么？"

"要挑战那些让我们害怕的事。"

她们坐在教堂花园里的一张长椅上，或者说，她们是在教堂庭院里一处由燧石围成的秘密花园里。之前迪亚让凯特在布罗德街的一个小型停车场和她碰头，这里有一座嵌在厚重石墙里的小亭子，里面站着一个男人。迪亚朝他出示了自己的教职工证，保安挥手让她俩进去。周围非常安静，锯齿状的石墙就像坚实的堡垒，让人觉得外面的这座城市，连同它的交通、公交车、商店、停车场和游客都瞬间消失不见了。天气有些冷，不过太阳出来了，天空碧蓝而清澈。

"好吧，"凯特说，"那么，你害怕什么呢，迪亚？"

"和我的妻子做爱。"

凯特放声大笑，坐在邻近长椅上的一对老年夫妇转头看向她们。

"别嘲笑我。我说的害怕是指各个层面上的害怕。刚才这种是

限制级的恐怖。事实上，我还处于小便失禁状态。"迪亚笑着说，
"你呢？"

"我什么？"

"有失禁的情况吗？"

凯特笑笑。"我是剖腹产，所以没有。"

"啊哈，是，当然啦。那么，那什么也很完整喽？"

"差不多吧。"

"恢复性生活了？"

"没有，不多。我最近也没什么心思。"

"为什么呢？和你丈夫有关？"

"嗯。我觉得萨姆可能还很难适应。"

"和我讲讲他吧。"迪亚说。

凯特转头看她。"谁，萨姆？"

"是啊。你们在一起多久了？"

"没多久。一年半吧。"

"你们怎么认识的？"

对话中断了几秒。"在网上。"凯特回答。

"接着说呀，"迪亚说，"我就爱听这种有神秘色彩的开始。
你爱上他什么了？"

"他很幽默。或者说，他可以幽默。他很有才能。是个厨师。
我们第二次约会，他就请我去了家里，为我做了顿饭。"

"真好。他做的什么？"

"鸡肉，"她回答，"裹着肉桂粉烤的。面饼也是自己做的。"
她微笑道，"打动我的就是这个。没人亲手给我做过面饼。"

迪亚低声吹了个口哨。"也没人给我做过。或许我也会动心，

为了自制面饼。"

"是啊,味道很不错。然后他带我去了马赛——他在那里生活过几年——我特别喜欢他对那座城市了如指掌的样子……他说法语的方式。不久我就怀孕了。"他得知这消息时脸上的表情。那种纯真的喜悦。她下意识做出的回应。"他向我求婚,我就答应了。"

"啊呀,真快。后来怎么样?"

"哪方面?"

"婚礼?"

"噢。"凯特皱了皱鼻子,"你懂的——很奇怪。当时我的肚子很大。只邀请了几个人——我们先去了婚姻登记处,然后去餐厅吃了一顿。我其实只想喝几杯,但显然什么也喝不了。我爸爸从西班牙赶来,发言时语无伦次。继母开了香槟才为他解围。那是他们第一次见到萨姆。我只是一直在想,这都是因为我怀孕了,完全没有必要。我都不知道这些是做给谁看的,只想大醉一场。"

"而现在你不想和他做爱了。"

"对。不对。倒也没错。"

"嗯,"迪亚笑了,"我觉得这很正常。愿意和男人做爱真是了不起。被插入什么的。"

"也不全那么糟。有时还是很不错的。"

"你说是,那就是吧。"

凯特犹豫了一下,继续说:"我以前和一个女人交往过。"

"是吗?我从来没有过。"

"哈。"

"然后呢?"

"然后……我觉得那时我很爱她。我很想她。"

"她是什么人？"

"露西？她算是个激进分子吧。她喜欢爬树。"

"非常性感。"

"没错。"

"她现在在哪儿呢？"

"我也不知道。可能在美国。我们是在那里分的手。假如她还活着的话。当时她差点儿被捕，所以转入地下行动了。最近，我……想重新找到她。"

"好——吧。"

"怎么了？"

"所以你不想和丈夫做爱，却在网上打听旧情人的消息？网上那些性感的、犯过法的情人。"

"不是你说的那样。"

"不是吗？那是什么样？"

"她对我而言非常重要。因为各种各样的原因。不只是性爱。不过，没找到她或许是好事。"

"为什么？"

"她可能不会认可我现在的样子。"

"你现在是什么样子？"

"没以前好。"

迪亚静静注视着她。依旧带着那副好奇、灵动、被逗乐了的表情。这种感觉很怪，凯特心想，但并不介意这样被她看着，不介意自己在她的注视下缓缓舒展开来。

"那，接着说吧，"迪亚开口，"只有一个女人？还有其他的吗？"

"还有一个。在露西之后。不过那是场灾难，很快就结束了。我这才意识到自己不是同性恋。我只是爱上过一个女人。那个女人。只有那一次。"

"啊哈，格特鲁德·斯泰因的那句话。"

"我非得给自己下定义吗？"凯特为自己辩白起来。

"不必，"迪亚说，"抱歉。你当然不必。"

凯特看着她的脸，但没看出一点评判的意思，还是那副被逗乐了的表情。

"他知道吗？"迪亚问。

"谁，萨姆？知道一点，不是全部。"

"你不觉得应该告诉他吗？"

"我觉得这事可能有点难以理解。"

"对谁来说难以理解？"

凯特陷入沉默。"已经问得够多啦，"她轻声说，"你呢？"

"我？"迪亚翻了个白眼，"老天。是要聊聊我的性爱史吗？这才是限制级的恐怖。我总有一天会告诉你的。到时候给你讲个导演剪辑版。"

凯特大笑。"我很期待。"

她们是在调情吗？她说不清。

"但不是现在。冷死了。走，"迪亚说，"咱们找个暖和的地方。"

两人随即起身，迪亚挽住凯特的手臂。"嘿，"快走出花园时，她突然开口，"你还没说你害怕什么。假如我要挑战和妻子做爱，你打算做什么呢？"

凯特想了想。"实话实说吗？是我的房子。清理东西。整理搬家时搬来的箱子。我到现在还没开始做。我害怕这个。"

"嗯，首先我要说，我觉得逼女人打造完美的家，绝对是资本主义的一大剥削。我每天都在抵制'完美的家'的信念，上回你来我家，肯定也看出来了吧。不过，既然你这么怕这个，我觉得你还是该面对它。整理箱子。把东西分类放好。然后来个聚会。邀请我到你家坐坐。还有佐伊。让萨姆掌厨。世事难料——"迪亚眨了下眼，"或许咱们还会再次怀孕。"

*

当天晚上，凯特听见萨姆下班到家，便起床来到楼下的客厅。萨姆已经半躺在了沙发上，拿着啤酒，电脑支在胸前。

"嘿。"她走到对面的椅子前，坐下。

"嘿。"他扯掉耳机。

"你在看什么？"

"就是些无聊的东西。"

"工作怎么样？"

"累人。又无聊。我受够了。真的。给别人做菜。"

"我想跟你商量件事……"她开口。

"嗯？"

"我认识了一个人。"

"什么？"他挑起一边的眉毛，"谁？"

"另一个妈妈。在亲子班认识的，艾丽斯推荐我去的那个。你也让我去的，说是可以认识些朋友。我在想，能不能邀请她来家里小聚一下。想问你愿不愿意做顿饭。"

"'小聚'，什么小聚？"

"萨姆。拜托。"

"什么时候？"

"还不清楚。过几周吧。我也想邀请汉娜，还有内森。找个晚上好好聊一聊。"

他眉头紧锁。"我不确定，得看排班。"

"萨姆，"她说，"是你说我应该多认识些朋友。我照做了。我的确认识了些人。迪亚，还有佐伊。"

"等等，她们是同性恋？"

"没错。"

"坎特伯雷还有女同性恋？"

"这话真好笑。"

他喝了一大口啤酒。

"那我可以邀请他们吧？你能下厨吗？"

他想了想。"好吧，"他说，"不过也邀请一下马克和塔姆辛吧。"

"你认真的？"

"为什么不呢？咱们欠他们一顿饭。马克已经很久没吃过我做的菜了。这回没准是个机会。刚好劝他投资。"

"太棒了！"她说。

该死。

丽萨

他没有打来电话。她也没给他打电话。他没有发来短信。她

176

也没给他发短信。她看着手机。随身揣在兜里。等待收到信息的振动，可什么也没有。

她已经忘记事情会这样了。床笫之欢后，掌控权就转给了男人。这似乎是普遍规律。对方的几下动作之后，你便从理智堕入疯狂。即使对方是你最好的朋友的丈夫。

你。最好的。朋友。的。丈夫。

花一刻时间好好想想。细想。领会每个字的意思。

首演当晚很顺利。演员们或许仍有不足，表演的痕迹略重，但这部作品有内核，有源源不断的生命力。幕布落下后，丽萨感受到兴奋，也在其他演员的眼里看到了相同的情绪——他们做到了，把戏演活了，让自己成为某部经典之作的一部分。

演出结束后，大家又在酒吧里讨论了一阵：现场的媒体很多，应该会有不少剧评。听到这个消息，丽萨心头涌起了宽慰与忧惧交杂的熟悉感觉。

截至周六上午，网上已经有了四篇剧评。《每日电讯报》《独立报》和《泰晤士报》都给了四星。《旗帜晚报》登了一篇五星剧评：强尼·斯通一直以来都藏在哪里？凭他的惊人才华，他的名字理应家喻户晓。如今这家冷僻的剧院和这位鲜为人知的导演倒是给了他惊艳亮相的机会。

海伦是一位前途无量的年轻演员。

至于丽萨，剧评人写道：她是我所见过的最慵懒、最无望，也最危险的叶莲娜。

她收到了凯特的短信。

看见评论了！真希望我能去看戏。我要在坎特伯雷办个小聚会——十二月十号。但我想你那时候在演出？

多谢，丽萨回复，你说中了。那天要演出。希望你一切都好。

她把手机扔在家里，出门绕着公园散步。这天是市集开放日，但天气很冷，人也少。她觉得自己在街上太显眼，随时可能碰见汉娜，或内森，或两人一起——过来买面包，或培根，或牛角包，或鱼。他们还做爱吗？汉娜和内森？他们此时此刻在做些什么呢？她可以顺道去他家。只需要敲敲门，留下喝杯咖啡。嘿，汉！内森勾引了我。没错，就是周四，在他的办公室！你们在那儿干过吗？在沙发上？还有他用拇指做的那个。他也这样对你吗？

他或许对所有人都这样，她，汉娜，身材修长、鲜美多汁的年轻女孩们，她们起身离开后在沙发上留下一片温热。或许她们谁也不了解他。

又或许是她不了解自己。

她想知道有没有什么词专门指代她这样的女人，没准儿是个希腊单词——形容某类特殊女人的专用词，背叛朋友的女人。

噢，汉娜。噢，老天。

她买了个牛角包，带回家，站在水池边吃完。

票房在剧评的影响下也有所上涨：周一至周四的购票率达到百分之八十，周五和周六晚上则全部售罄。大家演出前做准备时兴高采烈。每个人完成自己的发声训练、拉伸、吐字练习，步量完舞台站位后，便围成一个圆圈互相抛接球，协调彼此的反应能力。离上半场演出开始还有十分钟时，他们会集体唱一曲俄罗斯民歌。偶尔有年轻演员会做几个哥萨克蹲①，互相击掌打气后再回各自的化妆间，等待扩音器里通知第一批演员候场。

只有强尼不参加热身活动。他只是坐在舞台上那把万尼亚最爱的躺椅里，穿着皱巴巴的亚麻戏服，戴着压得很低的宽檐帽，做填字游戏，偶尔抬头瞥一眼其他演员滑稽的动作，挑起一边的眉毛。大家唱歌时，他就出门抽烟。

丽萨很感激自己有事可做，晚上有处可去；感激自己能按时参与演出，明确地知道该站在哪里、怎么说话，双手又该放在哪个位置。

她收到一条汉娜的短信。票买好啦！我和内斯下周四来。

太棒了！她回道，胃里涌起一阵不安，让人作呕。

第一周演出的最后一场，母亲和劳丽来到剧院。演出结束后，她们在酒吧里等她。萨拉双手捧住丽萨的脸颊。"太棒了，亲爱的，太棒了——非常好。不过《卫报》还没出剧评，是吧？"

假如一部戏登上了舞台，但《卫报》没给评论，这部戏能算真的存在吗？

"《卫报》没有消息，妈。"

劳丽上前紧紧拥住她。"这是你演得最好的角色，丽丝，你真了不起。"

演出第二周的周一，父亲携现任妻子来到现场。

"真棒，亲爱的。你在台上真美，"他说，"让我想起了你母亲年轻的时候。"

继母站在一旁，像只紧张的鸟儿一样点着头，紧紧夹住胳膊

---

① 哥萨克人是生活在东欧大草原的游牧人群，哥萨克蹲来源于传统的哥萨克舞蹈，下蹲时脚跟着地，脚尖朝上。

底下的手提包。"我很喜欢，"她说，"不过情节并不多，是吧？"

是的，丽萨赞同，的确没有太多剧情。她提议去喝一杯时，父亲看起来很乐意，但继母碰了下他的手臂，他只好无能为力地轻耸了下肩。

大家的经纪人也来探班了，圈内资源丰富的还拉来了几位来自环球剧院、国家剧院和电视台的选角导演。演出前，化妆室里不可避免地传递着窃窃私语——谁和谁今晚会来，谁和谁已经到了——得知这些有能力改变自己人生轨迹的掌权人士要观看演出，大家热血沸腾。演员的尊卑秩序也随之改变，不再单纯地由才能决定，舞台不再由精英统治，而是看谁能给大家带来更多机遇。迈克尔的经纪人似乎把伦敦电视和戏剧圈一半的重要人物都拉来了，海伦的经纪人来过三次，每次都带来一位新的选角导演。演出结束后，丽萨看着他们以一副商讨国家大事的姿态聚在酒吧的角落里，业内人士神情严肃，仔细聆听这些年轻演员说话。

她自己的经纪人最终现身时——没有任何选角导演陪同——已是演出的第三周，票房已有一点滑落的迹象。她看见这个一头蓬乱红发的小个子女人坐在后排座位上。演出结束后，正在脱戏服的丽萨收到一条短信。

演得太棒了。有事先走，明天再聊？

第二天，她不时查看手机，等待一个不会打来的电话。

然后是周四。整整一个白天的不安期盼。她给内森发了条短信。你今晚和汉娜一起来吗？没有任何回音。而她一踏上舞台就看见了汉娜，一个人坐在那里，身边的座位空着。她同时感到失望和解脱。

之后在酒吧里，汉娜和她拥抱。"太了不起了，丽丝。我很喜欢。所以最后证明，她还是值得的吧？"

"谁？"她竟有些心不在焉。朋友就站在面前，她想起自己的罪过，心口燃起熊熊烈火。

"那个波兰导演。"

"噢，对，"丽萨回答，"我觉得她值得。"她的目光在汉娜的脸上徘徊。"内斯不愿意来吗？"

"他被工作拖住了。让我转达他的爱。"

"他的爱？真的？"

"嘿，你收到凯特的消息了吗？"汉娜接着问，"邀请咱们去坎特伯雷？"

"我去不了。那天有演出。你要去吗？"

"我想去。我们必须去伦敦外面逛逛。我和内斯。即兴做点什么改变一下。"

丽萨笑出声来。"即兴可不是你的专长，汉娜，"她说，"假如你想做点心血来潮的事，就去其他地方吧。去柏林。去纽约。去伯利兹。"

汉娜看着她，脸上闪过受伤的表情。"嗯，"她轻声说，"也许我就从坎特伯雷开始，看看之后怎么样。"

丽萨微微一笑，一股难以形容的苦涩填满了嘴巴。

她的生日到了——今天她三十六岁了，而她演的角色是二十七岁。她没告诉其他演员。出门前往萨拉家时，寒风猛烈，冰冷刺骨。萨拉像往年一样给了她手写的卡片，但今年没有礼物。

"我只是太忙了，"萨拉在厨房里说，"最近这幅作品有些耗费心力。我告诉过你吗？夏天我要开个展览。库克街的那家画廊会提供场地。"

"我能看看吗？"丽萨问，"你在画什么？"

"我不确定。"萨拉歪头沉思了一阵，说，"不行……我觉得还不是时候。"

两人喝完咖啡后，丽萨依旧坐在桌前，母亲起身。屋外的狂风已经渐渐平息，阳光直射着冬季的花园。"你想出门走走吗？"丽萨说，"外面天晴了。咱们可以去西斯公园逛逛。"

"我得工作。"萨拉回答，已经走向门口，"你要是愿意可以留下，不过我有工作要做。"

丽萨待在原地，听着母亲走上楼梯。

客厅的墙上挂着萨拉的一幅肖像作品，画着八九岁时的丽萨。她依然清晰地记得当初给母亲当模特的情景：时值夏日，阁楼里很热，但她并不介意待在那儿，一个个周六上午都坐在那把绣花旧椅上。她带着自己的书坐在那里，双腿晃晃悠悠地搭在椅子的扶手上。阳光从屋顶的天窗斜照进来，萨拉在一边准备颜料，支起画架。最终，当一切准备就绪，她就打开收音机，开始作画。丽萨这时才能感受到母亲的全神贯注，自己终于赢得了母亲的全部注意。这让她觉得安全。

接着，一天早上，学校门口的人行道上出现了另一种类型的画。有人用白色粉笔简单勾勒了一群孩子的轮廓。大家都停在周围不安地看着，仿佛在看一处犯罪现场，想知道这到底画的是什么。

当晚回到家，丽萨对母亲说起这件事。萨拉转头看她时，脸上带着一抹奇怪的微笑。

是我画的。卡洛和我。清晨你还睡着的时候，我们出去画的。广岛①的那些孩子最后就只剩下了这些。我们把他们画了下来，好让人们明白。

她记得萨拉说话时的样子，语气里的骄傲，脸上的笑，仿佛自己做了件好事。但事实上，丽萨知道，她做的是件很糟的事。她无法向母亲描述自己看到那些画时的心情。那些消失的孩子留下的空洞。

白天的时光还很漫长，晚上六点必须回到剧院，这之前她都无事可做。她步行来到南岸的英国电影学会，这里正在展映伯格曼的电影。她挑了一部最长的，买了咖啡和蛋糕，坐在靠窗的位置等待影厅开放。她望着窗外来来往往的人群。他或许会出现在其中。内森偶尔想放松一下，来看下午场的电影，这并非完全没可能。或许会发生这样的事——碰巧遇见他，一切情节交给巧合。又或者她可以再给他发条信息，告诉他她在哪儿，邀请他过来。

而他当然不会出现在这里。他很忙。只有她这样的人才会在工作日下午坐在电影院里，体味自己支配时间的模糊不清的快乐。生日当天来看伯格曼的电影，她想，应该拿这事编个笑话。可她不知道这个笑话该说给谁听。

影厅开放时，她是第一个进去的。她把票递给引座员，在薄薄的防火幕升起之前，在广告播放之前，只身坐入黑暗之中。

---

① 萨拉在地上用粉笔画的儿童轮廓，应该是在描绘原子弹爆炸过程中释放的能量将人体组织瞬间冲散到墙上，最后只留下一个轮廓。

汉娜

　　她上网寻找惠特斯特布尔周五和周六晚上有空房的旅店，在猫途鹰网站上发现一家最近才营业，但评价还不错的。旅店可提供的物品清单里有埃及棉。卧室墙挂着有边框的装饰镜。墙面是白和灰的中性色调。她打电话给旅店，一个女人用愉快的声音告诉她，她很幸运，有人取消了预订，不过空出来的这个房间需要和别人共用浴室。在它与旅客之家①之间，汉娜还是选择了它。提供信用卡信息时，汉娜想象着辽阔的天空，想象着周六清晨在海滩漫步。她在海岸附近的一家餐厅预订了午餐，听说这家酒馆虽不起眼，供应的食物却非常不错。她看过菜单：牡蛎，盐焗根芹，艾尔斯伯里羊羔肉。他们要点牡蛎。他们要在海滩漫步。一切都会回到正轨。她之前做错了。是那种精心把控、临床实验般的生活让他们走到了现在的境地。内森说得没错，丽萨也没错：他们应该放松一下，让事情自然而然地发生。也许大家说得都对。留言板上的那些人，都是试管授精失败后自然怀孕的。这不是终点。只是开局的结束。她绷得太紧了。未来还有时间，也仍有机会——她只需要放松。偶尔心血来潮。去别处散散心对他们有好处。

---

① 一家连锁酒店。

184

胸罩
2008

汉娜要结婚了。内森在康沃尔的一栋小别墅里向她求了婚。他们在一起已经十年有半。她计划在两人新买的公寓里和她的伴娘丽萨及凯特小聚一下，一同举杯庆祝。

时值二月，聚会当天天气晴朗温和，从凯特和丽萨住的大房子走到汉娜的公寓并不远，中间会路过百老汇市集。途经外卖酒馆时，她们停留了一会儿。卡瓦酒？凯特举着一瓶酒问。香槟吧，丽萨说，咱们来点凯歌香槟。

走到运河尽头，她们右转，随后按下一道素色金属门的门铃。汉娜远程开门让她们进去。公寓里朴实而干净，室内楼梯最近才铺上剑麻地毯。汉娜微笑着出现在楼梯顶端，她穿着简单的长裤和真丝衬衣。凯特和丽萨脱掉鞋子，慢慢走上台阶，脚底剑麻的粗糙触感非常舒适。楼梯顶端正对着宽敞的开放式厨房和客厅，一张蓝色的长沙发放在墙边。

凯特之前见过这间公寓——去年汉娜和内森搬来这里以后，

她就经常过来——今晚这里看上去却有些不同，仿佛它的定义终于变得清晰了。她的视线轻扫过房间的细节：雅致的沙发，轻巧的木桌，桌上摆放得恰到好处的一只棕罐，按大小排列在墙面磁性刀架上的刀具。这些物件似乎也在以一种冰冷的目光审视着她。在问她能否做到这样。

她们拿着酒穿过推拉门，来到可以远眺哈格斯顿公园的宽阔露台上。三人开了凯歌香槟，举杯为汉娜庆祝。

这个春意融融的夜晚，汉娜容光焕发，似乎她才是这场由她亲自布置的展览上的首要展品，似乎这一切——露台、远方的公园，以及玻璃门另一边散发出柔和光芒的家，都只是用来映衬她的光彩和准新娘身份的布景。

过了一会儿，凯特暂时离开，说她要去趟厕所。汉娜的卫生间里没有杂物，浴缸边沿和淋浴间里也没有瓶瓶罐罐，只有浴室柜里摆放着几只款式相同的棕色玻璃罐。

返回途中，经过走廊时，凯特犹豫了一下，因为她看见汉娜的卧室门微敞着。外面传来笑声，丽萨的香烟燃着红点，她说话时就在空气中划动。凯特走进卧室。她轻抚铺在大床上的亚麻被单，然后来到汉娜的衣柜前，拿出一件样式简单的真丝衬衣，柔滑的垂坠感从指间滑过，又把它放了回去。她拉开柜子最上面的抽屉。这时她顿住，屏住了呼吸——抽屉里码放着汉娜成套的胸罩和内裤。她用手指挑起其中一件胸罩——是乳房非常娇小的女人才能穿的那种：两只蕾丝钩织成的三角杯，一道色泽奢华的真丝缝在边缘。一件红色。一件灰蓝色。一件极浅的淡粉色。凯特感到自己心跳加速。她不知道汉娜还有这样的胸罩：衣着朴素的汉娜，始终棱角分明的汉娜。眼前的这些胸罩——它们张狂、私密、强势的样子——像一记重拳击中她的胃。

凯特迅速脱掉自己的套头衫和胸罩（宽大，毫无特色），偷偷摸摸换上汉娜的一件，努力扣上最外面的搭扣，再把胸罩转向正面，拉上肩带，盯着什么也遮不住的两片三角布料，以及镶在边缘的灰蓝色丝缎。这时她才知道——她已经输了。比起房子、沙发、订婚的消息、金属刀架上的刀具，以及摆放得恰到好处的棕罐，比起他们长达十年的恋爱，是看到这些胸罩的一刻，让凯特明白，这场始于儿时、她与汉娜之间心照不宣的激烈竞赛，她已经一败涂地。

接下来的几天，她觉得自己越来越糟，仿佛幸福是一支她已经忘了怎么跳的舞蹈。她数着自己的呼吸。数着让她知足的东西，试图跟自己讲道理——朋友怎么过又和她有什么关系？自己的幸福为什么要以她们为指标？可她就是忍不住参照她们。不知为什么，但就是这样——她忍不住清点自己的人生：三十三岁的她，没有任何代表真正成年的标识。她开始厌恶自己的工作：每天搭地铁到金丝雀码头上班，低声下气地与各种银行家商谈，这些人认为分给她一分钟时间就足以让他们改变世界。靠这份工作她绝对买不起自己的房子，好衣服也是奢望。

而汉娜呢，一直说要换份能够实现自己价值的工作，也确实找到了——她在二十九岁那年离开了管理培训公司，现在已是一家跨国慈善组织的资深顾问，收入是凯特的两倍。她不是在出卖自己。而是在合理分配自己的价值。结果表明，她的资本高涨。

凯特一直以简朴生活为傲，这时却意识到她也有想要的东西。她想拥有自己的家，一段经营妥善的感情，一个孩子，或者至少可以共同生育孩子的对象，买得起体面衣服的钱，像样的内衣抽屉，里面没有乱糟糟的旧袜子和以前在玛莎百货买的旧内裤。她的渴求在内心的黑暗里迅速分裂增殖，转移向身体的其他部位。

合租的那栋房子里，另外两个房间里住的人她并不太认识。房子向来破旧，如今则是让人讨厌了——三文鱼色的厨房，廉价的地毯。厨房不再是小聚聊天的地方。她做完饭就会赶紧离开，回到自己的房间，在书桌上吃。

凯特想向丽萨倾诉，用半开玩笑的口吻谈起，可丽萨的心思全被工作占据了。对丽萨而言，希望就在眼前。上周，她的经纪人来电话通知她参加试镜。是个故事片。独立青年导演。主角。这位导演看过她去年夏天无偿帮朋友拍的短片，于是问她是否有档期。

丽萨读了剧本，内容非常精彩。

在内心深处的某个地方，她知道，这就是她的机会。

迪克兰最近不在，丽萨便找凯特练习台词。凯特坐在客厅里软塌塌的旧沙发上，一边听，一边在她想不起来时为她提词，但这种情况几乎没有。她演得很好，凯特心想，她应该得到这个角色。她的事业之火终将点燃，她也将随之上升，然后离开。

试镜前的一整周，丽萨滴酒未沾，每天喝大量的水，尽可能保证睡眠充足。她报了瑜伽课，每次回家时面色红润。与导演见面的日子到了。导演看到她似乎很激动，她也同样。他说很喜欢她在那部短片中的表演。她已经背熟几段台词，对着镜头演了一段，没看剧本。

哇噢，导演赞叹，实在太棒了。

她又演了一段，同样出色。起身离开时，导演拥抱了她一下。回头见，他说。

一天过去了。又一天。再一天。丽萨不断查看手机。确认已经开机。按亮，又按灭。凯特看见她的脸色渐渐阴沉，愁云满布，喜悦转成疑虑。周三时她还很平静，周四则变得暴躁易怒。

他把角色给了别人，她说。

凯特看到她接了个迪克兰打来的电话，他正在苏格兰某地拍摄。

我要去找他，丽萨说，我得休息一下。

丽萨在周五下午离开。她从伦敦城市机场搭飞机来到爱丁堡，迪克兰派了车接她。她坐在后座上，看着这座城市从眼前划过。外面天色灰暗，正在下雨。他们开到城外，前往乡下，直到抵达一座占地面积很大的城堡。城堡后面是狭长的河湾。这里没有手机信号。她松了口气。

五点半，凯特下班到家。她锁好自行车，爬上石阶，走进家门。家里空无一人。她感到一种质地粗糙、充满颗粒感的孤独。

家里的座机响了。实属罕见。铃声响了一遍又一遍，没完没了，终于挂断。紧接着又响起来。或许事情紧急，于是凯特过去拿起听筒：一个女人的声音响起，语气很冲，是找丽萨的。凯特告诉她丽萨不在。她在哪儿？女人问，说话的语气仿佛凯特是沾在她鞋子上的屎。我不知道，凯特如实回答，在苏格兰的某个地方吧，我想。

嗯，她的电话打不通，女人说。跟她说，让她回伦敦。他想见她。再见一面。周一早上。一大早就去。让她尽快回来。

凯特放下听筒。她的确不知道丽萨现在何处。她可以查查。可以把这当作紧急事件。她可以给丽萨的母亲萨拉打电话，没准她知道。她可以去丽萨的房间，在她凌乱的桌面上找找，没准能发现写着旅馆名字的纸片。还有她的日记。她的电脑。凯特知道密码。电脑里或许有线索。她可以做上述任何一件事，或是所有事，可她什么也没做。

周日晚上，丽萨到家时，她已经睡着了。时间已过午夜。她稍微醒了一下，就又睡了过去。

周一一早，凯特起床，淋浴，穿戴妥当，然后出门上班。

凯特当天下午回来时，丽萨正坐在厨房的餐桌边，手里攥着打湿的纸巾团。你接到我经纪人打来的电话了吗？

谁？

我的经纪人。她说她给这里打过电话，周五那天。因为试镜的事他想再见我一面。让我今天一早就去。丽萨哭了起来。我在睡觉。没赶上。没机会了。

你不能再和她联系一下吗？让他再见你一面？

你没明白吗？丽萨带着怒气低声回答，他把角色给了别人。已经他妈的没机会了。

接下来的一整天，丽萨都关着窗帘，在床上度过。凯特敲过房门，但没有回应。

她一连几周都没有和凯特说过话。

凯特也因内疚寝食难安。因为她做了什么，或者没做什么——她也不确定是哪个。她本该再多做些什么的。

但是，假如丽萨注定该得到这个角色，她还是会得到的，不是吗？是丽萨自己决定跑去一个与世隔绝的地方。这就是丽萨的命运，不是吗——注定要失败？

2010

凯特

晚餐。请几个朋友吃晚餐。晚餐派对。晚饭。请几个朋友吃晚饭。一次小聚。不论怎么称呼这个活动，一想起它凯特都倍感折磨——她最不擅长这种事。萨姆似乎却对这个安排感到高兴。周日轮休这天，萨姆拿出了自己的刀具和锅具。他递给汤姆一只奶锅和一柄木勺。汤姆坐在地板上，开心地把玩着，他在旁边快速翻阅菜谱。

"我想做点肯特郡的本地菜，"他说，"你吃过蛾螺吗？我可以做酸橘汁腌鱼，配青葱、番茄和酸橙。再做点比目鱼。还可以从海边那家店搞点鱼来。他们也是餐厅的供应商。"

凯特看着他在狭小的厨房中忙碌。他站在冬日午后的昏暗光线里，卷着袖子，她意识到这是几个月来头一次见他这么高兴。

聚餐当天，她一早就起来打扫屋子。她带着汤姆从一个房间挪到另一个房间，把他和玩具放在地上，自己擦洗卫生间、水池，还用吸尘器清理了地板。她打开了收音机作为背景音。

议会以微弱优势通过决议，高校学费将上调至一年九千镑。昨日伦敦市中心出现大规模抗议活动。

打扫完毕，她打开电视，看见抗议者聚在保守党总部大楼楼顶示威的新闻。言辞激烈的标语牌。查尔斯和卡米拉惊恐的表情，他们的车窗玻璃被砸碎了一扇。一位抗议者的特写镜头，是个大张着嘴的年轻男子。她认识这个表情。人们高喊斗争的口号。她感觉这个镜头直落入她的心底。

萨姆下了班回到家中，提了鼓鼓囊囊一袋子的鱼和蔬菜。他把这些连同四瓶葡萄酒放进冰箱。"我买的勃艮第还不错，"他说，"阿尔迪超市刚好在打折。"

萨姆去洗澡了，她听见他在浴室里唱起了歌。随后他穿着T恤和牛仔裤下了楼。"来吧，小家伙。"萨姆把汤姆抱到高脚椅上固定好，给了他几根胡萝卜玩，接着系上围裙，拿出刀具开始切洋葱。她的视线在他身上徘徊，他粗壮的前臂，手底的刀工，闪烁的刀身。切完洋葱后，他抬起头。"你在看什么？"

"没什么，只是想起了第一次看你做这个的时候。我们认识的那晚。"

"是啊。"他看着她的双眼笑了。"我也记得那晚。"过了片刻，他接着说，"前几天我去看了房子。是间旧仓库，维多利亚风格，背靠斯陶尔河。之前是个粮仓。我觉得价格应该合适。"他的激动溢于言表。"不过咱们先把这顿饭做好，再看看马克怎么说。"

她走去隔壁房间时，听到他在对汤姆说话——看，拿着洋葱，放进油里煎一下——以及汤姆咿咿呀呀的回应声。

她又打开电视，但屏幕上仍是之前滚动播放的画面，查尔斯和卡米拉。同一个抗议者大张着嘴巴。她关掉电视，给汉娜发了条短信：今晚你还能来吧？她现在意识到她的一部分，或者说是她的大部分，希望汉娜今晚来不了了，希望每一个人都来不了了，可她立刻收到一条回信：我都等不及出发了！

汉娜

她决定在家办公，好及时收拾行李，把一切准备就绪。"咱们得自己去取租好的车，"她对正出门上班的内森说，"不过假如能在三点左右出发，在去凯特家前，咱们还能去趟惠特斯特布尔，在那儿一起待一会儿。"

天气和缓了些，没那么冷了。她工作了一上午，然后出门沿运河跑步，回来淋浴，换上最好的一套内衣，穿上柔顺的黑色及膝丝裙——去年为结婚纪念日买的，她知道他很喜欢。她费了些工夫仔细化了妆。把买好的香槟装进包里，再次上网看了看旅店、餐厅、惠特斯特布尔海滩的照片。或许他们会因此开始新生活。或许他们可以搬去肯特郡。在辽阔的天空下漫步。养一只狗。

五点她收到一条短信：刚出门。这意味着他们要迟到了。为了平静下来，她走进卧室为他打包行李，但刚开始收拾就感到一阵恐惧——仿佛两人的亲密关系突然显得并不牢靠，充斥着一种模糊的危险。她该自己先去取车的，之前明明有整整一下午的时间——可租车行离 A12 公路很近，沿着 A12 能开上 A2，再到 M2，再到肯特郡。所以她的安排是有道理的，至少从这个角度说得通。她收拾完毕后，就坐到了沙发上，这样他一回来就能马上出发。

六点十五分，他的钥匙在门锁里转动时，她依旧坐在原地。

"我们迟到了。"她开口。

"抱歉。有个紧急会议。罢工行动。关于学费的事。"

他看上去疲惫又烦躁。

"你需要做些什么吗？"她问，"冲个澡？喝点什么？"

"要是已经晚了，就直接走吧。"

租车要填许多表格，还要复印驾照，计算额外费用。等他们终于开着一辆难看的福特嘉年华上路时，已经过了七点。内森开车沿着 A2 公路驶离伦敦。

"我觉得没时间先去惠特斯特布尔了。"她说。

他点了点头。她在夜色里端详他的脸。某种她自以为了然于心的东西突然间变得难以捉摸。

"那么，直接去吃晚餐？"

"你想怎样都行。"

"还是咱们不去聚餐了，直接去旅馆？"

"凯特会失望吧？咱们不就是为了这个来的吗？"

"对，也是。"她转头看向窗外，二十世纪三十年代的伦敦边界从眼前划过。"我还没去过坎特伯雷，"她说，"只在乔叟的作品里读到过。巴斯夫人的故事，高中上课学的。"

他换了条车道。"我只去过一次，"他说，"去开会。"

"你喜欢那里吗？"

说完她皱了皱眉头。两人仿佛素不相识，或是在照读一个拙劣的剧本。

"喜欢，"他回答，"就我看到的来说。挺好。"

他们陷入沉默。剧本念完了。她心里涌起一阵恐慌。"旅店看起来很温馨，"她开口，"还可以借自行车。咱们明天可以骑车去马尔盖特。天气允许的话。"她拿起手机想看看天气，信号却只有一格。"那一带好像很有发展潜力。马尔盖特。还有特纳。特纳当代美术馆明年正式开业。我有个同事去年夏天去了马尔盖特，很爱那地方，于是卖掉房子搬过去了。"他的脸没流露任何情绪。"或者，就待在床上也行。好好休息。他们会把早餐送到房间里。"

她在干什么？她是该死的导游吗？闭嘴闭嘴闭嘴。

她打开收音机：全是关于学费上涨的新闻。她探身调大音量。"非听这个不可吗？"他开口了，伸手把它关掉，"让人郁闷。我今天听够了。"

他们按凯特发来的路线前行，但最终只来到一个环岛。在这里绕了两圈后，汉娜打电话给凯特确认路线，却一直没人接听。"她大概正在忙，"汉娜说，"照顾客人什么的。"

"好吧，"内森回答，"既然没有确切路线，咱们先去停车？"他猛地驶离环岛，在信号灯前左转。附近没有地方停车。她看见他下巴的肌肉紧绷。"有了。"他指着一个停车场的标志说。

他们开进一栋多层停车场的深处。如果他们还在凯特家，这里就关门了怎么办？那他们还怎么去惠特斯特布尔呢？两人上了电梯，没有说话。他在灯光下显得脸色苍白。手机在口袋里振动起来，汉娜摸索了一阵才接起。终于，凯特说清了接下来的路线。

"她听起来很开心。"说着，她把手机放回口袋。

坎特伯雷的街上很冷，比伦敦冷。她的衣服过于单薄。她想让内森搂住自己，他却缩在了外套里。从前要他搂住自己，需要她提出来吗？

他卷了支烟，随手点燃。她忍住没有开口。他们路过一家小超市，进入一片住宅区，寻找十一号楼。

她想回车上。开回让她安心的地方，她的家，而家此时感觉无比遥远。她想停下脚步，抱住丈夫，用力摇晃他，直到他的态度再次明朗，直到抖搂出他的秘密。

内森抬手摁响了门铃。

"汉娜！！"凯特开门时，她往前踉跄了一下。内森抓住她的手肘。"汉娜！内森！进来，快进来！"

凯特脸颊发红，一边高声说话，一边领着他们穿过狭窄的过道，来到拥挤的客厅，几张好奇的面孔正围在一张小圆桌前。"各位！"凯特喊道，"这是汉娜！还有内森。全世界最恩爱的夫妇！"

凯特

进展不错——出乎意料地不错——只不过她现在找不到自己的酒杯了。刚才她还拿在手里来着——是带到卫生间了吗？在那儿，桌子的另一边。她想伸手去够，但内森先她一步拿到杯子，稳稳地递给了她。马克正滔滔不绝地讲航海的事。

"离海边太近了。有个朋友家里有船，有时会带我出海钓鱼——你应该一块儿来，萨姆。明年夏天，咱们带点好酒，在甲板上做饭。他很有钱。要是你像今天这样做一顿饭，我估计他也会对你的手艺感兴趣的。"

萨姆点着头，看上去很高兴。至于食物——大家都在吃面前的食物，非常美味可口，每个人都这么说——还有迪亚，她正专注地听汉娜说话。迪亚让凯特的心头涌起暖意——办这次聚会是她的主意——她还带来了不含酒精的甜果汁，是用自家种植的接骨木果制成的深红色饮料，凯特专门把它放在厨房里，准备留给汉娜。不过汉娜今晚喝了酒——凯特兀自笑了，看见汉娜出现在自己家里，喝着葡萄酒，真是太好了。

而且汉娜看上去如此动人，明显精心打扮过一番——衬出优美身段的裙子，脸畔发丝的弧度，因室外寒风和酒精而晕红的脸颊。想到汉娜愿意为她开车来到这里，她的眼里突然涌出感动的泪水。她起身绕到桌子的另一边，来到汉娜身边，将自己的脸贴住她的面颊。"谢谢你。"她说。

"谢什么呢？"

"谢谢你今天过来。你今晚美极了，汉。"

汉娜笑出声。"谢啦。你也是。"

她转回自己的座位时，发现内森正和迪亚聊天："他们已经占领了国会大楼。有五十个人待在作战室。我们的副校长还签署了支持学费上涨的声明。"

内森在一边点头。"真是场闹剧。"

凯特把手搭在迪亚的肩上。"我看见他们了，"她说，"今天早上，他们又在大教堂门口发传单。我找了找那天见到的姑娘。粉头发的那个，你还记得吗？"

迪亚笑了。"我记得。她在里面。在国会大楼。"

佐伊探了探身。"这有点像一九六八年①了。一夜之间这些年轻人就变激进了。"

"我同意，"内森说，"但人们不都这么说吗？'六八一代'②又回来了。"

"嗯，"佐伊说，"假如我的女儿年纪够大，我也希望她能在里面。"

"是啊，"内森说，"换作我也会这样想。"

凯特扫视了一圈桌子，看着她的客人，心里突然升起喜悦——全然、纯粹的喜悦。没有未来需要忧惧，没有过去需要懊悔，只有现在，只有这一连串的时刻，就像串联在一起的光亮小球——这里有温暖，这里有食物，这里有抚慰。楼上，汤姆还睡着。她感激这一切。看见桌上的酒瓶空了，她起身来到厨房，想从冰箱里再拿一瓶——但酒瓶有点难开——萨姆此时出现在她身后。"给我，"他说，"我来吧。"

她转身，看见丈夫站在这里——然后倾身吻了他——一个并不纯洁的吻。他笑了，把她拉近了些，她的舌尖一路吻过他粗糙的胡须。

"哇噢，"他说，"你肯定是醉了。"

她也大笑。她已经忘记这种感觉，与他亲近的悸动，眼前的

---

① 指 1968 年 5 月至 6 月间在法国爆发的学生罢课、工人罢工的运动，史称"五月风暴"。

② 原文为法语，这里指激进主义者。

这个男人，他粗壮的体格。迪亚说得对。这就是她需要做的。

她和萨姆一起端着食物和酒回来。大家的组合有了些变化——迪亚在和塔姆辛说话；汉娜安静地坐在那里，看向内森和佐伊，两人正低头看佐伊手机上的照片。

"她和保姆待在家里。"佐伊说着，"我很紧张，但她们似乎相处得还行。"

"她真漂亮。"凯特听见内森说。

凯特看见汉娜注视着他们，突然涌起了对朋友的保护欲。"嘿。"她开口，轻推了佐伊一下。"嘿，你们俩。"内森和佐伊抬起头，都吓了一跳。话音落下后，她自己也不知道该继续说什么，只好拍了拍手，同时萨姆把鱼放到了桌上。

汉娜

凯特醉了。她摇摇晃晃，还端着盘子；汉娜上前从她手里接了过来。

"来，喝点水吧。"汉娜把杯子递给她。

"我没事。"凯特答道，"真的，没事。"

汉娜自己喝掉了杯里的水。她已经喝了两杯酒，现在头有点晕。太阳穴开始隐隐作痛，注意力也无法集中在周围的谈话上：她一直在想那辆车，它会不会被困在停车场里，不能开出来的话他们该怎么办。她还得给旅店打电话，告诉前台他们会晚到，询问这样是否可以，是否需要预留一把钥匙。她记不起从这里到惠特斯特布尔要多久了。二十分钟？或许更久？现在是十点，他们刚开始吃第一道主菜——按这个速度计算，凌晨一点才能出发。

桌上的交谈氛围逐渐激烈：谈话双方是迪亚，凯特新结识的朋友，还有马克，戴着巨型潜水表的家伙，非常喜爱自己说话的声音。她在婚礼上就见过他——他是萨姆的伴郎，对吧？

"这是有必要的，"马克正在说，"假如市场不打算抛弃我们的话。你想变成希腊那样吗？你没瞧见希腊政府留给财政部的字条？我们没钱了。①一群白痴。蠢蛋。"

"当然，"迪亚说，"经济紧缩对穷人的影响最大。要是向银行征税呢？"

"他们只会换个地方做生意。"

"那么是他们说了算？"佐伊探了探身，"政策由他们定？"

马克转向佐伊："我不确定你明不明白自己在说什么，亲爱的。"

"为什么呢？"

"我的意思是，你是美国人，这是第一点。"

"第一点？"佐伊问，"之后还有什么？"

房间里的温度瞬间降了几度。汉娜见状起身，快步走到萨姆坐的位置。她为今晚的饭菜向他道谢，然后问他有没有座机。"当然，"他回答，"在卧室里，左转第一间就是。"

她踢掉鞋子，走上楼梯。进到卧室后，她静静地坐在床上，置身黑暗之中。呼吸急促。脑袋里紧绷着一根弦。有些东西令她不适。内森——他与那个叫佐伊的女人在一起的样子。两人头挨

---

① 指希腊自 2009 年 12 月起的债务危机。

着头看手机，内森看见她孩子的那一刻发出低声赞叹。

身边突然传来响动，她吓了一跳。起初她不知道这动静是什么，然后就明白了——是汤姆，他在这里，在这张大床上睡觉。借着漏进房间的光线，她看清了他的模样，小小的手臂随意摊开在体侧。她挨着他躺下。他动了动身子，但没醒。他的呼吸带着一股香甜。如此均匀。他睡得真熟。

她蜷起身子，把一根手指塞进他的小拳头，拇指摩挲他小小的、胖乎乎的指节。每一个细胞里都有渴望在沸腾，几乎要把她整个人劈成两半。

躺在这里，她忽然明白了什么——现在她才彻底领悟。她已经失去了丈夫——或者说，是丈夫不再属于她了。某种最根本的东西，某条一直以来滋养着两人的神秘之河，已经干涸。

在这一刻——这微小的一刻，握着这只小手——认识到这一点并不十分痛苦。可她知道，痛苦在某处等着她，就在此刻感觉的另一面。她知道它终会到来。

此刻，这里很安静，而楼下响起了音乐，愈发吵闹。凯特的声音却盖过了音乐，正力劝所有人都来跳舞。

凯特

"我以前可爱跳舞啦！"她大喊，"迪亚，佐伊，来呀！"她拉两人起身。得有人活跃一下气氛——拯救这个即将流逝、化为泡影的夜晚。"剩下的酒在哪儿？"

马克面前摆着一瓶，还剩一半。她朝他走去，拿起酒瓶就往旁边的杯子里倒。

"你确定还要再喝？"他问。

"不好意思？"凯特回头看他，"你刚刚说什么？"

他站在那里的样子——有股原始的暴戾，就在表面之下酝酿。仿佛接到什么无声的信号，塔姆辛朝丈夫走来。凯特察觉到迪亚和佐伊在她身后。内森坐在一旁看着她。萨姆在她左手边。汉娜，汉娜在哪儿？凯特把杯子举至唇边。酒已经不冰了。入口黏腻，味道也过甜。

"我觉得你老婆喝多了。你不觉得吗？"马克转向萨姆。

凯特扑哧一声笑了。"噢老天，你真这么说了？我觉得你喝多了，亲爱的。"她狂笑起来，"噢，等等——你真是这么说的？！"她摇摇头，"你就是个笑话。"

"你说什么？"

"你就是个该死的笑话。瞧瞧你，还有你戴的蠢表。你又不是潜水员，是吧？等等——要不咱们看看这玩意儿能不能用？"

她靠近他，一把拽起他的手翻了个面，解开他的手表，丢进了满满的一杯酒里。

"哎呀。"酒液溅出来，顺着她的手腕流下。

他露出暴怒的表情。塔姆辛震惊得脸色发白。

"你们这些人啊。你们知道自己有多可笑吗？就是你们这些人。"她又说了一遍，拿起酒杯朝塔姆辛和马克晃了晃，"你们才是问题所在，知道吗？"

"凯特。"萨姆上前一步，"马克说得没错，你喝多了。你还要给孩子喂奶呢，我的老天。"

"噢，我还要给孩子喂奶，是吗？"

"你累了。"

"噢！"她把杯子重重地砸在桌上，"噢，这话真有意思。我当然累了。近一年来我就没睡过整觉。你知道吗。很抱歉我做事没有条理，萨姆。很抱歉我没有该死的条理。那是一种折磨，你懂吗？睡眠剥夺。你听过这词吗？人们用这种方法拷问士兵。我是说——你可能没那么聪明，但这你应该能听懂吧。"

"我觉得没必要在这儿讨论。"

"对，你继续。不准我说话。让我闭嘴。我甚至不该出现在这儿。我甚至不该结这该死的婚。到这座该死的城市生活。"

她扫视在场的所有人，看见了他们目瞪口呆盯着她的样子。

她看见马克朝塔姆辛靠近，仿佛要保护她似的。他搂住她，她躲进他的怀里。醉沉沉的脑海突然闪过一丝清明，她明白了，她恨这个男人。恨他的所有以及他代表的一切。她掀起自己的衣袖。"要给你瞧瞧我手腕上戴了什么吗？"她对马克说，"是一只蜘蛛。提醒我要抗争。永不屈服。永不忘记对抗你这样的人。"

汉娜

汉娜躺在床上，听见凯特在大喊大叫。接着是砰的一声门响。然后是担忧的说话声。她知道自己该下楼看看，因为无论刚才发生了什么，似乎都很严重。但此时她实在精疲力竭，每一个细胞都沉甸甸的，仿佛已经背负重担步行了很长时间。她的身体很累。她只想蜷缩在这个孩子身边,感受他的温暖,或许还可以在他旁边睡一会儿。楼梯上传来脚步声,门开了一道缝。

"汉娜?"是内森的声音。

"怎么了?"

她不希望这道光漏进来,它尖锐地刺进这间屋子,只带来冰冷、坚硬、无情的未来。她想把内森拽进来,关上那道门。在黑暗中与这个婴儿一起躺在床上。

"是凯特。她走了。她现在醉得厉害。我觉得得去找找她。"

汉娜清醒过来,努力起身,跟在内森后面慢慢下了楼梯,客厅的灯光让她眨了几下眼,大家分散成了几堆。

"我出去找她吧。"她说。

"让她自己冷静一下。"那个叫马克的男人说,"她正在气头上。呼吸呼吸新鲜空气有好处。"

汉娜拿起大衣。

"需要我和你一起去吗?"内森问。

"没事,你待在这里吧。"

室外冰冷刺骨,她根本不知道该从哪里找起。她唤着凯特的名字,声音尖细无力。她沿着和内森来时的道路找去,高跟鞋叩击着坚硬的地面,抵达一个废弃的超市停车场。踩着高跟鞋,穿着裙子站在这里,她感到非常脆弱。"凯特?"她再次喊道。即便到了这样的深夜,路上的车仍然很多。她脑海里突然升起可怕的念头,随即迈开步子奔跑起来。"凯特?"她到处呼喊,"凯特?"

就在这时,她看见了她。她正站在一座拱起的小桥上,探身望着河水。"凯特?"她大喊。

汉娜跑到她身边时，已经上气不接下气。

凯特抬头看她，目光坚决又明亮。"我要离开这里。"她说。

冰冷的黑色河水在桥下涌动。

"凯特，"汉娜抓住她的胳膊，"你醉了。明天早上的想法就不一样了。我保证。"

"别他妈的不让我说话。你知道你现在什么样吗，汉娜？你就跟其他人一模一样。你感觉糟透了，这没什么。他们把你剖开了却没告诉你为什么，这也不要紧。反正你生了个健康的宝宝。吞下那些该死的药片，然后闭嘴吧。你不会想听真相的。"

汉娜心头也蹿起一股冰冷的怒火。"什么真相？什么真相，凯特？跟我说说。"

凯特叛逆地摇了摇头。

"这样，我给你讲讲我的真相，如何？"汉娜飞快而清晰地说，"我的丈夫要离开我了。因为我们怀不上孩子。我失去过一个孩子。我流过产。你经历过上述任何一点吗？"

黑暗中，凯特睁大了眼睛。

"要我再给你讲讲真相吗，凯特？就像这样。"她抓过凯特的手，挽起她的袖子，"差不多这么大。七周左右。是枚包裹着胎儿的孕囊。其实样子挺怪的。它就不该出现在人眼前。应该好好待在体内，一直长一直长，直到装不下了为止。你知道那是什么感觉，对吧？胎儿在你体内生长的感觉？"

两人呼出的气在冰冷的空气中交织。

"你没告诉过我。"

"我谁也没告诉。"

"为什么？"

"因为那时候你怀孕了。因为我不想让你难过。因为我觉得很丢脸。"

她松开手。凯特的手落回身体一侧，肩膀也随之一沉。

"对不起，"凯特开口，"你该和我说的。"她的嗓音沙哑。

"不，"汉娜说，"是你该开口问我的。"

他们抵达旅店时已经很晚了。房间比她想象中的还小。"卫生间在哪里？"内森问她。

"我订房时有些晚了，没订到带卫生间的，"她疲倦地说，"我想应该在走廊尽头。"她觉得很冷。之前站在桥上时着凉了。

他点头，准备拿包。"能告诉我你把我的牙刷放哪儿了吗？"

"在这里。"她拿出自己的洗漱包，把他的牙刷递给他。

他离开后，汉娜在扶手椅上坐下。她看见自己映在镜中的身影。这条可笑的黑裙子。脸上的妆花了。一切都破碎了。都结束了。如此荒唐。

第二早上，门外摆了两只托盘。她把它们端进房间，放到桌上。内森从床上坐起，套上牛仔裤。"我要出去走走。"他说。他回来时，浑身都是烟味。

她打电话给餐厅，取消了预订的午餐。

不会有午餐了。不会有牡蛎、手工面包、艾尔斯伯里羊羔肉。也不会有孩子。在这些事发生之前，她就抹杀了它们。他没有碰她。某种意义上，她对此有些感激。仿佛她的心已经碎成小片，只剩最外一层薄薄的皮肤将它们兜住，一旦被碰，整个人就可能裂开——或许再也拢不齐碎片，拼回原来的自己了。

他们沿着海滩散步，沉默不语。望了一阵波涛汹涌的大海，然后爬回车里。他们沿着 M2 公路开回伦敦。在车上她假装睡着了。他们把车还给租车行，接着搭公交车回了哈克尼。

他们爬上三楼，回到了家。内森打包了自己的东西。

丽萨

最后一轮演出在周四晚上，结果大获成功。这是她登台以来最自在的一场表演——每一句台词都发自内心，仿佛那就是她自己的话。

你的血管里流淌着美人鱼的血液，万尼亚对她说，那么就做一回美人鱼吧。哪怕一辈子只有一次，轰轰烈烈地爱一场吧。

演完最后一幕退场后，她才意识到自己忘记了台下的观众，完全把注意力集中在了其他演员身上。她被这个念头吓了一跳。在这一个半小时里，她丝毫没有想起内森。全体演员谢幕时，强尼把脸转向她，微微点头致意。走到舞台侧翼时，他又以老派的礼节牵起了她的手。"精彩至极。"他说。

"你也是。"

他歪了歪头。"咱们应该干一杯庆祝，"他说，"你和我。"他握着她的手依旧没放。

她匆忙进入更衣室，觉察到自己很快乐，因为今晚她达成了一些事，她年轻时对自己提出的疑问得到了回答。她能做到，这件事也值得去做。她没有自欺欺人，没有犯傻，也没有做错。

她正动手解戏服的衣扣，手机振了一下，随即看到内森发来一条短信。

我来了。

她盯着这几个字，又抬头望向镜中的自己。她看着自己的轮廓，还是叶莲娜在最后一幕的装扮：穿着深色长大衣，纽扣一直系到脖子，头发高高别起。她看见自己浮肿的嘴唇，倾斜的眼角，随着呼吸起伏的胸口。她没有回复短信；她知道他会等。

她松开戏服的最后一颗衣扣，脱下挂上衣架，走到洗手台前往脖子上泼了点水。她套上牛仔裤和上衣。至于脸上的妆，就保持现状——眼周晕开了一点。她取下发夹，波浪般的发卷垂落在后背。

你的血管里流淌着美人鱼的血液。

她拿起包，走到外面的酒吧。内森独自坐在角落里的桌子旁。她慢慢朝他走去。他在她开口前站了起来。他的脸上混杂着紧张与赞叹。

他穿着蓝色衬衫，袖口卷了起来。她留意到了这点。她瞥见他的前臂。他说话时把手放在胸口上，紧挨他的心脏。他的衬衫领口敞开的样子。

她低下了头——她是今晚的女王，她接受他的致敬。在他面前坐下时，她能感受到她自己：皮肤与衣料的接触，乳头的硬挺，脑中的震颤。桌上放着一瓶已经打开的酒，他给她倒了一大杯，她点头表示谢意。目光越过他的肩部时，她看到强尼一个人站在吧台旁，面前摆着两杯酒。他看向她；她看见他的视线扫过她和内森，又回到她身上，透着疑问。她没有回应，转头看向自己的酒，红色的浓酒如同鲜血。

她看见了内森脖颈上的脉动。他的嘴唇，沾了一点酒。在她面前的桌上摊开的双手。

她喝了一口酒，他也喝了一口，两人才开始对话，尽管她不确定，到底说了些什么。她的杯子一空，他便问她还要不要。到了某一刻，酒瓶空了。她再抬头时，发现强尼已经一声不吭地离开了酒吧。她注意到了，但只是模模糊糊地。"咱们回去吧，"她转向内森，"可以去我家。"

说出这话容易得出乎意料，如同今晚发生的一切。

回去的路上他一直在找话题，而当火车快到站时，他的话逐渐变少，最后归于沉默。她发现他正盯着自己映在车窗上的脸。他们一言不发地快速穿过公园。她打开客厅的灯，内森站在了房间中央。"你想再喝一杯吗？"她问。

"好啊。"他低沉的嗓音有些沙哑。

她走进厨房，没有开灯。橱柜深处还有一瓶威士忌，她拿出酒瓶倒了两杯。

身后传来响动，她转头看见内森也跟到了厨房，正站在她的身后。他捞起她颈后的长发，握在手里。他倾身靠近她，她感觉到他的嘴唇落在了她的脖颈和肩膀之间。接着，他轻轻把她按在墙上。"拜托，"他开口，"别说话。"

她没有说话。而是转过来，张嘴接住了他的吻。

第二天一早，他出门上班后，她还在床上想着他。她依旧能感受到他：他压在她身上的重量，她在他身上时他的表情，他在

她体内的感觉。回忆起这些，她的情欲再次涌来，手底触到一片
泛滥、肿胀、湿滑。

她出门买了杯咖啡，抱着杯子坐在稀薄的阳光里。她知道怀
着这样的感觉，坐在离汉娜的公寓只隔几条街的地方，并非明智
之举。她知道他的气息依旧残留在她身上，淹没了她。男人们都
在盯着她看。她是一块重新充满了电的电池。仅仅是电而已——
游离于道德的边界之外。是一种隐约透出危险之光的喜悦。

汉娜

她开始在那个小房间睡觉。这里的声音与她平时常听见的不
同，有林间的风声，运河的潺潺声，自行车哐啷哐啷轧过松动的
铺路石的声响，狐狸支离破碎的号叫声，醉醺醺的少年们大喊大
笑。她彻夜难眠，凝视着天花板上不时掠过的灯光，即便睡着，
也睡得很浅，梦里全是无法辨别的怪异东西。

早晨醒来时，她发觉自己独自躺在这张床上，有片刻的迷
惘，随即想起内森已经走了。丈夫已经离开，十三年来的头一
回，她不知道他身在何处。

外面，冬日的城市压迫着她，它的重量令她感到脆弱不堪。
她忘了去购物，也没怎么进食，只吃了几口橱柜里剩下的食物：
饼干和黄油，切片苹果。她毫无兴致给自己做饭，越来越瘦。她
意识到了这点，但满不在乎：自己没什么可在乎的，没有未来需
要捍卫，没有边界需要把守。

弟弟发来一条信息。她落地啦！罗西·埃莉诺·格雷。照片里，弟弟抱着一个皱成一团的小人儿。她的侄女。

她写下回复。恭喜！！迫不及待想见她。

圣诞节你还来吧？弟弟问。

没错！等不及啦！她撒了个谎。

第二天一早，她给公司写了封邮件，说自己病了——病毒感染，需要休息一阵。最近天气又变了，更加冰冷刺骨。她开着收音机，但没有真的在听。她在家里踱步，四处打量这个留存着过去生活的所有痕迹的地方——同样的房间，同样的家具，同样的书架上摆着同样的书，如今却显得如此陌生。她已经抵达某个终点，但没人知道这是什么地方。她意识到自己受了伤，而这伤口太大，她对此无能为力。屋外也没有什么能慰藉她，无论是天空、草地、动物还是树木。她不像它们。她无法繁育生命，因此是异常的，违反自然规律的，最好还是在楼上待着，只身一人。

楼下的公园有时会有孩子来玩。从这个距离望去，他们一个个都小小的却充满了能量，上蹿下跳、兴高采烈、无所顾忌。他们在步道上踩着滑板车来来回回。他们磨磨蹭蹭地跟在父母后面，不时停下捡石子，再看一眼前面的大人。她看见这些孩子瞧着石子，他们的父母通常会匆匆走回来抓住他们的手腕，把他们从地上拉起来。她想，假如她有孩子，她不会急着拽走他们，她会蹲在他们身边，陪他们一起看石子。

外面的世界仍在运转，随着各种必不可少的花哨装饰，圣诞节逐渐迫近。她之前答应了要去北边吉姆和海莉的家里做客，现在却很想拒绝弟弟的邀请。不过既然已经说好，她就得为家人准备礼物了：她的父母，吉姆，海莉，罗西。下班后，她朝考文特花园走去，在游客和唱着圣诞颂歌的人群中穿梭，寒冬里每个人都裹得严严实实。但她没有挑选礼物。她逛进一家家服装店，尝试通常情况下她绝不会选择的东西：印着大片藤蔓图案的及膝连衣裙，垂至肩膀的耳坠，血红的高跟靴子。她看见镜中的自己，吃了一惊——额前的刘海已经快遮住眼睛了。上回修剪已是好几个月前。她想，或许可以把头发留长。或许把它们剃光。

一个冰冷的下午，她在长亩街上看见一个孩子坐在婴儿车里——是个小女孩。她咧开嘴咯咯笑着，拍着小手。婴儿车在汉娜身边停了下来，她抬起头。推孩子的女人正歪头盯着她看。

"对不起。"汉娜说。

"为什么要道歉？"女人问。她身上有股乌鸦般的气质，她的注视有些令人不安。

汉娜把手揣进口袋。"我只是——"小女孩被自己在商店橱窗上的倒影吸引住了，正咿咿呀呀地自言自语。她的脸颊和绘本里的孩子一模一样。她的双手大而有力，手背上有几个小窝。

"你需要治疗吗？"女人开口。

"你说什么？"汉娜转回视线。

"你需要治疗吗？"女人重复了一遍，"没准儿我能帮上忙？"

女人把手伸到婴儿车后面，拿出一小沓传单。"给你，"她抽出一张递给她，"拿着。"她的语气粗鲁得让人意外。

汉娜照办了，接过传单，对折了一下。

女人点点头，仿佛对方的动作完全在她的掌控之下，这才收回视线望向前方，走开了。

抵达地铁站时，汉娜发现自己有些喘不上气，就像她刚才一直在奔跑似的。她扯出口袋里的那张纸。不过是张普通的传单，还是自己在家用电脑做的，旨在宣传林赛·麦考马克的疗愈力量。上面有张林赛本人的面部特写，脸色蜡黄、近得令人不适，以及她的地址，位于西伦敦外缘的某个地方。她把它塞进了提包深处。不过回到家时，她再次掏出这张纸，对着小房间里的台灯又仔细看了一遍——印着女人形体和树的模糊图片，以及用难以辨识的彩色字母写成的文章。是某个曾受慢性疼痛折磨、如今大有好转的男人写的感谢信。传单方方面面都做得非常糟糕，没有一丁点细节让人信服。

即便如此……

她拿起听筒，按下了传单上的座机号码。很快便有人接听。"你好？"

"噢——你好。我见过你。今天。在考文特花园。你给了我一张传单。"

"是吗？"女人的声音疲惫焦虑，背景里传来孩子的哭闹。"噢对，我记得。"

"我想知道你是否还有档期。"

"档期？"

"帮我看一看，我的意思是……"

"啊。"女人反应过来，"有的。明天早上如何？"

她跟公司请假，说要去看牙医——补牙，急诊——早高峰刚结束，便搭乘地铁一路向西，坐到最后一站。

目的地位于一个住户拥挤的片区的深处，是栋难看的半独立式住宅，房前的花园满是泥泞。台阶上停着一辆生锈的三轮车，车尾的紫色挂饰被雨淋透了。汉娜按响门铃，隔着结了霜的玻璃往里看了看。起初屋里没有任何响动，汉娜心想，可能找错了地方。但随即，那个女人来应门了。她裹着燕麦色羊毛衫，头发向后拢成脏兮兮的发髻。

"进来吧。"她领着汉娜穿过昏暗的走廊，进入里面的小屋，屋内摆着一张桌子和两条毯子。"坐上来。"女人拍了拍桌子。

这里冷飕飕的，毫无吸引力。"你是否介意，"汉娜站在门口说，"我先用一下卫生间？"

女人脸上闪过一丝烦躁。"门口的右手边就是。"

汉娜在卫生间里把门反锁，凝视着镜子里的自己。她脸颊红润，嘴唇却很苍白，紧抿成一条线。她来这里做什么？她有一种怪异的不安，仿佛自己是被召唤过来的，抑或是她从潜意识深处召唤出了这个女人——这个女人身上有股神秘力量，假如她回到那个冰冷的房间，或许就再也出不去，再也无法离开这个阴郁之地了。她上完厕所，冲水，用一小块又薄又硬的肥皂洗了手。回到走廊里时，她犹豫了一下——现在离开还来得及。

可女人在等她。她接过汉娜的外衣，挂在门后。"坐上来吧。"她又说了一遍，指了指桌子。

汉娜踢掉鞋子，照做。这里很冷。她该告诉她这里有多冷吗？女人裹着羊毛衫，她却只穿了条商务裙。她拉过毯子盖住膝盖。毯子噼里啪啦地粘住了裤袜。

"那么，"女人开口，头歪向一边，"你为什么来这里？"

汉娜的嘴唇很干。她舔了舔。"说来有些奇怪。你在街上和我说话——然后——然后——我一般不会做这种事，完全不会……但还是觉得有必要给你打电话。"

女人点头，说：“我感觉到了。”

“感觉到了什么？”汉娜问。

“你的需要。”

“需要什么？”

女人停顿，挪了挪位置。“一个孩子。”

“啊。”汉娜回应道，然后陷入沉默，期望和恐惧刺痛了她的皮肤。

“和我说说吧。”女人再次开口。

“我——我们一直想要孩子。努力了很久。三年来一无所获。然后开始做试管授精。我怀上过一次，却流产了。接着我们又做了一次。试管授精。现在，我丈夫已经离开了我。”

女人点头，似乎对上述一切都不惊讶。

“有时，”汉娜说，“我觉得自己被诅咒了。我想不通自己为什么会被诅咒。”她语速飞快，开始语无伦次，“我一直那么努力，也做了不少好事。”女人凝视着她。汉娜沉默了片刻，说：“这里很冷。”

女人起身把取暖炉调高了一档。“我这里白天不开暖气。”

“你不想让房间暖和点吗？接待客户的时候？或者说病人？”

“他们通常都喜欢毯子。”女人回答。

“噢。”

“你需要加一条吗？”

她低头看向膝盖上磨得光亮的毯子。“不用，谢了。”

女人卷起袖子，双手握住汉娜的小腿。她的手心并不温暖。“好了，”她说，“我要开始在你身上工作了。”

“在我身上工作？”

"身体靠后，放松就行。"

女人的眼珠开始往后翻。她兀自点头，仿佛手心里汉娜的双腿的触感验证了她的猜疑。现在她闭上了眼睛，仿佛在聆听什么。

"唔唔唔唔。唔唔唔唔。"女人低哼着什么，"唔唔唔唔。唔唔唔。唔唔唔。"

汉娜望向窗外凄凉惨淡的花园。

"我被诅咒了吗？"她对女人说，"你能告诉我，我是被诅咒了吗？"

但她不确定自己有没有说出这话，不确定她究竟是问出了声，抑或只是想了想。

丽萨

最后一晚，全体演员聚到一起，买了三文鱼、莳萝、奶油乳酪、饼干和伏特加，每个人结束自己的最后一场戏，就进入男士更衣室，仰头灌下烈酒——干杯！[①]上台谢幕时，所有人都染上了醉意。幕布最终落下后，他们拥回更衣室，戏服也没换，便起哄让强尼和海伦——舞台上演到最后的两个人——各喝三杯，好赶上大伙。

克拉拉过来找到他们，轮流与每个人拥抱。技术人员在一旁喝啤酒和苹果酒，演员则继续灌伏特加，一遍又一遍地唱俄罗斯

---

① 原文为俄语。

216

歌曲——最后连技术人员也加入了。有人放起了舞曲，更衣室里逐渐喧闹起来，人声鼎沸，和地下酒吧没什么两样。

丽萨看了眼手机。周四以来，她只收到过内森的一条短信。

没后悔。

起初她把它当成一个问句，后来意识到这是陈述句，于是回复道：我也没有。

乐曲变了。格雷格掌控了音响，切成了二十世纪三十年代的怀旧音乐。演员们随即两两成对，旋转起舞。

"丽萨。"强尼出现在她面前，伸出一只手，"想跳会儿舞吗？"

她握住他的手，被他拉起身。她意识到自己醉了，他领她在房间里移动时，她轻靠在他身上保持平衡。她短暂地闭了会儿眼，感受着他的靠近，他的温度，他身上的烟草和香皂味。

"对不起。"她对着他的胸口说。

"因为什么？"

"那天晚上。让你留在吧台干等。"

"没事。"强尼的声音在她耳边低沉作响，"他是你男朋友？"

她做了个动作，半是耸肩，半是摇头。"有些复杂。"

"凡事不都如此吗。"

他们停下脚步，强尼稍稍退后，隔着一臂的距离握住她的手，注视着她。他把她的一缕头发别到耳后。"和你相处很愉快，亲爱的。给你。"他拿出一张纸条，匆匆写下一个号码。"这样就能联系到我。"他把纸条递给她，"照顾好自己，好吗？"

"我会的。"

"跟我没关系，"他平静地说，"我知道。"

接着，他用上次那样的老派礼节牵起她的手，吻了她的指节，随即离开。她看着他把黑色皮包甩在肩上，没向任何人告别就消失在门后。

房间的另一边，迈克尔和海伦正在接吻，双手都伸进了对方的发间。丽萨又看了眼手机。沙子要流完了，魔法就快消失，这部剧也会真正结束。夜晚即将消逝，留下的只有她的公寓和呼叫中心。她再也不是女王了。

美人鱼的血液。

她从更衣室出来，走向昏暗的走廊深处。几步之后她停了下来，打电话给内森。第二声铃响时，他接起电话。"丽丝？"不知他在哪里，总之周围很安静。

"我想要你。"她说，"你能过来吗？现在？"

电话那头一顿，然后继续："你在哪里？"

"剧院。"

"你还要在那里待多长时间？"

"一个小时。或者更久。"

"我这就来。"

她挂掉电话，轻轻握在手里，听见自己在走廊里的呼吸。她的灵魂刚刚仿佛迈出了肉体，来到一个万物失去重量、只有欲望自成逻辑的地方。她没有任何罪恶感，只有兴趣。她想知道谋杀是否也如此简单。

十一点半，手机在口袋里振动起来。她溜出房间，确保没人看见，经过正在打扫的酒吧，来到等在街上的内森身边。他缩在冬衣底下吸烟，烟雾在冰冷的空气中缓缓升起。外面下起了雪，雪花打着转自空中飘落，步道上已经积起了一两英寸。

她走向他，拿掉他的烟，放在自己唇边。烟雾进入她的血液，与酒精混合，再和寒冷一起让她头晕目眩。

"你仍然是她。"他开口。

她低头看向自己——她的丝绒外套，她的长靴。她都忘了自己还穿着戏服。"对。"她说，看出这点让他满意——让他兴奋。"对，我仍然是她。"

他握住她的手腕，拉她入怀。她尝到了他嘴里的烟味。她感觉到他抵住她的身体，已经硬了。"咱们去哪儿？"他问。

"这里，"她说，"你可以进去。"

她领他穿过酒吧，经由昏暗的走廊来到女士更衣室，里面没人，灯还关着。女演员们很快就会回来，换掉戏服，步入夜色，不过现在她们可没空：她听见派对还在继续，男人们在跳哥萨克舞；她听见他们的鞋子一下、一下叩击着地面。

她坐上桌子，掀起厚重的长裙，裸露的大腿感受到凉意。内森朝她弯下身，嘴唇贴上她的皮肤。他脸颊的冰凉让她一激灵，还有他嘴里的温暖，他的舌头。他在她身前站起时，她为他张开身体，他把她向外分开。

单身女子
2008

汉娜要结婚了。她不想举办单身派对，而是想和丽萨与凯特出门度个假。婚礼定在五月，于是她判断四月底去希腊是个完美的选择。她推掉其他所有安排，花了很长时间寻找住宿地，最后在一座岛上订了套别墅，租期为一周。那里离海滩很近，且自带泳池。租金是贵了点，但也没到吓人的地步。她最近升了职，也知道另外两人收入不多，没让她们分摊费用。能够款待朋友，她最好的朋友，同时也是伴娘的丽萨和凯特，汉娜很高兴。

她们在机场玩得很开心，试了不同种类的香水和太阳镜，在香槟吧喝了不少香槟。她们拿眼前这片花里胡哨的晚期资本主义景象开着玩笑，其实乐在其中。她们甚至享受过了头，差点误机。

别墅非常美。每个人都有自己的房间和独立卫浴。毛巾厚实，支数也高。汉娜开心地看着自己的朋友像小女孩一样尖叫着，在花砖地板上跑来跑去，打开碗橱，翻找巧克力、葡萄酒和水果。发现房主留下了一瓶廉价红酒时，她们无比感动，直接对着瓶口喝光了它，随即换上泳装跳进泳池。

她们睡到很晚才起床。花很长时间吃早餐，慢慢享用酸奶、蜂蜜、坚果、烤白面包和浓咖啡。把椅子转向，正对太阳。上午十点的气温是二十二摄氏度。中午则是二十五摄氏度。到处都是野花。她们一致认为，这是一年中游玩希腊的最佳时机。

下午她们就去海滩，沿着一条弥漫着百里香气息的崎岖小路，很快就能走到。她们带着书和租来的日光浴床，还去湛蓝的海中游泳。

她们帮彼此涂抹乳液，轻声咕哝对方的皮肤多么柔软。她们在海滩边的小餐馆吃午饭，这些餐馆由浮木相连，提供必不可少、极其美味的希腊沙拉，加了很多牛至调味。她们畅饮口感辛辣的松香味希腊葡萄酒，酒盛在小玻璃罐里，罐壁上挂着热气凝结的水珠。

晚上，她们出门去餐馆吃饭。尝过几家后，她们定下一家最爱的，接下来的每晚都去。那地方小巧可爱，只摆着几张桌子，能俯瞰海港。晚上外出时，她们会精心打扮，换了连衣裙也化上妆，耳环更不能少，即便目的地只是村里的小酒馆。

她们在度假中逐渐获得安宁。每天早早入睡。沐浴阳光。回忆住在一起的美好时光。暂时逃离生活，对她们都有好处。

可这一周快结束时，她们的快乐开始变得疙疙瘩瘩，惹人生厌。丽萨想起了呼叫中心，意识到自己忘了提交接下来一周的轮班时间。也就是说，她挣不到足够的钱付房租了。也就是说，她又得向迪克兰要钱。但迪克兰已经越来越厌倦这种索求，她知道。就像她知道，他也越来越厌倦她。

最后一天早上，丽萨在清晨的阳光下认真打量镜中的自己。她知道她很美，一直知道，但现在，来到三十多岁，这份曾经丰裕的美，她不断浪掷在香烟、酒精、熬夜、咖啡和疏于运动中的美，却似乎成了一种有限的资源，一种必须认真对待、悉心照料的资源。而照料显然需要钱，她拿不出来的钱。近来不止一次，她发现自己站在博姿药妆店、塞尔弗里奇或利伯缇百货的柜台前，拿着昂贵的面霜。不止一次，她认真考虑过把手里的昂贵面霜偷偷放进提包。

上周，她的经纪人抛弃了她。

这些机会，丽萨，经纪人在电话里对她说，对于你这个年纪的人来说千载难逢。抱歉。我只是觉得我没法再代理你了。

镜中，丽萨的嘴紧抿成一条直线。她很生气。生凯特的气。忍不住为之前的事责怪她。也生汉娜的气，因为她的慷慨举动，这座别墅，这次假期——即便她知道这并不公平。她多希望，有能力这么慷慨款待朋友的人是自己。但汉娜一直做得很好。汉娜尽职尽责，努力工作，所以这是她应得的奖赏。自己却身无分文。或许应该归咎于她的美丽。她的美丽，这份不请自来的礼物。或许是它让她走了歪路——让她懒惰。也让她期望太多。

上周，来这里之前，她在利伯缇用信用卡买了一条真丝双绉裹身裙。裙身上印着日本花卉。她把它带来这里，但知道自己不会穿。它依旧在行李箱底。这种衣服属于那些有所成就的人，而她并没有达到。那些人过着她开始期待但注定不会拥有的生活。

假期的最后一晚，丽萨坚持要喝鸡尾酒。她在某条窄街里见过一家小酒吧。三人一同前去，在昏暗的酒吧里喝了皇家基尔和其他种类的香槟鸡尾酒。每人都喝了三杯，但谁也没醉，只是微醺，又沿着鹅卵石路前往海港，来到她们的餐馆。这里现在成了她们的餐馆。她们点了葡萄酒，迅速喝掉，又要了更多。她们蘸着橄榄油和盐吃面包，喝了更多的酒。然后开始醉了。

那么，丽萨点了支烟，开口。接下来呢？她问汉娜。

什么接下来？

就是，结婚之后。你打算要孩子吗？

打算要吧，汉娜回答。

内森想要孩子吗？

想吧。我觉得他想。

你觉得他想？

他想，汉娜说，他想要。

好吧。丽萨点头。

怎么了？汉娜问。

没事，丽萨说。

到底怎么了？你为什么是这副表情？

我只是觉得，这是件大事，对吧？要孩子这件事。你不觉得应该多考虑一下吗？

我考虑过了，老实说。我已经想了很多。我确实想要孩子。你呢？想要孩子吗？

不想。

不想？一点都不想吗？

是啊。

你不觉得你应该再仔细想想？万一后悔了呢？

好吧，丽萨说着，把香烟的烟雾吐进晚风。我会仔细想想。我不想要孩子，是因为我觉得你得非常、非常想要才能生。而且，假如你的生活里还有其他想做的事，或许应该专心做那件事。我在我母亲身上看透了这些。

这是什么意思？汉娜问。

我碍了她的事。所有事：她的艺术，她的生活。她该死的激进运动。她从来就不该生下我。这样每个人都会幸福一些。

噢，看在老天的分上，汉娜说，别傻了。你母亲很棒。

是吗？丽萨说，当然。她当然很棒，汉娜，你最清楚了。你那么了解我母亲。

汉娜盯着朋友。她很少见到丽萨这样的一面。这种变了质的醉意。这种怨恨。

别说了，丽萨。凯特探过身。让汉娜歇歇吧。

噢？让汉娜歇歇？丽萨转向凯特，牙上染着血红的酒液。那我呢？让我歇歇怎么样，凯特？道德罗盘凯特。一路替我们指引方向。你以为自己就他妈的一尘不染吗？我没拿到那个角色又是谁的错？

不是我的，凯特说。

去你的，丽萨啐了一口。

汉娜看见凯特朝后一个踉跄，仿佛被击中了。

那么——我就来说说你为什么不想要孩子，丽萨。凯特重新往前一靠，加入争辩。因为你根本就是个自私的人。因为你从来不打算把任何人放在自己前头。

她们从未吵过架，凯特和丽萨。没像这样吵过。战火在升级。在葡萄酒、香烟和这个温暖惬意的春夜的作用下，感觉就像毒品。她们还想要更多。她们能够想象自己在街头打骂，死死揪住对方的头发，恨不得咬下对方的肉来。

汉娜看着她们。她们的争吵有一股情色的意味，她想。她竟莫名有些失落。

人们看向她们的桌子。这三个奇装异服、大喊大叫、面前摆着空酒瓶的英国女人，多么粗鲁。一个个看上去都不能自制。

2010

凯特

那次晚餐之后，萨姆便拒绝和她发生眼神接触。他凌晨睡觉，很晚起床，起来就匆忙出门工作，下班后在外面待得越来越晚。尽管如此，他夜里一点、两点，乃至三点回来时，她也经常是醒着的。但她并不去找他。

她给汉娜打过电话，但汉娜没接。她也发过信息——咱们能聊聊吗？你如果准备好了，就打电话给我吧。汉，我们得谈谈。拜托。汉娜仍没有回复。

她记得那天在桥上时汉娜的表情。她短促冰冷的口吻。她剧烈而尖锐的痛苦。

她想说抱歉，但也想说：这并不公平。汉娜根本没告诉她，根本没给她机会做正确的事。

她收到的唯一消息来自迪亚。

宝妈俱乐部紧急会议？我随时有空。只要你开口。

她没有回复。

白日愈发短暂寒冷，她待在室内，将暖气调到最高。汤姆动辄哭闹，总是挑起她的情绪，逐渐损耗她的耐心。她时常朝他大吼，而他往往以大哭回应。然后她会吼得更厉害。总算出门时，结冰的步道危机四伏。唱着圣诞颂歌的人们嗓音尖利，仿佛要冲上市中心的塔尖。温奇普区有些人家在车库里售卖圣诞树，用塑料捆紧的那种。那些学生仍然守在国会大楼里。黑色树枝湿漉漉的。

周末，萨姆起得很早，自己给汤姆穿上衣服，然后出现在凯特的床前。汤姆胡乱穿着不合身的套头衫，几乎遮不住肚皮。"我们要出去。"他说。

"去哪里？"

"马克和塔姆辛家。我妈也会去。"

"好吧，"她说，"我想我应该不受欢迎。"

"嗯，我觉得也是。"

他们出门后，她拿出电脑。检查邮件。再次搜索露西·斯凯恩。一无所获。

她没拉开窗帘，重新窝回床上。

快到傍晚时，她被前门传来的响动惊醒。她套上运动裤和毛衣，走下楼梯，看见汤姆在走廊上的婴儿车里熟睡，而萨姆在厨房里，坐在桌边，面前摆着一只小小的拉链包。

"你要走了吗？"

"你真走运。这是塔姆辛给汤姆的。杰克大了，穿不下了。"

凯特拉开包。一堆叠得整整齐齐的衣服。闻起来干净得有些刺鼻。"她真好。"

"是啊。她的确很好。当然你把这些送回去也行。我是说，咱们不想要太多我家的东西。会污染空气。"

"萨姆——"

他抬起一只手。"等等。"他说，然后留她在这里，自己上了楼。她听见头顶传来他的脚步声。他回来时，手里握着一只处方袋。"这是什么？"

"是药，"她直截了当地回答，"抗抑郁药。"

"你在吃这些药？"

"没有。"

"你不觉得自己或许需要吃吗？"

"不觉得。或许吧。我也不知道。"她摇了摇头。"对不起。"她说。

"因为什么呢？因为嫁给我？因为你说我没那么聪明？"他整张脸都扭曲了。

"我只是——一直很困惑。"

"困惑什么？"

"我。你。每一件事。"她看向地板，"有个人——"

"有了别人？"

"不是那样。"

"那是哪样？哪样？"他重重捶了捶面前的桌子，"继续说，凯特。你最好现在告诉我。"

在她身后的走廊里，汤姆扭扭身子，啼哭了两声，又归于平静。

"我以前认识一个人,"她说,"很早以前了。我一直在想她。非常想。就这样。"

萨姆点了点头。"好吧。是个女人?"

"是。"

"所以怎么着,你现在是同性恋了?"

"不是。我是说……我以前是。我以前也不是。只有她。只有露西。我只爱上过她。"

他盯住她看了很久。"好吧,"他说,"是什么时候的事?"

"十一年前。"

"那她现在在哪儿呢?"

"我不知道。"

"但你想知道?"

"我说不清。"

他又盯住她看了很久,然后点点头,似乎决定了什么。然后他起身,从冰箱里拿出一罐红牛饮料。"我上班要迟到了,"他说,"晚点再见。"

第二天下午,萨姆回来时,她正对儿子大喊大叫。汤姆在号啕大哭,高脚椅上放着吃了一半的食物,剩下的都落在了地上。"我给妈打电话,"他说着,走过去抱起汤姆,"她明天可以带他。"

艾丽斯和泰瑞第二天一早就来了,凯特把汤姆交给了他们。天气寒冷而晴朗,太阳低垂。他们说了几句话。她好像在儿子脸上看到了如释重负的表情。他们走后,凯特关上门哭了。哭完后,她来到楼上的卫生间,拿出那袋药,坐在了地上,药就放在双腿之间。这时衣袋里的手机响了。是迪亚。电话响了又响，好一会儿才停。接着又进来一条信息，振动声在寂静的房子里尤其响亮。她点开语音信箱，把手机举到耳边。

我点了堆篝火，需要人帮忙。你现在在做什么？

凯特抬头看向窗外，阳光稀薄。她回拨了电话。

迪亚的菜地近得出乎意料，就在河的另一边。周围零零散散地站着几个人，正弯身拨弄冰冷的土地，而她一眼就看见了迪亚，正独自站在不远处的空地上。地上燃着一小堆火，旁边拢着一堆欧洲蕨和枝叶。

"哇噢，"凯特走近时，迪亚开口，"你看上去糟透了。"

迪亚穿着褪色的帆布工装和派克大衣，头戴毛线帽，握着一大只马克杯。

"多谢。"

"还是因为那天晚上的事？"

凯特耸耸肩。火堆边摆着几把用旧的折椅。空地后面有一间看似摇摇欲坠的棚屋，门前摆着几盆金盏花。

"这里不错。"

"是啊，怎么说呢，我喜欢坚守自己的职责。"迪亚低头看看自己，"女同性恋菜地主人。工装。真是达成了不少目标。"

凯特挤出一丝笑容。"诺拉呢？"

"和佐伊一起。她家里的人过来庆祝圣诞了。他们人很好，但很吵。我们的房子又小。汤姆呢？"

"和艾丽斯一起。"

"这样啊，"迪亚说，抬了抬手里的杯子，"上次晚宴棒极了。谢谢你。"

"拜托。"

"不，我认真的，这是近来最让我兴奋的一件事。我尤其喜欢'拷问士兵'那句。"迪亚再次举杯，"还有那个叫马克的家伙，我喜欢你揪住他不放的样子。"

"我很高兴你度过了一个愉快的夜晚。"

"想喝茶吗？"

"好啊。"

"往火里丢点荆棘，"迪亚朝棚屋走去，同时喊道，"特别容易点着。"

凯特看看那堆枝叶，过去抱起一捧——有些扎手，然后抛进火里，看着它们在火中扭曲、变形。迪亚端了杯茶回来。"柠檬薄荷。"说着，把茶递给她。

"谢谢。"

"不过食物确实很棒。这个男人有一手，我是说你丈夫。你选得没错。"

"咱们能不提这事了吗？"

"当然可以。"

凯特抿了口茶，绿色的茶水飘着轻柔的香气。她盯住火苗。燃烧的木料散发出香甜的气味。海鸥在高远稀薄的云层中鸣叫。

"我今天去了国会大楼，"迪亚说，"看了看学生们的状况。大学的领导把那里的暖气停了。"她摇摇头，"太野蛮了。我给他们带了几条毯子。但还不够。"

"他们应该出来。"凯特慢吞吞地说。

"噢？"迪亚问，"为什么？"

"他们要改变什么呢？谁又真正改变了什么？"

迪亚看着她。

"你知道事情会怎么样。"凯特耸了下肩，"年轻人会逐渐变老。他们会妥协，和我们一样。我们停止了战斗。我们投了降。我们成了问题的一部分。"

"好吧。"

"选举结束了。托利党已经上台。假如学生们觉得冷，他们应该回家，看看他们的父母，一起暖暖和和地过圣诞。你不这么觉得吗？"

"不，"迪亚说，"我不这么想。我觉得你也不是。"

她走到那堆欧洲蕨前，抱了一捧荆棘喂给火苗，隔着火焰打量的凯特。

"你已经妥协了吗？"她问，"真的妥协了吗？"

凯特没有回应，迪亚弯身用棍子拨了拨火堆，规整了一下，搅了搅仍在燃烧的余烬。"我本来想告诉你，"过了片刻，她说，"有个职位在招人。大学里的职位。只是在别人休产假期间代班，但我想到了你。"

"是什么样的工作？"

"做外展活动，范围涵盖整个肯特郡。走访学校，帮助更多孩子获得接受高等教育的机会。英国好几个最贫困的地方就在咱们家门口——谢佩、梅德韦。我觉得这份工作很适合你。发挥空间也大，如果好好想想的话。"

"好吧。这样穷孩子们就能上大学，然后背上几千英镑的债务毕业？"

"换作你会怎么做呢？宁肯不上大学？"

凯特不吭声。

"无论如何，他们新年后就会开始面试，希望新人能在春天开始工作。"

凯特转向火堆。"你是谁啊？我的职业顾问？"

"不是。"迪亚往火里丢了根棍，"只是个朋友。"

汉娜

开往吉姆和海莉家的路上，她坐在汽车后座，母亲的正后方。她把头倚在车窗上，看着城市的边缘逐渐被村庄替代，接着是荒野，然后是石墙。一切都覆上了厚厚一层雪。父亲不时减速，避让路上的松鸡或绵羊。

爸爸高兴地跟着收音机哼着不成调的曲子，敲着方向盘打节拍，母亲则一边摇头一边咯咯笑着，不时发出啧啧声。即将看到儿子和孙女，他们非常兴奋：自己终于做了祖父母。

一家人出门度假时，她总是习惯坐在这一边——吉姆在右她在左，这样正好能看见父亲的后脑勺。从前她和吉姆经常拌嘴。记得有一回，开车前往威尔士某营地的路上，父亲终于大发脾气停了车，命令两人站到路边的草坪上，随即发动汽车，把他们丢在了这里。他们吓得大气也不敢出，整整过了五分钟他才转了回来。如今弟弟成了父亲。很快，他也会开车带着自己的家人出来度假。

他们在村庄边的一座石屋外停了车：石屋的墙体很厚，上面开着小窗。几人下车时，吉姆出现在了车道上迎接他们。他的体形比汉娜印象中庞大些了——他长胖了——但很合适。不知他怎么做到的，似乎能同时掺和所有事——为妈妈开门，和爸爸聊圣诞节的交通和天气状况，同时拥汉娜入怀。"最近怎么样，姐？"

他发元音的方式。她总是忘记他的北方口音有多重。她希望能在他的臂膀和元音中沉浸片刻。"还好，"她靠着他的肩膀说，"我还好。"

他在前面带路，拎着大家的行李进入一间窄厅，角落里放着一棵圣诞树。"卧室都在楼上。你和妈是右手边的第一间，"他对父亲说，"你的在走廊尽头，汉。不过海莉正和宝宝在楼上小睡。"他双手一拍，"好了，就这样。在她们醒来之前，谁想来杯喝的？"

他给每人都准备了不同的酒：给妈妈的是金汤力，汉娜的是葡萄酒，爸爸的则是麦芽啤酒。她看得出，因为得到他们的见证，她的弟弟非常自豪：他是一家之主，父亲，男主人。

参观过房子之后，大家在客厅落了座，桌上摆着几只小碗，里面盛有花生和饼干，壁炉上方挂着吉姆和海莉的结婚照。汉娜和父母略显拘谨地坐在沙发边缘，有些僵硬和沉默，如同等待主角上台的观众。楼梯嘎吱作响，她到了。海莉出现在楼梯口，刚刚睡醒，丰腴圆润，肌肤光滑细腻。她抱着一个裹得严严实实的小人儿。有那么一会儿，谁都没动。眼前的画面完美至极：神情柔和的圣母玛利亚和她的孩子。接着："噢。"母亲站起身。汉娜看着她从海莉怀里搂过孩子，流露出幸福的表情。"罗西，"她低声唤道，"我可爱的小罗西！"

汉娜起身，走到大家旁边，看到一张老妇人般的小脸正从层层叠叠的毯子里向外张望，五官与吉姆有几分相似。"噢。"她伸出指尖碰了碰孩子的脸颊，"她太可爱了，吉姆。她和你长得真像。"

宝宝很快哭了起来，吉姆见状起身。"你坐下吧，亲爱的，"他对海莉说，"我来喂奶。"

他从厨房回来时，手里拿着小小的奶瓶。汉娜看见他接过女儿、抱她起身时的细致入微，罗西搂住小瓶喝奶时他脸上的慈爱与专注。他们默不作声地看着这一幕，静静听着吮吸的声音。

"我那时候可没做过这种事。"汉娜的父亲说。

"你不知道你错过了什么。"吉姆抬头对他笑笑，"催产素的作用。真是不可思议。"

"催什么来着？"他们的父亲咧嘴笑了。

晚上十点，她和父母上楼就寝。圣诞节当天她醒得很早，然后就站在窗边望着外面被雪覆盖的田地。再远处是隆起的荒野。宝宝很可爱。这栋房子很不错。吉姆和海莉也很般配。但所有的这些美好只让她精疲力竭。她感觉得到他们的同情。他们在担心她能否承受：海莉小心翼翼地抱着女儿，几乎带着歉意。汉娜接过孩子时，他们注视着她的一举一动。他们集体屏住呼吸，希望罗西千万不要在姑妈的怀中大哭。没人问她内森的事。他们是不是说好了不问她？

房子的厚重石墙、低矮门框，屋外的田地、荒野、青灰色天空，睡在隔壁的三口之家，一切的一切都让她感到压抑。她不想待在这里。她想象自己走出房门，穿过花园，一直走到大雪斑驳的荒野高地。那里的空气一定纯粹又洁净，被雪浸得彻底。她想被冲刷干净。

不过那得换上筒靴和防水外套，她没带对衣服。

她思考着如何尽快从这里离开，能否在节礼日 ① 当天搭火车回伦敦。她查了车次，没几班列车，且票价昂贵，何况她手里已经有一张二十七号的车票。还有两天，再忍两天就好。

她想起小时候读过的书，书里描写的未婚姑妈，总是在插图里戴着眼镜，贴着胡须，好脾气地同家人欢笑。她们总坐在椅子上。总是在角落里。她曾经是一切的中心，如今只是这里的边缘住客。

她意识到自己体内有好几个汉娜在打架：知礼的汉娜，善良的汉娜，姑妈汉娜！每一个都很愿意留在这里，面带笑意，安安静静地坐在一边，把自己的痛苦打包收好。还有恶劣的汉娜，做得出坏事、满脑子疯狂想法的汉娜——她想站起来，把桌子掀倒，再抱起孩子跑掉，夺回本该属于她的一切。然后放声大叫：这人应该是我。

这人应该是我！

这人他妈的应该是我。

丽萨

前门挂着自制的花环：柳条编织，点缀着从花园的灌木丛里折下的槲寄生与冬青树枝。丽萨掀起门环，又任它落下。萨拉穿着围裙开了门，用散发着松节油和香料气味的双手捧住丽萨的

---

① 每年的 12 月 26 日，即圣诞节次日。

脸。"圣诞快乐，亲爱的。"

"你也是。"

丽萨带了礼物：一只布满仿若雀斑的零星棕釉的杯子，两支崭新的漂亮铅笔，还有一只盛铅笔用的装饰瓶。萨拉惊喜地叫了一声，笑容绽放，显然很高兴。丽萨拆开母亲送她的礼物：一条绿色的手织细羊毛围巾。"很漂亮，妈。"她说。的确如此。

萨拉做了吃的，是应季的食材，但并非传统的节日菜肴，而是她的拿手菜，这么做几乎是出于道德使命感。丽萨还小的时候，常会因为家里没有圣诞树——"一项维多利亚式发明"——没有巧克力、没有朋友们家里挂的那些"毫无意义的闪闪发亮的小玩意"而感到委屈。如今潮流总算赶上了萨拉，房子的每一处角落都布置得十分精美：在西斯公园散步时回收的叶子，用拉菲草和常春藤编织的餐桌摆件。小小的玻璃灯泡悬在桌子上空。一边的烛台正待点燃。

丽萨在低矮的扶手椅上坐下。露比轻快地向她走来，她抱起它放到腿上。她们一边喝着用丁香、肉桂和八角茴香煮的红酒，一边聊天。"和我说说，还见了其他导演吗？"萨拉在炉灶那边问道。

"就一个。在索尔兹伯里。"

"噢亲爱的，真棒。有什么好消息吗？"

"没有。"经纪人抱歉地通知了她。你和他们心目中的这个角色不太相符。

实际上，她读过剧本后就知道自己不适合这个角色：艾克鹏喜剧作品里的某个丰满邋遢的金发女郎。

"我不介意。"她说，轻抚了下猫，"演过《万尼亚舅舅》之后，我也很难想象再接那么个角色。"

萨拉把汤端了过来，汤汁呈鲜亮的橙黄色：最上面浇着一层酸奶，酸奶表面撒了几颗烤孜然粒。"花园里摘的南瓜做的。"萨拉说。

两人默然不语地喝着汤，直到萨拉放下手中的勺子。"我想告诉你，亲爱的。你在《万尼亚舅舅》里的表现精彩极了。是我见过你最棒的样子。你有才能。你有一层光辉。这非常罕见。"母亲的语气里透着惊奇，仿佛是头一回察觉到这点。

"是吗？"丽萨抬头，"你为什么要这么说？"

"什么意思？"

"为什么是现在？"

萨拉皱起眉头。"因为我现在想到了这点。因为确实如此。"

"噢。"

"亲爱的，我在尽量示好。"

"尽量？"

"噢老天，丽萨。"萨拉放下勺子，"别这样。"

"哪样？"

"别把称赞理解成反话。"

"我只是奇怪，现在你才来称赞我的职业选择。"

"你想说什么？现在称赞有什么不同吗？"

丽萨看了眼挂钟——她已经在这里待了一个小时。没有其他人：没有兄弟，没有姐妹，没有父亲，没有孩子。只有她和母亲，如同没上油的车轴在艰难地转动。

"我最近在和人约会。"她轻声说，手里的勺子在最后一点汤里打转。

"噢？"

"嗯，"她说，"他人不错。"

"噢，亲爱的。噢。这太令人高兴啦。"萨拉坐直了些，"是什么人？"

"是个……朋友。"

"我认识吗？"

"应该不认识。"她已经后悔开口了。她陷入某种危险了。她本来没打算说的——真是个傻瓜。"他是我在……网上认识的。"

"现在大家都是在网上认识的了，对吧？互联网。"萨拉摆摆手。她的语气仿佛那是村里的广场。"你们要是在别处认识，可能反倒有些怪了。那么……"萨拉露出鹰一般敏锐的表情，渴望得知更多信息。"再和我透露些别的？他有工作吗？叫什么名字？"

"他叫——丹尼尔。"

"做什么的？"

"是个大学老师。"

萨拉不由自主地拍了下手。"哎呀。真了不起。你必须带他过来。"她说着，抓住丽萨的手，"最近有空就带他过来吃晚饭吧。"

"好啊。"母亲起身收拾碗碟的同时，丽萨回答。天色渐暗，萨拉端着李子布丁回来时，她已经点燃了桌上的蜡烛。烛光在黑暗中映照着房间，玻璃窗反射出光亮，丽萨穿着母亲的睡袍坐在窗边，整个人熠熠生辉。

节礼日当天，他来了她的公寓。天气晴朗，冰雪已经开始融化。他们一个字也没说，迅速脱掉衣服。她翻到他身上，不让他动，同时看着他，非常缓慢地动起来。她抵达高潮时喊了出来。

他抵达高潮时她俯身含住他的唇瓣吮吸，感受着他剧烈震颤后归于静止。

"梅丽莎，"事后，他抚着她的臀部，说，"神话里的梅丽莎女神。蜂蜜的保卫者①。"

她倾身亲吻他，的确如此。和他在一起时，她的内核炽热而甜蜜。

夜幕降临时，她饿坏了，让他留在公寓，自己出门去土耳其超市买了食物：面条、蔬菜和啤酒。

她为他做饭。她饥肠辘辘：想要食物，想要性爱，想要生活。这份饥饿很美，也充满感官诱惑。他们吃着面条，喝着冰啤酒。她看着他吃饭。她喜欢看他享用自己为他做的饭菜，喜欢听他磁性而低沉的声音。她抓起他的手腕，亲了一下。

"你快乐吗？"他问她。

"你是问现在？还是总体而言？"

"都有。现在吧。"

"现在，快乐。"

"那总体而言呢？"

她耸肩。"谁会快乐呢？你快乐吗？"

他盯住她。"你怎么会没有恋人呢？"他问。

"我有。"她说，看到他流露出复杂的神情。

"我是问——你知道我在问什么。"

"我也不知道。"她把盘子推开。窗外已经完全黑了。"找个好男人，比看上去困难得多。很多都让人非常失望。"

---

① "梅丽莎"一名源于希腊语，意为"蜜蜂"。

"真是悲哀。"

"的确。"

"我一直很讨厌迪克兰。"他说。

"嗯。"她叹气，"他是个混蛋。你说得对。"

"原则上我也一直抵制他的电影。"

她笑出了声。

"我很忠诚的。"他说。他的语气让她的胃紧缩了一下。

"谢谢你。"她回应，尽管她知道他并不忠诚。假如他忠诚，就不会出现在这里。

"你从来没想过要孩子吗？"他轻声问。

她抬头望向天花板。"和他在一起时没想过。"她收回目光，直视他的眼睛，她感觉到了什么——它逐渐在房间里弥散开来，渗透每一寸空间。她很确定，如果他们现在回到床上，如果不用保护措施，她就会怀孕——孩子就是这样创造出来的，这种情欲，让人沉沦的情欲。

"晚上你可以留下，"她说，"没人会知道的。"她注视他的脸，看到了他的挣扎。

"这样更糟。"他说。

"什么意思？"

"我在这里过夜。对汉娜来说。这感觉——总之更糟。"

"是吗？"她说，"比我们做爱还糟？"

他露出被刺痛的表情。

"汉娜并不知道，"她轻声说，"汉娜也不必知道。"

他低头看自己的手，又抬头看她。"好吧。"他倾身笨拙地吻在了她的嘴角上，"我很愿意。"

外面的世界寒冷刺骨。房间里却充满美好的金色光芒。时间停留在别处。她可以活在这一刻，而且——在这一刻——她想，她可以爱上这个男人。

汉娜

回到家、进入自己公寓的一刻，她心生感激。对于圣诞节和新年之间的这段日子，她同样心存感激。这段日子里，钟摆已经静止，时间像积聚起来的池水，不再向前流动。她也仿佛停留在这一年残留的寥寥几天里。尽管如此，她还是心神不宁。体内升起某种热望，某种渴求。

她开始热衷于买酒。大多数夜晚都在喝酒，一杯，又一杯。进入打折季后，她回到考文特花园的服装店，买下了那双血红色的靴子和那条爬满藤蔓的连衣裙。

新年前夕，她为自己换上了连衣裙和红靴，放起音乐跳舞，在房间里慢慢转圈。她一杯接一杯地喝红葡萄酒，直到视线落在内森留下的一包烟草上。就一支烟。有什么大不了呢？她抽出一张烟纸——黑色甘草烟纸——卷了支烟。她在炉子上点燃，走到外面的露台上。干燥寒冷的空气让人舒畅，高远的黑色天幕上散落着一小把星星。她把香烟送至唇边，烟纸入口的甘甜味道立即让她想到了丽萨。

紧接着，这个念头刹那间出现了——在抵达脑海之前，先一步击中了身体。渗进了她的血液，让她的心跳加速、手心冒汗。

丽萨。

内森和丽萨。

她抓住露台的栏杆，把香烟丢向楼下的公园。接着她进屋，拿起手机给内森打电话。

"丽萨。"电话刚一接通，她便说。

"什么？"

"发生了什么？"她问。

"你什么意思？"

"你和丽萨之间？"

他迟疑的这一刻过于漫长。她把电话从耳边移开，觉得胃里的东西要吐出来了。她听见他的声音继续对着寒冷的虚空说话。

凯特

新年当天，迪亚邀请凯特去家里吃晚餐，她接受了邀请，因为萨姆这天是晚班。

我们要先去一趟国会大楼，你愿意一起吗？迪亚写道。里面还有五名学生在坚守。我觉得他们应该冻坏了。我们从傍晚开始为他们守夜。带上蜡烛和吃的来吧。

凯特装了些馅饼和葡萄酒，带着汤姆爬上山坡来到校园。迪亚、佐伊和一小群人聚在国会大楼周围，每个人手里都举着蜡烛。他们低声交谈，经由警卫人员将一包包食物送进楼里。随后他们走下山坡，到迪亚和佐伊家用餐。

"我下载了申请表。"饭后一起拾掇东西时，凯特告诉迪亚。

"真的吗？"迪亚说，"太好了。你打算填吗？"

"嗯，"凯特回答，"我想我会填的。"

九点，她把汤姆放到安全座椅上扣好，开车回家。她知道萨姆十一点下班。她来到电脑前，打印出了表格，然后动笔填写。时间过得飞快，十一点半时她有些累了，萨姆还没到家，她便打开电视，端了杯茶裹上毯子。

手机响起时，她正在打瞌睡。看清屏幕上闪烁着汉娜的名字，她猛地清醒过来。

"汉？"她抓起手机举到耳边，"嘿！新年快乐！"

过了好一会儿，她才分辨出几个词，因为起初对面只有哭泣，听起来似乎之前已经哭了很久——鼻音浓重，断断续续，上气不接下气的抽泣。"汉娜？"她轻声说，等待朋友开口说话。

"丽萨。"汉娜终于说道。

"她怎么了？"

"丽萨和内森。"

"怎么了？"

"在一起了。"

"不会吧。"凯特从沙发上坐直，彻底清醒了，"不会的，汉，这不可能。"

"别跟我说什么不可能，"汉娜带着怒气，"我知道这是真的。"

电视上，人们正高声合唱《友谊地久天长》。苏格兰风笛手们披着熊皮外套，神情严肃。她按了静音。房间里很黑，只有电视屏幕散发出的光。她默然不语。一股奇怪的味道填满了她的嘴巴。"汉娜，"她说，"我能做些什么吗？你想来我家吗？或者我去你那里？你在家吗？我可以开车去——我可以把汤姆放在后座，现在就出发。"

"不。不用。"

"你家附近有没有人可以去陪你？"

她差点脱口而出"丽萨"——丽萨就住在不远的地方——但及时刹住了。

"不用，"汉娜说，"你一直都在吗？可以别走开吗？我可能——我可能会再打电话。"

"当然，汉。我就在这儿。"

电话挂断后，凯特不知所措地盯住眼前的屏幕，人们正手拉着手跳舞。她意识到体内有几种情绪在互相对抗，彼此势均力敌——震惊与难以置信，以及一种怪异的感觉——这一切的发生是不可避免的，虽然它根本讲不通。

两个小时后萨姆到家时，她仍坐在原地一动未动。她一直没睡，但汉娜没有再打来电话。她看着他进门，脱掉外套，小心地把衣服挂上挂钩。他从外套口袋里掏出两瓶啤酒。"上班发的——你想来一瓶吗？"

"好啊。"

他用打火机起开瓶盖，递给她一瓶，然后挨着她重重地坐在了沙发上。他看起来很累，她想，又累又醉。

"我刚和汉娜打了电话。"

"噢？"他的眼神游离。

"内森出轨了。"

"什么？"他看向她，大张着嘴，啤酒瓶还没有举到嘴边，"他和谁？"

"丽萨。"

他坐直了。"你在开玩笑吧？"

"没有。至少，汉娜很确定。"

"真他妈的。"他摘掉帽子，双手捋着头发。一时间，他看上去被吓了一跳，但随后开始大笑。她惊骇地盯住他，接着自己也大笑起来。他们用手掩住嘴，仿佛会被别人听到。他们笑得直抖，一种奇异而扭曲的兴奋传遍全身，然后，突然间他们停了下来。罪恶感涌遍了凯特的身体。

"妈的。"萨姆开口，摇摇头，"可怜的汉娜。妈的。"他又说了一遍。

凯特放下手里的啤酒。"萨姆。"她说。

"怎么？"

"我很抱歉。关于马克的事。"

"嗯。恐怕是他活该。他一直那副德行。上学的时候就这样。"

"他们会原谅我吗？"

"你需要担心的不是他们，"他说，"是我。"

她来到他身前。"那你会原谅我吗？"她问。

"得看情况。"

她双手滑入他的掌心。"我能吻你吗？"她问。

他什么也没说。她吻上他的嘴唇。他任由她，但没回应。随即把脸转开。

"我要告诉你的是，"他说，"我和你结婚是因为我爱上了你。我以为你也是这样。我不是你的安慰奖，凯特。我希望是你选中了我，而不是将就。"

他轻轻从她手里挣脱，起身离开，留她一个人坐在原地。

丽萨

新年的早上她迟迟没有起床。她只穿着 T 恤和内裤。他要过来见她，没必要换衣服。

听到敲门声，她一跃而起，但刚一开门，就看出有什么不对劲。

"她知道了。"他开口。

她用手掩住了嘴。

"进来吧。"她看出他犹豫了。"进来。"她坚持，拽住他的手腕。

他迈过门槛进入厨房，站在那里，没脱外套。她打开灯，这盏难看的旧顶灯，衬得他的脸色十分苍白。"我什么也没说。"她开口。

"我没想过你会说。"

他们陷入沉默，痛苦而了无生气的沉默。她想用情欲和狂热把它填满。她来到他面前，握住他的手。他低头看她的手，又看向她的脸。"对不起。"他说。

"因为什么呢？"她轻轻用手蒙住他的眼睛，仿佛在保护它们不被阳光闪到。她察觉到他闭上了双眼，眼睑在她掌心下方轻颤。她的另一只手伸到背后，关上了灯。她不紧不慢地移开手，手指滑过他的脸颊、脖子。她跪在他身前动手解腰带时，他仍闭着眼睛。

"你在做什么？"他问。

她把他含入口中时他已经硬起，她停顿了片刻。她开始动作，他将她一把拉起，接着翻到背后，褪下她的内裤，粗暴地进入她。她疼得倒抽了口气。他退开了，然后提起牛仔裤，转身背对她。"抱歉，"他说，"实在抱歉。"

她转身看着他。此时他依旧穿着大衣。这幅景象很怪，穿着大衣的他自慰——她几乎要笑出来。

"没关系。"她回应，穿好内裤。但有关系。不会没关系。当然有关系。"没关系。"她又说了一遍。

他提上牛仔裤，系好腰带。"我要走了，"他说，"计划外出几周。我需要一点空间。"

"你需要一点空间。"她重复道。她的声音有些怪异。她想大哭，但知道自己并没有权利。她能感觉什么正朝她奔涌而来，就像一波能将她摧毁的海浪。之后什么也不会留下，无人诉说这段故事、这些感受。没人会在意她对这件事的看法。

"我不会联系你的。"她说。

他点头。"我觉得这样最好。"他伸出手来，轻擦过她的袖口。他抚摸她的样子仿佛在哄一个孩子。

现在她怒火中烧起来。她看出他想轻描淡写地解决这件事。他希望这一切都被水掩盖，就像气泡升至表面然后消失，水面平滑如镜，再也看不出水下有什么东西。"一点也不值得。"她说。

"什么？"

"做爱。"

她看见他脸上的震惊。他退回房间。他的表情变了。变得缺乏信心。现在她伤到他的自尊了。他想从她这里得到什么——她看出，即使到了这一步，他还是希望她告诉他，和他做爱的感觉很棒。他很棒。他的需求如此可悲。他们这一对如此无可救药。

"丽萨。"他恳求地伸出手。

"一点也不值得。"她又说了一遍，"全都不值得。"她说话时指了指自己，又指了指他，也是在指这段关系里突如其来的让人痛苦的卑劣。

汉娜

她做了充满暴力的梦。丽萨的脸上被划出一千道细小的切口。自己搂着内森被砍掉的头，他的血浸湿了她的大腿。有时这种暴力在追赶她，她只得逃跑，穿过一片开阔的空地。它逐渐逼近，而她无处可躲——某个黑暗造物的细长指尖已经触到了她的脖颈。

夜里失眠的时候，她的思绪就飘过屋顶，落到丽萨家里，落在她躺着的那张罪恶的床上。她睡得怎么样？她睡得着吗？

最后她终于睡了过去，醒来时，整个世界在黎明的光线中成形，她便明白了这是一个崭新的世界。旧世界已经被轰成了碎片，而这个新世界有截然不同的物理规律和运作法则。她想象着他们在一起的样子，她的丈夫和她的朋友。他们的双手，他们的嘴唇，他们赤裸的肉体，他们的肉体彼此碰触的部位。他身体上那些隐秘的、她爱恋的地方，早已被她当成自己的所有物。他是如何碰触她的？只是出于肉欲？或是曾经，抑或现在，还有别的感情？

她或许永远无法知道。他的主观想法，他那些她无从感知的体验——不知为何，这一点让她更感暴戾，甚至超过了背叛本身。她想到这点时的感受远不止痛苦，更接近一种精神错乱——

周围物体的色彩似乎更亮了，响动也更刺耳了。她很多、很多次拿起手机，或者来到电脑边，想咒骂他、想谴责她，但每次都临阵脱逃，放下手机。有什么话能完全传达她的情绪呢？

她避开公园，不再沿市集散步。她走到公交车站，再走回来，如此而已。她努力避免在街上碰到丽萨。尽管如此，她觉得自己经常能看到她——一个高挑的优美身形，在她的视线边缘游荡。

冬去春来。天气依旧寒冷。她有两周的年假可休，却完全想不出该去哪里。

她点击一张张图片，有农舍，有铺满白沙的苏格兰海滩，有水深似乎足以没过整座城市的海湾。没有任何熟人，人烟稀少的地方。她迫切地寻求着某种自己也说不清的东西——某种自然的滋养，某种原始的触感。她想尝海水的咸味。想被冲刷干净。想用肌肤去感受风吹雨打。

一天，乘地铁回家时，她看见了一张奥克尼群岛①的海报。那里有海洋、广阔的天空和野生动物。她回到家，只用几分钟就订好了机票、旅馆和汽车。她将在三月出发。

夜里，她梦见自己飞跑过旷野。她呼吸急促地醒来，卧室变了样，树木枝丫的轮廓清楚地投射在墙上。

---

① 位于苏格兰东北部。

新婚喜歌
2008

　　这天是星期六，市集开放的日子。时值春末，即将迎来初夏。在房前花木丛生、枝叶纠缠的花园里，五月中旬的野玫瑰正肆意绽放。

　　丽萨和凯特轮流淋浴，然后在各自的房间里静静换上礼服。天气凉爽多云，不过预报说过会儿就转晴。

　　丽萨换衣服时想到了内森。她的朋友。是她先认识他的。她一直觉得许多年前，两人在大学毕业后再次相遇时，假如她没在谈恋爱，或许他会想和她在一起。那如今他会不会已经是她的另一半？不知为何，今天她尤其想让他留意到她，留意到她的美丽。她不会承认这一点，但她想比汉娜更加光彩照人，想被人看见。于是她剪掉从利伯缇买来的那条真丝裙子的标签，尽管她绝对负担不起，然后套在身上。她用绿色眼影勾勒眼睛。换上能让她高过一米八的高跟鞋。

　　与此同时，汉娜正在自己的公寓里更衣。她的父母也在这里。内森前一晚住在了他哥哥家。母亲敲了敲门，随即入内。

噢汉娜，看到身着礼裙的女儿时，她惊叹。噢，汉。

＊

他们站在婚姻登记处最大的办事厅里。大家都同意，就汉娜和内森这一对来说，这里是最适合他们步入婚姻殿堂的地方——它的实用价值赋予了自身一种魔力。

内森在房间的最前方等待。丽萨看着他，他的脸，他的蓝色西装，他正第三次让哥哥确认口袋里的戒指还在不在。他抬起头时正与她视线相对，迎着她的目光笑了。

音乐响起，众人起身，汉娜挽着父亲的手臂登场。她穿了条朴素的绿裙子，眼睛闪闪发亮。看到她的那一刻，丽萨感到羞愧——她怎么会有要比她更动人的想法？这是她爱的女人。此时此地，一袭绿色长裙的汉娜正缓步走向内森，她身上有一种神话气质的、原始的美。站在前方的内森眼里没有其他人的存在，他的脸被热望点亮，他正期盼着他的新娘。

汉娜和父亲从身边经过时，凯特想到了自己的父亲，努力回想上一次与他接触是什么时候了——应该已是许多年前。她多想让他出现在这里，这一刻，没有什么比父亲的拥抱更让她渴望。她想让父亲用这种目光注视自己，饱含骄傲与慈爱。或许这才是人们举办婚礼的原因。

凯特还想到了露西，想知道她在哪里，是否想过她。是生是死，是否会像爱自己一样爱上其他人。她还想到时光的脚步如此迅疾，她们都长大了。站在这里，她哭了，想着露西、汉娜与内森，想着母亲以及对她的思念，想着父亲，想着爱与时间，想着这一切如此美丽，却又如此难以置信。

汉娜则注视着内森，想到自己有多么爱他。自己多么幸福。那位主持仪式的神情严肃的女士转向她，问她是否愿意嫁给眼前的男人时——是，她说，是。我愿意。

随后，大伙喝过酒、吃过蛋糕、发言完毕之后，汉娜找到了朋友们。她拉住丽萨的手，穿过酒吧的人群找到凯特，另一只手拉起她，领着她们来到室外，走进五月的阳光。她们穿过大门，进入公园，来到伦敦广场。门口的樱桃树上沉甸甸地缀着盛开的花朵。

天气预报没错：今日天气晴好。她们迈上草坪，在让人微微眩晕的金色光线中漫步，感到世界充满了爱与希望。汉娜搂住朋友，彼此额头相抵。我爱你们，她说。凯特和丽萨也把脑袋凑了过来，低声传达她们的爱。这就是婚姻带来的东西——它经由这对夫妇向外喷薄而出，孕育了爱，孕育了生活，让我们相信——哪怕只在这一个下午——幸福的结局，或者至少，相信故事会朝应该的方向继续。

2011

丽萨

"你可以在幕布后面换衣服,"这位老师说,"或者去卫生间。"

他很年轻,至少比她岁数小,个头不高,身材瘦而结实,穿着条纹羊毛衫和牛仔裤。戴着看上去价值不菲的眼镜。有一双温和的灰色眼睛。

丽萨点点头。她知道规矩。她懒得告诉他,这套流程她已经重复过无数次了。他们并不想听你说话。

她拿起包,沿着走廊来到女卫生间。卫生间两侧摆着高高的架子,散发出颜料、黏土和松节油的味道。她把自己反锁进隔间,依次脱掉外套、T恤、胸罩、牛仔裤和内裤。她叠起衣服收进包里,接着披上她的和服式晨衣。她没脱袜子,因为地面很凉。她迅速小便。她最不希望发生的事,就是下课之前她就想小

253

便。距离第一次课间休息还有四十五分钟。

她回到走廊，推开画室沉重的大门。学生们已经就位，正忙着整理画板。一束稀薄干净的光透过高高的落地窗照进来。她直接朝着房间中央的一处平台走去。

"好了，丽莎。"老师开口。

"丽萨。"丽萨纠正。

"好吧，丽萨。那么——等你准备就绪，随意摆个姿势就行。我们先画十分钟素描，晚点再换需要保持更长时间的姿势。"

她的脚趾已经发冷，不过这里有几台电暖器，都是开着的。她脱掉晨袍坐了下来。

老师盯住她看了片刻，随即开口："实际上——咱们先从站姿开始好吗？"

她站起身，摆了个姿势，一只脚置于前方，手臂背在身后。

"好啦，"老师转向学生，"炭笔或铅笔都行。十分钟时间。开始。"

画纸上逐渐显现炭笔和铅笔勾画的凌乱线条。

所以，丽莎心想，她又来了。

她靠《万尼亚舅舅》的演出收入勉强维生，只喝速食汤和麦片粥，很少外出，每天在电脑上看老电影，以此喂养她的愁绪。如今账户里还剩最后两百镑。

她总是觉得自己会遇到什么转机，不必回到这里。而她总是想错。

她等了很长时间，准备承受汉娜的怒火，但事情已经过去几周，仍没有接到她的消息，于是她主动发了一条信息——对不起。假如你想和我谈谈，我一直在。这往好了说是无力，往坏了说是怯懦。

内森也没有消息。自从新年后在她公寓里发生那一幕以来，就再没有过。她给他写了封信，随即烧了。又写了一封，也烧了。

课间休息时，她去了趟卫生间，回来的途中瞥见一些学生刚才的速写。她的腰腿。她乳房的起伏。她短短的头发。

早春时，她让理发师把自己的头发剪短了。他小心地伸出剪子——一英寸？他问。多剪点，她回答。他剪掉两英寸。再剪点，她说。他不再犹豫，锋利的剪刀割过发丝。他们一齐看着大团大团的头发无声地飘落在地板上。她看着镜中的自己哭了，根本认不出这个人，而他惊恐地看着她。对不起，他说，我以为这就是你想要的。没错，她说。这就是。

"行了，丽萨。"老师走到她身边，"接下来需要摆一个时间长点的姿势。"

"我知道。"

"简单一点就可以，能保持四十五分钟的姿势。"

她在平台上坐下，仍旧穿着晨袍，屈起一只膝盖，另一条腿弯在身侧，再用双臂抱住膝盖作为支撑。她有几个姿势可以摆很长时间。有些人能以非常扭曲的姿势连续几个小时一动不动——通常是舞者和杂技演员。她并不是其中之一。

几分钟后，房间安静下来。他们正在作画，只有画刷轻扫过画布的声音，老师的脚步在画板间移动的声音。他一言不发，偶尔上半身前倾，低声道，不错，或者看见这个——这条线了吗？他的手掠过画布，接着抬起，在空中比画着什么。

她的视线垂落，看向自己——她的小腿，以及腿上今早忘了剃干净的毛茬。屋里的暖气忽冷忽热，她的小腿开始起红点。她能闻见自己散发出的气味。

她意识到自己失去了很多很多，多得已经无法衡量：她失去了内森，失去了汉娜。她也失去了凯特，凯特再也没有回过她的电话。

而她失去的还远不止这些，失去仿佛是一个黑洞，吸走了所有潜在的未来，所有你本可能成为的一切，所有的成就，爱，孩子，过去可能存在的自尊，全部坠进洞底。

"我们要捕捉住什么，"老师在说话，"某种本质。我们的任务不是阐释。是要传递一种感觉。"

她的左臀已经开始发麻。脚底传来针刺感。她微微动了动，立即听见老师发出轻斥。

"丽萨，"他说，"请你尽量别动。"

屋内响起一声咳嗽，她抬头对上一个年轻女人的眼睛。她大约二十来岁，美得一丝不苟，看上去像个神情严肃的玩具娃娃。

她想象着这个年轻女人衣服下的身体，想象它就像雪花石膏一般光滑细腻。她望着自己时会想些什么呢？

她会不会想，为什么她都到了这个年纪，还在做这种工作？

她是不是在看她的腹部？是不是在好奇她有没有怀过孩子？

她回看她，后者如今正盯着她的大腿，手中的炭笔打下长长的线条。一张娃娃般的、面无表情的脸。

我的全部，丽萨心想，不过是线条的集合。里面什么也没有。如同母亲以前画的那些身体，很多年前画在塔夫内尔公园步道上的那些。它们仿佛是一种预言，预测了这种空洞。剩下的只有轮廓。她突然感觉晕眩，再次动了一下。房间对面传来清晰可闻的抱怨声。

"很抱歉，"她说，"我不太舒服。"

她起身裹紧晨袍，走出房间来到走廊，把脸颊抵在了冰冷坚硬的墙面上。

汉娜

盖特威克机场，清晨，她就像一枚刚剥了壳的新鲜牡蛎，广袤的世界朝她压来。女人们穿着高跟鞋和大衣，人群快步移动，因为他们有更好的地方可去。她觉得自己既是隐形的，又因为身上的防水外套和步行靴而分外醒目。

三十六岁，她几乎已经步入中年。在男人眼里，她是否显得更老？拇指指尖摩挲着婚戒留下的痕迹，一小圈凹槽，隆起的指茧，一处空缺。指茧已经几乎消失，即便如此，拇指依旧会摩挲它原来的位置，如同舌头不时舔舐掉落的牙齿留下的缺口。

她在阿伯丁郡有一个小时的转机时间。机场里全是男人，看起来就像新兵一样，只不过没那么健壮。他们大部分身材高大，脸色通红，伴有秃顶的趋势，在吧台旁大口吞着早餐和啤酒。她避开他们，在史密斯书店随意浏览，想买本杂志，但这些杂志都有些可笑，于是来到书架边。几个月来她什么也没读。过去纯粹无害的消遣如今充满陷阱：她不想读到爱，不想读到孩子，不想读到不忠。她拿起几本旅行指南，又放了回去。她不需要旅行指南。她可以凭本能找到正确的方向。她可以即兴行动。最后她买了一本《爱玛》和一瓶水。她之前读过这本书，非常肯定里面没有婴儿。

前往奥克尼群岛的飞机很小。雨水沿着玻璃窗滑落。她把提包放在了座位底下。乘客们像老朋友一样彼此打招呼。机舱门即将关闭时，之前坐在吧台边的一个男人爬上飞机，呼吸急促，似乎是一路跑过来的。他跟汉娜旁边隔着过道的年长女士打了个招呼，在前几排落了座。他的头发短而整洁，举手投足有股刻意而夸张的精确，因为明知现在还是早晨，自己却已经有点醉了。透过云层间隙，她第一次瞥见这片群岛——波浪滔滔的海洋，地势低洼的灰棕色土壤。飞机转弯时，她看到斜落的雨线与近乎空旷的道路。

现在还不到中午，办理入住的时间尚早，于是她先取了租好的车，决定开车绕岛转转。乌云略微消散了些。她知道这里的主要景点集中在车程约四十分钟的地方：有墓室，巨石柱。趁雨势暂停，或许可以过去看看。

她开车穿过城镇，路过红砖大教堂，石砌的房屋。朝北的路边有一座大型特易购超市。风景被雨淋透，毫无吸引力。车载收音机正在播放第二电台的节目——主持人喋喋不休地说着蠢话，间或插播俗不可耐的流行歌曲。她尝试切换到其他电台，但收音机毫无反应，她便把它关掉了。她在寂静的公寓里定下这次度假时，期待的景象可不是这样的。她想看到的是崎岖的山脉，壮美的风景，能够压住自己内心幻象的重量。而这里连一座山丘、一棵树都很难见到，只有丛生的杂草和抹着砾石灰浆的平房。说实话，这地方一片荒凉。

她在由三座巨石柱组成的地标前停下，下了车。一只硕大的宽脸绵羊正站在石柱中间啃食草地。这只绵羊格外丑陋。这些石头也是。它们看上去就像某种野兽派城市建筑,二十世纪七十年代某个过于热切的郡议会或许会欣赏它。她出于本分围着它们绕了一圈。然后站在中间。绵羊以怀疑的目光打量着她。她等待着感受到什么,但除了些许的难为情外,什么也没有。

岛上的遥远北端有一处新石器时代的村落遗址。网上的信息说,这座村落已经有五千年历史。她下车时,头顶的云团正聚成羽毛的形状。她闻见大海的味道。通往村落的小路上散落着石块,每一块都标记着某个事件:人类第一次登上月球,法国大革命,罗马的陷落,一直回溯到村落建成的时代,同一时期埃及竖起了金字塔。礼品店里堆着维京人的宽檐帽,帽身是硬塑料做的,两边各垂着一根假发辫,还有费尔岛风格的印花毛衣和海雀形状的填充玩具。

礼品店柜台后的和善男人卖给汉娜一张票,告诉她去景点之前一定要先看一个短片,她照做了,观看期间就坐在一对穿着防水情侣外套的老年夫妇后面。接着她穿过一个狭窄的展厅,认真阅读每一张展品说明,了解那时村民的食物(鱼肉、鹿肉和浆果),制作的锅具,以及人工雕刻的奇形怪状的可爱小球。倘若来参观的是个小学生,或者历史学家,抑或是其他无事可做的人,这个展览并不算无趣。博物馆外面有一栋当时房屋的仿制品。她弯腰钻入,看到两张床铺,一个石制碗橱,还有一个石材制成的炉灶。

她走出这里,打算进一步探索村落,天空又下起雨来。她绕着村里的房屋走了几圈,低头端详室内的陈设,它们令人印象深刻,甚至有些感动。没错,这些的确会让人联想到过去的人如何生活,栖居在寓所里,有孩子的床、大人的床、石头碗橱,一如《摩登原始人》里的场景。他们亲手打磨首饰，以鳟鱼、鹿肉和浆果为食，在炉灶边相爱、争吵、做爱。她收回视线，望向大海。宽阔的海湾地势低缓，雨水有力地击打着水面。内心涌起一股新的怒火与苦痛。她来这里做什么呢？她是怎么想的？竟跑到这么偏远的地方来盯着炉灶、房屋，盯着一家家人曾经生活过、相爱过的地方。它们只会让她觉得，她现在没有、未来也不会拥有这些，而且这种感觉愈发强烈。

她想要原始的东西，只凭自身存在的东西，譬如没有观众的大自然。每一样东西都非得依据人的尺寸制造吗？她不想看见家庭生活。家庭生活恰恰是她逃来这里的原因。

那家特易购的面积和大型飞机库差不多，它的存在令她十分感激。

她在货架间踱着步子，享受超市里白噪音的冲刷。

她买了一瓶里奥哈、一些芝士饼干和炸薯片。

她住的旅馆号称是奥克尼群岛上最好的之一。这地方非常陈旧，很多年未翻修过了。地毯的彩色螺旋图案令人反胃，餐厅里飘着油炸食物和煮焦的咖啡的气味。她的房间相比之下好得多，尽管墙上挂着几幅俗艳的紫色花卉图画。床很大，但并不舒适，是由两张床铺拼接而成的。枕头更是难以描述。她拧开酒瓶盖子，往漱口杯里倒了三分之一。

六点，她饿了，也几乎喝完了这瓶酒。客房服务无人应答，她便下楼来到餐厅。"可以在这里点餐吗？"

"当然。"吧台后的年轻女人应道。她长着小巧的心形脸庞，化了妆，嘴唇非常漂亮。

"能送到我的房间吗？"

"目前这里只有我一个人。不介意稍等一下吧？或者您自己端上去可以吗？"

汉娜环顾了下没什么人的餐厅。除她之外，只有两个比她年长一些的人，正低头盯着电脑屏幕，像是来出差的。"可以。"

"您可以来杯免费酒水，"年轻女人眨了下眼，"反正现在这里我说了算。"

"好吧。"汉娜回答，翻了翻菜单。"要一份炸鱼薯条。"

"好极了。"年轻女人回应道。

"再要一杯葡萄酒。这里论杯卖的有什么酒？"

"只有梅洛。"

"那就要一杯那个吧。"

"好极了。"年轻女人重复道，拿起一只大玻璃杯，几乎倒满。"给您。"

好极了？

她举着杯子来到窗边的座位。桌上立着一瓶塑料花。屋外的海港被雨水冲刷一新。几束暗淡的阳光穿过细雨，随即消失，只留下冰冷的昏暗光线。

"明天会更好。就天气来说。"

她转头看见旁边有个男人。片刻后，她才意识到在机场见过他，还有飞机上。她点头作为回应。此时他似乎已经清醒，她却即将喝醉。他选了旁边的桌子，正好坐在她的对角处，对此她隐约有些恼怒。这样一来，她就不得不和他聊天，或者刻意无视他了。她在包里找了找，翻出在机场买的平装书搁在桌上，又抿了一口酒，翻开第一页。爱玛·伍德豪斯相貌出众，聪明，又有钱——

年轻女人走过来，把一品脱啤酒放在男人面前。"酒来啦。"

"多谢。"

一时间，室内只剩下角落里那两人的低语声——关于某场会议。一些图表相关的问题。走到哪里都是工作。男人举杯喝了几口。"好看吗？"

她抬起头。这个男人块头很大，但算不上胖；和她年龄相仿，或许稍长。他脸色红润，似乎刚洗过澡，脖子后面的头发还是湿的。

"我是说你的书，"他朝它比了比，"好看吗？"

她举高手里的书给他看。"我还在第一页。"

"啊。"他说。

"不过我从前读过。"

"好吧。"

"他们都汲取了教训。之后生活得更加幸福。"

"这样啊，"他说，"已经不错了。"

她重新低头看书，但现在纸页上的词句都在跳动。

"你来这里度假的？"

"应该是吧。"

"应该是？"他指了指她面前的椅子，"介意我一起坐吗？"

"我只是在等餐。过会儿就走。"

"那你肯定来不及厌倦我。"他端着酒杯在她对面落座，背对吧台后的女人。

"干杯。"男人举起杯子喝了一口。他的手指很粗，皮肤干裂发红。戴着婚戒。他的手机就放在桌旁，她看见屏幕是一个女人和一个小孩的照片。"那如果不是度假，是来做什么呢？来这里办事？"

"不是，"她说，"不是工作。"

"是个秘密。"他说。

"差不多吧。"

"我是本地人。"他说，仿佛在回答她尚未问出口的问题，"从小在这里长大。做跟钻井有关的工作。在阿伯丁郡附近。工作两周，休三周。休息的时候就在帕帕韦斯特雷岛上待着。在那儿经营农场。"

她的眼前浮现出一处农舍。风力发电厂和一片海洋。妻子和孩子。屏幕上的女人。他不在的时候，她独自应付生活。

"你呢？"他问她，"你是哪里人？"

"伦敦。曼彻斯特。伦敦。"

"地方还真不少。"

"曼彻斯特。"

他点头。"钻井那边也有几个小伙子来自曼彻斯特。"

"噢？"

"他们的口音和你不一样。"

"怎么说呢。我已经在伦敦生活了很多年。"

他坐直了些。"那里什么样？"他问，"伦敦？"某种能量释放了出来，她看出他眼里的渴求。

她向后靠了靠。"噢，"她答道，"你知道的。"

"我和城市生活一点也不来电。"他说。

"了解。"

两人归于沉默。他把手机翻了个面扣在桌上，空白的机背朝上，女人和孩子的照片消失不见。"你今天都看了些什么？"

她耸耸肩。"几个主要景点。墓室还没看。麦豪那个。我打算明天再去。"

"你喜欢这些景点吗？"

"不太喜欢。我原本以为奥克尼群岛是……别的样子。我以为会更原始些。而这些地方都有点……规矩。"

"规矩！"他仰头大笑。

邻桌的两位食客抬起头来，随即又埋头用餐。

"你应该往南边走走。"他说。

她一时以为他是指地球的南边：炎热的南半球。阳光、海洋、空气的热度。

"往南面的罗纳德赛走走，"他继续道，"看看那里的陵墓。老鹰之墓。建在悬崖边上。那里很天然原始。离开之前值得一去。"

她低头看自己的手，下意识地抚弄戒指，可戒指不在那儿。男人看着她的手指，视线又转回她的脸上。

就在这一刻，她察觉到一份邀请已被递出。察觉到一堆矛盾的情绪，情欲如应答般一涌而起。

当时就是这么发生的吗？丽萨和内森之间？那些话是问出口了，还是没问？他们越线之前，有想到过她吗？

"那是你的妻子吗？"她问。

"在哪儿？"他有些惊讶。

"那儿。"她伸手，拿起他的手机翻面，摁下侧边的按钮。一个年轻女人在光线下微眯着眼，身前有个四岁左右的孩子。

男人低头看手机，又抬头看汉娜。"是她没错。"他说。

"那你在这里做什么？"她愤怒起来，"为什么要和我说话？"

他从她手里拿回手机，盯住照片看了片刻。

"她已经过世了，"他开口，"一年前。"

"噢。"他的话给了她的胃部一记重击。"老天。"

"没关系，"他说，"不是你的错。"

他转头看向被雨水冲刷的海港，又转了回来。

"总之，"他说，"我不是来谈论我妻子的。"

她沉默不语。紧接着，两人再未开口，但已达成某种共识。

他们乘电梯上楼。她看着他按下二层的按钮。粗壮的手指。宽厚的手掌。他在走廊前方领路，她跟在后面，隔着半步的距离。他打开门，退后一步让她先进。她的心头突然升起强烈的恐惧——他可能是任何一种人——但这种恐惧随即消散。他想把房卡插入电源插座，她伸手覆上他的手腕。"不必了，"她说，"就这样黑着吧。"

老鹰之墓访客中心的工作人员是一位柔声细语的女性。女人讲述了陵墓的历史，它是如何在她父亲的土地上被发现的，它距离她们一家人如今生活的地方大约一点六公里远。那里发现了人类残骸，没有完整骨架，只是成千上万块骨头乱糟糟地堆在一起。骨堆里发现了鹰爪。一种说法是，那些尸体是被故意堆放在外，任鸟儿啄食的。有点像天葬。只有这样才能留下干净的骨骼。

"剔肉。"女人柔声说。

"剔肉。"汉娜念道，品味这个新词。

导览结束后，女人对着汉娜的外套和靴子轻轻咂舌，拿出防水装备给她换上。穿戴完毕后，汉娜笑了起来。

她们来到窗边，女人指着远处的一座小丘。"回来时最好沿着岩壁那条路走，"她说，"也许能看见海豹。"

道路泥泞，不时出现水洼。汉娜直接从中踩过，并不绕道。上一回穿惠灵顿长筒靴是什么时候了？她突然想起某首歌的片段，便放声唱了出来。一只狗从一间农舍里蹦了出来，越过围栏跑到她前面，不时小跑回来确认她有没有跟上，接着又冲向前方，追逐燕子的身影。燕子正尖叫着俯冲向大地，享受风中的愉悦。小径两侧是一丛丛报春花，她弯腰摘下几朵，又不确定如何处理，只好揣进大衣的兜里。

这座墓室看上去和石堆没什么两样，几乎难以将它与周围的岩石区分开来。入口处挡着一辆手推车。她因恐惧而微微发抖，但还是把推车移开，双手与膝盖支地，沿通道向内爬去，直至进入一处狭小的墓室。这里的光线并不昏暗（顶部设有小扇天窗），也并不寒冷，甚至连阴森的感觉也没有。只有岩石、土壤，一片与世隔绝的宁静。透过通道向外望去，她看见吹过草地的风，海面上的白色浪花。

她在这里坐了片刻，不知该做些什么。通道里传来一阵抓挠声，那只狗随即出现，气喘吁吁地朝她走来。她搂过它，感受着它的心跳和温暖的腹部。"嘿，"她开口，"你好呀。"

她席地而坐的这处墓室的前方，有一个更小、更暗的空间。从这里很难看清它有多深。她捡起放在地上的手电筒，扭开，指向那间墓室。光线下，墓室看上去不大，但足够躺下一个人。

她关掉手电筒，爬过楣石，接着朝地趴下，脸颊贴住冰冷的地面。这个姿势出奇地令人慰藉——这样趴着时，她感觉到心脏在体内的跳动，胸腔的起伏，血液的冲刷。远处海浪击打岩石的声音。小狗的轻柔呼吸，就在她身边。

她想到曾在这里堆了很长时间的骨头，成千上万块骨头。

很快，她的皮肉也会一点不剩。

她想到了前一晚。他的身体给她的震撼：他的不同之处，他的轮廓，他的气味，她嘴唇落下的地方。她也和以往不同。她的身体不同了。他们一起动作的方式。他们发出的动物般的奇怪声音。事后，与这个熟悉又陌生的男人躺在黑暗中时，她想起了内森。过去，她常常忘了他是独立的个体。忘了感受他的陌生。忘了觉察他的动物本能。而丽萨燃起了他的动物本能。想到这里，一阵悲哀涌了上来：为她自己的动物本能，为它带来的炽烈情欲。

她翻了个身，关掉手电，这里便只剩下黑暗，和她低沉私密的呼吸。

过了很久，她才爬回主墓室，回到明亮的日光中。小狗跟在她后面，一人一狗沿着石堆走到车旁。云团已经散去，风势渐止，天晴了。

开车驶回岛北的路上经过一片白色海滩，海水温柔。她突然被一个强烈的念头攫住，不由得停下车来。她下了车，回头朝海滩走去，直到从路上再也望不到她的身影。随即她褪掉衣物，跑向大海。她大喊了一声——因为寒冷、快乐与兴奋——海水使她漂浮起来，拍打着她的皮肤。

凯特

春季来得很早，城市逐渐染上绿意。她从仓库里取出自行车，擦洗，上油，然后骑车上坡去工作，一路看着树木抽芽长叶，宽阔道路一侧的七叶树笔直得像蜡烛。

一开始，她爬坡时都喘不上气，中途必须停几次，断断续续推着车才能抵达坡顶。不过，她很快就发觉自己变强健了，肌肉形成了自然反应，大量空气涌入肺部。

骑车固然有意思，但只有开车才能看到更多景致：坎特伯雷和海岸之间的 B 级公路沿途，春日大地容光焕发。

迪亚说得没错，这份工作很适合她：每周两天来办公室坐班，还有一天走访各个学校。萨姆减少了一天的排班，这样他们就可以轮流照看孩子了——她、艾丽斯和萨姆。她喜欢最近认识的这些少男少女——他们我行我素、出言不逊，绝不会白白给人什么。她正在做的项目是带领谢佩某所学校的孩子参观大学校园，同时与创意写作系的老师合作，将这些青少年的作品结集出版。

汤姆几乎会走路了。他喜欢努力拱身站起，穿着小小的紧身裤在客厅巡视，对新发现的移动能力非常高兴。凯特入迷地看着他的一举一动。真是了不起，她想，这种想要站立、行走的冲动。亲眼看着人类幼崽逐步成长的过程实在无与伦比。他每碰见一样东西都要塞进嘴里：铅笔，橡皮筋，地板上的食物碎屑。他沉迷于用铅笔去捅各种小洞。她给电源插座买了塑料保护套。汤姆走出家门已势在必行了。

三月的一个晴朗周日，距离他的生日还有一周时，他在客厅里迈出了第一步：一步，两步，三步，随即跌坐在地。她为他鼓掌喝彩，高声呼唤正在楼上睡觉的萨姆。他冲下楼梯，揉了揉眼睛，又眨了眨。两人连哄带劝地让汤姆又走了几步。萨姆掏出手机拍了下来，立即发送给艾丽斯。凯特发给了她父亲。

到了周末，她经常用婴儿车推着汤姆去菜地，让他和诺拉一起摇摇晃晃地迈步玩耍。这两位业余博物学家仔细研究石头，间或尝尝泥土，她和迪亚则在一旁为即将到来的播种季松土。她喜欢这样劳作，喜欢这样汗流浃背，也喜欢土壤的芬芳气息。

她会出门散步。有时和迪亚一起。有时，假如她独自一人，汤姆在婴儿车里小睡，天气又晴好的话，她就只是坐在长椅上晒晒太阳。汤姆睡醒后，常常要花上片刻才能醒过神来，这时他会从推车里张望这个世界，没在找她，没在找任何人。她坐在他身后，让他静静拥有这一刻。只有这一分钟，她不会立刻上前，护在他的上空。她突然想到，这种坦然放手的过程竟开始得这么早——不让自己横挡在孩子和太阳中间。

她和萨姆对待彼此的方式小心翼翼，不过他们的关系愈发融洽，愈发亲密。尽管如此，他们还是给对方留出很多空间，仿佛这簇重新点燃的小小火苗可能因空气不足而熄灭。汤姆如今单独睡在自己的小床上。有时在宁静的夜里，她很容易转向萨姆，蜷缩进他的怀里，醒来时胳膊还搭在他的胸口。

她每天都给汉娜发信息，只是简短一行字，确认她是否还好。

四月初的一天早上，她骑车上山来到大学，进入办公室后点开邮箱。她立刻看到了一条消息。来自埃斯特的邮件，主题一栏填着"露西·斯凯恩"。

凯特开始颤抖。她抬头看了眼房间，又望了望窗外，没人注意到她。只有透过窗户斜射进来的阳光。这依旧和刚刚是同一个早晨。

她点开邮件。

埃斯特为拖了这么久才回复而抱歉。她说，因为工作出了趟远门。时隔多年再次收到凯特的消息实在太好了。凯特急不可耐地扫过这些文字，直到看见最后几行。

　　我很多年没见过露西了，不过说来也巧，去年我在西雅图出差时恰好碰见了她。她看起来过得相当不错。好像也改了名字。我有她的联系方式，假如你用得上的话。

这段话的下方附了一个电子邮箱地址。还有一个名字。

她立刻在搜索引擎上输入这个名字。她就这样出现在了眼前。露西·斯隆博士。国际发展系。俄勒冈大学。

她的脸。微笑时嘴唇的弧度。

另一种人生的遗迹。

丽萨

你一定要带上丹尼尔，萨拉在电话里对丽萨说，并且在附有展览邀请函的邮件里，用加粗的字体在主题一栏写着——带上丹尼尔！非常想见他一面。

最终，绝望之下，丽萨给强尼发了条短信：多了一张画展的票。我想你该不会愿意来看看吧？

十分乐意。他几乎立刻发来回复。

他们约在地铁口见面。他依旧一身黑衣，挎着黑色皮包，不过衬衫看起来很新，外套非常时髦。他刚刮过胡子，看上去很精神。她惊讶于自己见到他时的喜悦，他一如既往温文尔雅地握住她的手。"嗨呀，亲爱的。"他说。她已经忘记他说话时低沉柔软的利物浦口音。

"你看上去很棒，"她说，"潇洒又时髦。"

"我最近在拍戏。在《医者心》里接了个角色。"

"啊哈。"

"还有，"他半是抱歉地继续说，"我也得到了皇家莎士比亚剧团这一季的演出机会。"

"什么？真是太棒了！"

"不用这么激动。"他抬起一只手，"大部分是些小角色，不过之后还有《安东尼与克莉奥佩特拉》里的伊诺巴柏斯。背景设在六十年代的利物浦。先别问具体的。他们很可能会糟蹋了这部剧，不过——挺好。"

"强尼，这些都很不错！"她发现自己无条件地替他开心。

"你可以把克莉奥佩特拉演得很好。"

"下辈子吧。"

"你呢？有没有见其他导演？"

"没怎么见。实际上，"她说，"我打算放弃了。"

"别这么说，孩子。"他说。

"不，我是认真的。"

"来，走吧。"他说着，拉住她的胳膊，"别想那些了。"

"你什么时候开始演出？"

"五月，"他回答，"他们看似安排得挺得体，斯特拉福德①的

---

① 英格兰中部小镇，亦为莎士比亚的故乡，皇家莎士比亚剧团所在地。

那些家伙。每天早晨一起上练声课，诸如此类的。也能挣到一年按揭的钱吧。"

"要我说，"丽萨说，"这是你应得的。"

"对了，这是谁的展览呢？"他问。

"噢，"丽萨说，"只是我妈的。"

"老天，"他眨了下眼，"那我得表现好点。"

画廊里人头攒动，挤满了她多年未见的面孔。母亲被人群簇拥着。丽萨快有一个月没见过萨拉了，她瘦了很多，不过今晚美极了——一袭红色长裙，雍容优雅。她才该是克莉奥佩特拉，丽萨心想，而不是自己。

画作很少，一共只有七幅。每一幅作品的绘画区域只占画布的三分之一，余下一大片空白。它们被挂起来，却没加画框，呈现出的效果便像全都悬浮于空中。视线适应画布后，画的内容才出现在眼前。其中一幅画着一个穿棉布裙的小女孩，半扭着身子，只露出侧脸，弯腰注视着地上的什么，地面却并不存在，而是消失在了她脚下的虚空之中。女孩的脸模糊不清，但丽萨知道画的是她。

最大的一幅画几乎占据了一整面墙，用一根模糊的线条勾勒出一个人影，抑或是某种动物，它在地平线上行走，轮廓逐渐淡成虚无：那可能是玻利维亚的盐沼，也可能是月球表面。可供辨识的东西不多，不过丽萨知道画中的是萨拉——母亲的背影，渐行渐远。

这些画作售价不菲——每幅在两千至五千英镑不等——但用大头针钉在墙上的卡片上，已经标注了三枚红点。

"她会以这个价格卖出全部作品。"丽萨转头，看见劳丽站在身旁。这位老妇人挽住丽萨的胳膊。"我觉得她在创作之前就知道了，你说呢？"

"知道了什么？"

"知道自己病得有多重。"劳丽指了指这些作品，"仿佛每一件无关紧要的事都烟消云散了。"

丽萨觉察到什么东西正离她远去——脚下的地面，她的胃。她低头看向自己被劳丽紧握的手。

"你呢，丽丝？"劳丽对她说，"你还好吗？你还应对得来吗？"

"很好，"丽萨听见自己轻声回答，"我很好。"

画廊老板爬上一个木箱，站在人群上方发言时，画廊里已经人满为患。丽萨已经绕着这里走了好几圈，决定离开片刻，稍后再回来。她已经抽了四支烟，喝掉了四杯葡萄酒。她找不到强尼的身影，刚一见到就又走散。人们紧紧围住萨拉和画廊老板时，她却步不前，萨拉做简短发言时，她也沉默不语。除了心头的轰隆怒火，丽萨几乎什么也听不见。人群散去时，丽萨挤到母亲身边，抓住她的手臂。

"你为什么不告诉我？"

"告诉你什么？"

"劳丽和我说了。她以为我知道。"

"噢，"萨拉说，"那个呀。"

"'那个呀'？"

"我不想让你担心。"

"你不想让我'担心'？你病得有多重？"

"挺重。"萨拉抬手抹了下额头,"癌症四期。"

天气闷热。到处都热,里里外外。"你什么时候知道的?"

"圣诞节吧。"

"'圣诞节'?"

"我放弃了化疗。"

"你当然放弃了。你就没想过问问我的意见吗?"

"这是我的身体,丽萨。我的人生。"母亲看起来疲倦又困窘,丽萨觉察到身后的人群,知道他们正看着这边。

萨拉的表情变了。"丹尼尔来了吗?"她轻声问,"你有没有带丹尼尔一起?"

"没有,"丽萨抬高了嗓门,"没有,他没来。你知道为什么吗?因为他根本就不存在。或者说,是有这么个人,但他叫内森。汉娜的内森。我和汉娜的内森上了床,而我告诉你是另一个人。现在他不理我了。汉娜也是。因为我的生活一团糟。因为你从没教过我如何去爱。"

萨拉摇晃了一下,仿佛被什么击中。丽萨又向前几步,抓住母亲的手臂。"你太自私了,"她对母亲说,"太他妈的自私了。你知道吗?你一直都这样,以后也会一样。"

萨拉退后几步,一个轻轻的、优雅的闪避姿态。

"老天,"萨拉说,"你居然说我自私?天哪,丽萨,我知道你希望得到更多上台的机会,但只有这一次,拜托你能不能别这么入戏?"

"嘿。"一只沉稳的手搭上了她的胳膊,"嘿,亲爱的。"

丽萨转头,看见强尼出现在身旁。她看到萨拉四周围了几个人,劳丽站在了她俩中间。"该回家了,丽丝。"

"走吧。"强尼说着，把她揽进怀里。

汉娜

今年看来是多年来最暖和的一个春天。她步行至公交车站的途中，道旁的樱桃花正在盛放。街角乔治王时代风格的咖啡馆也把桌椅摆上了街头。

她黎明时分便起床了，穿过公园到公共露天游泳池。一天之中的这个时候，这里最安静，只有几位认真训练的游泳者各占一条泳道。她进入一间小小的更衣室换上泳衣，拿出泳帽和护目镜。清晨的空气略带凉意，但水是温的。她沿五十米长的泳道来回游了几次。游泳令她快乐。她看着水面的光线随波纹荡漾，折射出光芒。她想起奥克尼群岛，那里的地平线，那里的日光。游泳时，她的思绪也变了，少了些起伏。水里没有过去，也没有未来。迈出泳池时，她身体打着冷战，脑中却一片清明。

她逐渐习惯步行出门。她走路上班，下午沿着运河散步回来，细细体味日光，体味不断变幻的天色。她坐在露台上，感受阳光留在皮肤上的暖意。她每个周日都去市场买花。某个周日早上，她的视线被几株植物吸引，于是买来栽到陶制花盆里，摆在了小房间的窗台上，因为天气晴朗时这里日光充足。傍晚在逐渐变长，如今七点了，天色还是亮的。

四月过后，温度逐渐上升；到了月底，热度直逼七月。每天早晨上班之前，她都会早早起来去泳池游泳，游的距离一天比一天长。工作没什么问题，但她知道自己需要做些改变。她或许会换其他工作试试，从现在的法灵顿，换到里斯本或纽约。过去所有那些没有尝试过的工作，没有抓住的机会。过去她一直在等待，犹豫不前。如今她没了束缚，想做什么就做什么，想去哪里都可以。

下班后，回到寂静的公寓里，汉娜倒了杯水，站在水池边喝完，接着走进小房间，褪掉所有的衣物，赤裸地躺在落日余晖中。她闭上眼睛，感受着紫色、红色、绿色的光芒在眼睑上跳跃。她觉得体内充满了什么，尽管说不清具体是什么。

一天傍晚，她如往常一样躺在这里，手机振了一下，接到一条短信。

她拿起手机，看到发信人是内森。

需要去拿点东西。可以吗？

她盯着这条短信看了很久。她没有回复。半小时后，手机又振了一下。

待会儿过去行吗？

她放下手机，又拿了起来。

什么时候？
马上？我就在附近。

她的心跳加快了些。

可以。来吧。我会出门。

她起身穿上内裤，套了一件黑色的旧连衣裙，因为经常穿，它已经非常合身。她把手机留在家里，以免自己突然改变主意给他打电话，拿了钥匙便朝运河走去。天气依旧很暖和。百老汇市集的酒吧里人满为患，但她只是路过，继续沿着运河朝维多利亚公园走去。她在这里打发时间，绕着傍晚的草坪走了一圈，在树木逐渐拉长的影子中反复徘徊，天色渐暗才踏上回家的路。

手中的钥匙在门锁里转动时，她便察觉他仍在里面——空气与平时寂静的质感不同，多了一丝扰动。她踢掉凉鞋，赤脚站在门口，没有立即看见他的身影。这时小房间里传来一声轻响。她沿着木地板走到门廊另一端，推开房门。他正站在那里，凝视着窗外的一棵树。

他转过身来。"我无法说服自己离开。"他声音嘶哑。脚边放着一只小包。

她应该感到愤怒，她心想，不过愤怒的情绪离得还远。

"你对这儿做了些改动，"他说，"刷了漆。"

"没错。"

"这些挺好。"他指了指窗台上的几盆植物，还有墙上的漆。"咱们从来没动过这个房间，挺好笑的，不是吗？这么多年了。"

"也许是的。"

窗外传来跑动的脚步声，运动鞋踩在步道上的声音，孩子在街头的玩闹声。

"你这些日子过得好吗？"内森问。

"还好。"她回答，靠住背后的墙，身体慢慢向地上滑落。她抱住自己的膝盖，双臂锁紧。她察觉到自己浅浅的呼吸，吸气，吐气。落日余晖在他们之间的地毯上洒下一小块长方形光斑。"很长一段时间都挺糟糕。现在好些了。"

内森点点头。

"你呢？"她问。

"汉。"他柔声唤道，朝这边迈了一小步，但她抬手阻止了他。

"不，"她说，"别再过来了。"

于是他停住了，无处可靠，站在地板中央。

她想问的东西有很多：

你怎么能对我做出这样的事？

你怎么还有脸再出现在这里？

但最后问出的却是——

"感觉怎么样？"

"什么怎么样？"他说。

"和丽萨一起。"

"汉。"他的脸皱了一下。"别这样。"

她脑袋向后靠在墙面，就这样看着他。他脸上的悲伤。为什么，经历了这样的事，而仅仅是像现在这样坐在这里，看着他即将崩溃的样子，她的感觉就如此强烈？"和我说说吧，"她说，"我想知道。"

一直以来，她都在烈火之中——这就是原因——她始终在被烈火淬炼。

他转身。把手放在包上，拎起，又放下，移开了手。"那种感觉……让人觉得危险，"他说，"觉得不该那样。"

"不过也感觉很好？"她问。

"是，"他回答，"某种程度上是。"

"她高潮了吗？"

"什么？"他表情痛苦。

"你听见我说什么了。她高潮了吗？"

"求你了，"他说，"不要这样。"

"我有权这样，"她说，"不是吗？"

"我也不知道。"

"她高潮了吗？"

"是。"

"她叫得大声吗？她高潮时发出什么样的声音？"

"她的声音不大，"内森回答，"一点也不。"

这就像一路向下挖掘，终于触到硬物，让她深感满意。"她是怎么做爱的？有没有让你神魂颠倒？"

她挑掉连衣裙的肩带，布料缓慢落至腰际。她的乳头硬了。

好一会儿，她没再动，然后脱下裙子，全身只余一条内裤。"你想要我吗？"她说。

他点头，面容染上情欲。

"你想要我和想要她一样多吗？"

"更多。"

她待在原地没动，依旧站在照射地板的余晖中。他体内的动物本能。她体内的动物本能。"再说一遍。"她开口。

"更多。"他说，然后缓缓迈向她的位置。他靠近，跪在她面前，额头触地。接着他抬起头，将她的内裤拉向一边，手指滑入她的体内，她随之拱起了身体。

丽萨

火车驶离伦敦西面的途中，两人没怎么说话。她们暂时相安无事——是丽萨提出一起旅行作为和解的，萨拉接受了。几周以来，这是她们第一次共度一天。火车驶离雷丁镇，广阔土地便在眼前展开，天空更加辽阔，村落的规模缩小。炎热明亮的夏季一片灿烂。

萨拉在打瞌睡，帽子搁在座位旁，腿上搭着一本摊开的小说。丽萨端详着母亲的脸。她看起来不像病了，非要说有什么变化，也是比以往更美了。体重减轻只是突显了她面庞的精巧，即便在睡梦中也丝毫没有岁月的痕迹。她的长发仍如以往一样浓密。

母亲睁开一只眼，视线落在丽萨身上，丽萨扭过头。

她们在一个乡间小站下了车，然后过河。萨拉半倚着手杖，步伐缓慢，宽檐帽下的红色头巾轻快地在风中飘荡。河里有几只天鹅，两只毛色还未变白的幼天鹅游得离彼此很近，身后紧跟着它们的父母。几头奶牛在对岸的田野里漫步。这里风景很美，不过一些乡间道路没有供行人用的步道，只在路边留了一溜狭窄的草地，车流不时从她们身边轰鸣而过。

"先别走了，妈，稍等。"丽萨扶住母亲的一只手臂，转身朝路上伸出拇指。一个开着路虎揽胜的男人几乎立刻停了下来。他的举止亲切友好。车子载着他们开上山坡，朝公地的方向驶去，丽萨察觉到母亲无声地松了口气。他在停车场把她们放下，丽萨扶着母亲下了车。萨拉走到围栏边，过去的指挥塔台依旧矗立在这里。丽萨逛到一处木牌跟前，上面大略讲述了这片公地的历史，还有空军基地的历史，以及这一带常见的动植物。格林汉姆公地，木牌上写道，已恢复为低地荒原。

过去平民于此处放牧，一些稀有的低地植物得以在此生长，包括帚石楠、荆豆，以及其他一些喜酸性植物。

如今飞机跑道和大型围栏被移除，平民得以重新行使放牧权利。

她眯了眯眼睛。不远处有一条混凝土道路，也就是旧跑道，两名少女正在路上模仿飞机的动作，张开手臂捕捉微风，笑声荡上天际。

"这边走。"萨拉说。脚下的砂砾石路被轧得嘎扎作响；帚石楠漫山遍野盛放着，星状的白色小花点缀着道路两旁的草地。她们隔着一点距离，共同走向旧跑道，路过一座池塘和一个消防栓。萨拉四处张望，不时点头，似乎记忆里的事物一一归位了。"那里原来是蓝门，"她说，用手杖点点不远处，"就在那边。"

有人骑着自行车从旁边经过，也有集体出动的一家老小缓慢前行，还有老年人三五成群，个个都戴着面罩型太阳镜和防护帽。萨拉对这些人在小路上你推我搡的行为嗤之以鼻。天气暖和，温度越来越高。丽萨从包里拿出水递给萨拉，她接过，大口喝了起来。

"那里。"萨拉突然说，视线落在了丽萨身后的某处，"原来在那儿啊。发射井。过去导弹就存放在那里。"

丽萨转身。母亲所指的发射井体积巨大，表面长满了草。她心想，它们看上去和坟墩没两样，像是埋葬着青铜时代的国王和他们所有战利品的地方。她们朝公地缓步走去。三重铁丝网依旧横亘在前方，有人用红色喷漆在上面涂了几行字。

贱人

婊子

去你

妈的

丛生的杂草中立着一块牌子：国防部。

萨拉用手杖拨了拨铁丝网，发出哗啦哗啦的脆响。"断线钳，"她骄傲地说，"能把这玩意儿一下剪断。"她微微一笑，"那时我们身上总带着断线钳。"随即她高仰起头，发出一种异乎寻常的叫声——一种啼叫，既像出于自然，又不像这世间所有。丽萨看见一些行人抬起头，面露疑惑。萨拉停下时，周围一片寂静；她露出顽皮的笑容。"当时把那些士兵吓得魂飞魄散，"她说，"根本奈何不了我们。"

"一点也不奇怪。换作我也会拼命跑开的。"

"我告诉过你，我们还跳了舞吗？"

"在哪里？"

"就在那边。"萨拉的手杖指向发射井，"我们剪断围栏，搭上梯子爬过去，然后在月光下跳舞。当时是新年前夕。我们自己吹奏音乐。跳舞时，月亮就在我们头顶。"

她是个女巫，丽萨心想，这时萨拉又开始唱歌了，这回歌声轻柔。我母亲是个女巫。

她稍稍走开了些，来到路边长满黑莓灌木的地方。莓果已经熟透，她摘了一小把，捧回萨拉身边。"很好吃，"萨拉说，"谢谢你。"她刚刚不知从哪儿找到根羽毛，系在了帽边。"咱们应该再摘点。带回家做酥皮点心。"

两人这便动手。丽萨把树丛抬高，方便萨拉在枝串中央挑选颜色最深、最成熟的莓果。她从餐盒里拿出之前预备的三明治，把这些亮晶晶的果实装了进去。盒子盛满后，她们继续前行，穿过一小片茂密的矮林，白桦和梧桐枝叶间洒下斑驳的阳光，欧洲蕨高至齐胸，发射井也逐渐从视野中消失。"没错，这边走，"萨拉说，"我认识这条路。"

她们来到一棵枝干很多的巨树前，萨拉离开大路朝它走去，伸手覆上树干。"你好呀，老太太，我记得你。我的营地就在这里，"她说，"在这棵树旁边。"

"我记得，"丽萨说，"当时我也在。"

"对，"萨拉转头看她，"你也待过一阵子。我总记不住。"

她们接着上路，步入阳光中，来到一座大门旁。这里依然设有一小段环形围栏，一处较新的铁丝网后立着一块混凝土板。板上画着几条巨蛇，还有一只线条简单的绿色蝴蝶。图画非常粗糙，与胡乱涂抹相差无几，但有一股神秘的力量，就像不经意间发现的洞穴壁画。锈迹斑斑的铁丝网后，绿色颜料因阳光与岁月有些剥落，但仍清晰可辨。身后的茂密草木紧挨后背，这里的空气让人觉得亲切。

"我记得这里。"丽萨说，手指轻轻拨过门栏。雨中吊着的防水布。女人们红润的脸颊。毛料、火堆和身体的气味。

"当时有三万人，"萨拉说，"手牵手围住了这片营地。他们过来，把我们拖出帐篷，说我们这些人是违反自然的——"她大笑，"就像把致命的导弹存放在公地上很自然似的。"

"我记得他们闯进来。"丽萨双手抓住围栏上的铁丝，"把你从帐篷里拖走。我吓坏了。我讨厌这样。你不该来的。"

"为什么呢？"

"我觉得会失去你。你可能被枪打死。"

萨拉转头看她。"这世界本身就是个可怕的地方，"她平静地说，"我的职责不是在这一点上撒谎骗你。我的职责是尽量让它变得安全。假如你有了孩子，就会明白。"

她的话直达丽萨心底。绞了一下。开始生效。

"我怀过一次孕，"丽萨轻声说，"迪克兰的孩子。"她转身望向围栏，一只小小的昆虫正爬过剥落的绿色颜料。"做决定并不容易。我以为没什么大不了，其实不是。但我真的做不到。和迪克兰不行。我一个人也不行。"

"老天。你为什么不告诉我呢？"

"因为我觉得自己让这种事发生很愚蠢。"

"你为什么不把孩子留下呢？"

丽萨呼出一口气。"那时我年轻又自私。我想要自己的生活。我想工作。我不想让孩子觉得自己妨碍了我。"

母亲沉默，接着轻轻说："你是这么觉得的吗？我让你这么觉得吗？"

"有时候吧。经常。没错。"

萨拉摇了摇头。"但我从未这么想过。"

"真的吗？"

"千真万确。"萨拉坚定地注视着她,"但我必须过自己的生活。一生如此。否则我一定担当不了母亲的角色。"

丽萨点点头。"我理解。"她说。她站在这里,双手穿过铁丝网时,觉得自己的确理解了这点。

片刻后,她再次开口。"我很抱歉。"她转身面对母亲。

"因为什么?"

"没让你当成外祖母。你肯定会是个出色的外祖母。"

她的确做得到——她会棒得不可思议。那会是爱她和被她所爱的恰当距离。

"十三岁,"丽萨说,"我的孩子本该有十三岁了。"她发现自己哭了,号啕大哭,双肩起伏不停,身体剧烈颤抖。母亲走到身边,将她搂入怀中。

过了好一阵子,丽萨用掌根抹了抹眼睛,萨拉松开手臂。然后她们沿原路返回,重新穿过矮林,来到公地,开阔的空间和新鲜的空气让丽萨充满感激。远处的平地上散落着牛群。她们再走近些时,发现它们恰好就待在跑道中央,有些站着,有些趴着。"瞧瞧。"萨拉笑着说,"没有军用飞机能从这些女士身上越过去。"

风势渐大。萨拉的帽子突然被风刮掉。丽萨小跑着追上去,帽子最终落到了不远处的灌木丛中。

慢慢走回母亲身边时,她想到,已经来了——这场灾难。我的母亲就要死了。我正在失去我的母亲。很快我的母亲就会不在了。

"帮我拿着,好吗?"萨拉说。

然后,萨拉迈上跑道,转身迎着风吹来的方向,闭上双眼,张开双臂,仿佛正在飞翔。丽萨也来到她身边,做出相同的动作,抬起手臂时,她感受到风从身下穿过。

汉娜

她很疲惫。春天逐渐被初夏、被灼热替代。然后天气又是一变，温度转凉，开始下雨。她依旧觉得很累。

一天，还在上班时，她趴在桌上睡着了。到家后，她直接爬上床，拉起被单把头蒙住，沉沉睡了过去。半夜醒来时她感到口渴，起身去接水。

我怀孕了，站在水池边，她想到了。这个念头似乎来自头顶上方，离她很远的地方。

她来到卫生间；柜子深处有一盒以前买的验孕棒。她拿出一支在上面小便，然后坐在黑暗中。她没等太久：第二格内几乎立刻出现了一道清晰的线。

她看着它。看了又看。

她的血液在嘶嘶冒泡。

是焦虑。

是让人感到刺痛的巨大喜悦，这种全然纯粹的喜悦迫使她不得不站起来，扶住点什么，等着它慢慢退却。

是恐惧。

她失去过。她知道失去是什么样子、什么感受，知道它会留下什么。

她没告诉任何人。没告诉内森。没告诉母亲。没告诉凯特。她知道它可能留不住。

周末她起得很晚，醒来时还沉浸在梦中。她躺在浴缸里，盯着自己的脚趾。

凯特

她坐火车来到查令十字车站，再搭地铁前往贝斯纳尔格林，接着换乘以前常坐的公交车，沿剑桥西斯路一直向北，在麦尔街站下车，沿着运河走过冷却塔，经过萨姆以前独居过的公寓，这里紧挨着百老汇市集。今天是周四，街上并不拥挤，不过熟食店外的桌子已经坐满了人。她在街道尽头左转，沿着一列维多利亚式排屋走到尽头，停住，仰头看了一会儿这栋高大的房子和落地窗，然后继续前行，穿过公园，道路两旁的英国梧桐灿烂夺目。

这家咖啡馆是丽萨选的，建在火车站的拱洞里，也供应面包。丽萨已经坐在外面，正在等她。见到凯特走来，她匆忙起身。

"我给你点了杯咖啡。"她指了指面前的桌子。

"多谢。"凯特说着，坐了下来。

丽萨穿得很朴素，只是牛仔裤配素色 T 恤，也没化妆，长发盘在头顶。她看起来不一样了。过往那些年里，她那仿佛一直不受时间侵袭的面容，终于开始展露岁月的痕迹。她的金色发丝间夹杂着灰发。

"我不确定你会不会来见我。"丽萨说。

"我也不确定自己要不要来。"

"你介意我抽烟吗？"

凯特摇摇头，丽萨拿出烟草袋，开始卷烟。

"我刚刚路过了老房子，"凯特说，"过来的路上。"

"噢？"

"挺有意思的。就是看了看，但没进去。你还住在地下室吗？"

"我付不起房租。很快得搬出去。"

"这样的话，这段时光就真的结束了。"

"是啊，我也这么觉得。"丽萨点着了烟，扭头将烟吐往另一个方向。"汤姆还好吗？"她问，"萨姆呢？"

"他很好。汤姆现在会走路了。"

"你有照片吗？"

凯特拿出手机，调出最近拍的几张照片给丽萨看。"他看上去很乖巧。"

"确实乖巧。有些时候。"

"汉娜怎么样？"丽萨轻声问。

"她还好，我想。据我所知，他们还是分居状态。我晚些时候会去见她。到时就知道了。"

丽萨点点头，视线转向街道。"我不想为自己辩解什么。"

"好吧。"

她们的头顶上方传来火车的隆隆声，还有刹车的细长尖啸。车门打开的嘶嘶作响。

"说来可笑。"丽萨收回视线，"最近，我一直在想试镜那件事。那部电影。你还记得吗？就在咱们去希腊之前？"

凯特的胃揪了一下。"记得。"

"我还想起，自己如何在这件事上不能原谅你。我一直都有点恨你，我觉得。从那时开始。因为你没及时告诉我那个消息。"

"丽萨——"

"先别说，"她抬起一只手，"让我说完。我知道你对这件事有自己的看法。我只是想说，最近这些日子，我想明白了，自己其实有能力做一些以前没想过的事。我想告诉你的是，无论当时是怎么回事，我原谅你。我希望你好。"

凯特张口想辩解，但又合上了嘴。"谢谢你，"她说，"这对我很重要。"

上方站台的火车正咔嗒咔嗒地驶离，开往利物浦街，或是驶向北边，这座城市的远端。

"萨拉病了，"丽萨说，"得了癌症。"

"噢老天，"凯特说，"有多重？"

"四期了。"

凯特放下杯子。"我很遗憾，丽丝。"

丽萨抬手抚了抚头发，又放了下来。"是啊，"她说，"糟透了。"

"她在接受治疗吗？"

"她拒绝了。"

凯特等着丽萨继续。

"因为这个我有些佩服她，"丽萨说，"但也很生气——我是说，我其实他妈的非常愤怒。"

凯特点点头。

"还有……"丽萨抬起头，"我知道你曾经也经历过这种事，我想问问你，接下来会怎么样？"

下午六点约在汉娜家见面，在那之前她都没有其他安排了，于是来到书店闲逛，为汤姆挑了一册绘本。熟食店外依旧满座。桌前的每一个人看上去都年轻得惊人。她在店内排队买沙拉时，盯着他们的方向。这些年轻人穿着夏季衣衫，面前摆着柠檬水和馥芮白，坐姿刻意，仿佛时刻准备拍照。他们主演着自己生活的电影。当你二十四五岁时，就是这副样子，由外向内才能看到自己。她买完沙拉后步入公园，坐在老房子后面的那棵老树下，吃掉沙拉，然后躺倒在斑驳的树影中。

差一刻六点时，她前往汉娜的公寓。汉娜远程给她开了门，她爬上三段金属台阶，汉娜就在顶端等着她。

汉娜气色很好，晒黑了些，穿着短袖连衣裙，头发也长了。凯特不知自己预期看到什么样的她，或许是还有些未消散的悲伤，但公寓的桌上摆着花，灯光照在上面的感觉温馨又舒适。汉娜沏了茶，两人端着茶杯来到露台，在傍晚的最后一抹余晖中喝了起来。

"你看上去不错，"凯特说，"你还好吗，说实话？"

"我最近在游泳，"汉娜回答，"每天早上都游。很管用。你呢？和萨姆怎么样了？"

"还行，我觉得。还不错。"

"那就好。"

"我收到埃斯特的回复了。"凯特说。

"谁？"

"埃斯特。在牛津认识的朋友。我写信问她要过露西的地址。很久之前了。那时还是冬天吧。她回信了。给了我露西的联系方式。"

"噢我的老天，凯特。真的吗？"

凯特向远方望去，太阳已经落到了树丛间。她想起收到回信后的那些天，她写了信，删掉，又重写。直到初夏的某天早晨醒来，她给汤姆穿好衣服、把他送到艾丽斯家、再骑车上班，路上她突然明白，或者说理解了一件自己其实早已心知肚明的事。写这封信不会带来任何收获。她会失去的反而更多。

"我没联系她，"她语气轻快地说，"最后也没有。"

她听到汉娜松了口气。"那挺好。"

她转向汉娜。"不过，我倒是见了丽萨。"

"丽萨？"

凯特看见了她脸上一闪而过的震惊。"我们今天下午见了面。"

"聊我的事吗？"

"实际上，不是。不全是。不过她确实问到了你。她看起来不一样了。很悲伤。我们说到了萨拉。"

"萨拉。萨拉怎么了？"

"她快不行了。得了癌症。丽萨说想见我，就是要问这件事。她想知道之后会如何。"

"噢，"汉娜说，"萨拉？天哪，不。"她沉默良久，然后倾身向前，将脸埋进双手。

"汉……"凯特伸手搭上汉娜的胳膊，担心她是否刚刚戳破了她脆弱的幸福气泡，但当汉娜重新抬起头时，她的脸上竟出人意料地闪着光彩。

"我怀孕了。"她说，语气相当平静。

"什么？"

汉娜大笑，双手捧住了脸。

"我的天哪，"凯特说，"是谁——？"

"内森。他回过公寓。来拿点东西。一切发生得很快。太快了。"她摇着头，"之前那么长时间，然后……"她比了个手势，掌心一翻，凯特看到她的脸上仍然残留着惊讶。

"他知道吗？"

"不知道。"

"你打算告诉他吗？"

"对。不。我也不知道。反正现在还不是时候。"

"你必须告诉他，汉。"

"我想等等。看能不能保住。看留不留得下来。"

"现在几周了？"

"八周，或者九周。我不确定。我约了这个月底做扫描。"

凯特看见她把手移至腹部，搁在了那里。"我能去吗？"

"去做扫描？"

"对。我能跟你一起去吗？"凯特伸出胳膊，握住了朋友的手。

丽萨

人们建议萨拉搬到楼下，住进房子背面的旧书房，她却拒绝了。我要在自己的床上死去，非常感谢。

劳丽搬了进来，住在萨拉隔壁那间正对着街道的卧室。丽萨和劳丽确立了一种从容不迫的生活节奏：她们彼此关切，一人陪伴在萨拉身边时，另一人就去做饭、打扫或休憩。

萨拉作为病人，出乎意料地容易相处。丽萨知道她一定忍受着剧痛，但她很少抱怨。

萨拉的朋友们也前来看望。其中一些人丽萨已近三十年没见过了：琼、卡罗、艾娜和鲁思。她们围聚在萨拉的床边。丽萨会把空间留给她们。房间里有时会爆发出尖厉刺耳的大笑。有时会传来歌声。

萨拉睡着时，她们就聚在厨房的桌子旁。大家会接过丽萨手里的活儿，让她坐下喝杯酒或茶。她们捧住丽萨的脸，一面落泪，一面亲吻她的面颊，说她与母亲长得多么像。她们把丽萨紧紧拥入怀抱时，丽萨知道她们也经受过疾病，经受过生儿育女，经受过没有孩子的考验。她们同属一个部落，这些饱经风霜又遍体鳞伤的女人。

她对她们感到敬畏，这些与母亲生于同一年代的女人。她们在她眼里熠熠生辉，仿佛是高悬在西方天空的星座。这些女人，这些守护者。她们离开之后，这个世界又会怎么样呢？

她们离开之后，房子显得非常安静。

她在夏日阳光下沿着运河骑车回到哈克尼区，将公寓里的东西打包成箱，全部搬到租来的面包车上，再开车将它们运至环城北路上的一间仓库。然后她回到公寓，清理烤箱，擦洗玻璃。在宽阔的石阶上抽了最后一支烟。她把钥匙塞进房产经纪人的信箱——他依然住在史丹佛山的某处——最后随身带了三个小包，打车来到塔夫内尔公园。

她搬进了阁楼，夜里睡在沙发床上。她喜欢住在顶层的感觉，尽管这个时节上面有些热。那把旧椅子还在这里，萨拉在楼下睡觉时，她就坐在上面看书。她漫无目的地浏览着母亲的书架，随意翻阅——卡森·麦卡勒斯、左拉、凯瑟琳·曼斯菲尔德。不少书上都有母亲的笔记：有些是她教书时写的，有些年头更早，早到她的大学时代。这种同母亲一起阅读的感觉让她动容。她感受着母亲字迹里流露出的年轻活力，当她在楼下入睡时也依旧与她相伴。

一天下午，她坐在那里读书时，突然闪过一个想法，一个出乎意料的想法。她任它在体内生根，感知着它的轮廓，测量着它的大小。

清早时，她会拎起旧水管把花园浇透——天这么热，必须尽早浇水，萨拉告诉她，叶子才不会晒伤。丽萨站在花园尽头的温室里，呼吸着番茄和绿色植物散发出的浓烈麝香气味，同时抬头望向房子，注视着萨拉卧室的方向。窗帘低垂，母亲还在睡觉。她慢慢有了自己最钟爱的植物：斗篷草，叶片托起的水珠如水银般流动；香豌豆，枝苗竞相在棚架上攀缘。有时她弯腰捉住它们的卷须，轻轻抚摩末端，看着它们努力生长的姿态。她试图用老旧的割草机修剪草坪，生锈的轮齿得在同一块草皮上碾好几遍。

漫长明亮的黄昏里，她们就在萨拉的房间为她读书。她喜欢听人朗读，尤其是诗歌——读诗歌划算，她说，现在可没时间听《卡拉马佐夫兄弟》啦。她不断把丽萨和劳丽打发到书架跟前——在这个塞得很满的书架上，她知道每一本书的位置，知道它左右两侧是什么书，即便在一片黑暗中，也能指引你拿到正确的那本。她把诗当成了药，知道自己需要什么。

她想听莎士比亚的作品，丽萨和劳丽便轮流朗读十四行诗。一个明媚的周日，丽萨打电话给强尼，邀请他加入。强尼来这里前特意刮了胡子，还带了鲜花、糕点、上好的咖啡和葡萄酒。他们把《安东尼与克莉奥佩特拉》从头到尾读了一遍，轮流念着对白。这花了整整一天的时间，也是丽萨记忆中最美好的一天。萨拉大多数时候都闭着眼睛。丽萨有时坐到她身边，握住她的手，萨拉偶尔回捏表示回应。

随后，强尼帮忙把萨拉抬到楼下的花园。一周以来，这是萨拉第一次离开床铺。丽萨和强尼抬她起身时，感到她的体重明显轻了许多。劳丽去厨房准备烤鸡了，挥手让他们到外面去。

"把我的速写簿拿来，好吗？"萨拉在椅子上说。丽萨照办，拿来了本子和一小简炭笔，然后退到母亲身后的长椅上坐下，看着她在纸上挥动炭笔，整座花园的景象在她笔下栩栩如生：强尼在折叠式躺椅上打瞌睡，露比在太阳底下舒展着肚皮。

晚上，大家将鸡肉一扫而空。萨拉在床上睡熟，强尼也离开之后，丽萨和劳丽站在水池边，收拾最后一摞餐盘。

"他是你的恋人吗？"劳丽开口。

"谁？"丽萨抬头，面露惊讶。

"强尼？"

"不是。"

"他肯定乐意。他很不错。"

"我不需要恋人，"丽萨说，"不是现在。"

劳丽点了点头。

"而且他是个复杂的人。"

"我们都是复杂的人。"劳丽说。她把盘子收进橱柜，擦净台面。这是这间厨房有史以来最整洁的时刻。

"我打算放弃演戏了，"丽萨说，"我刚才意识到了这点，就在我们一起读书的时候。我不想继续了。"

"那实在很可惜，丽丝。"劳丽轻声说。

"不，"丽萨说，"没什么可惜的。我再也不想参加试镜了。"

她感到心头的想法落了地，确定无疑。她解脱了。

"你想好接下来要做什么了吗？"

"差不多吧。"屋外，灯光落在梨树上。"我最近一直在想这个问题。我想当老师。"

"真的吗？"

她点头。"英语老师。"

"和你妈妈一样。"

"和萨拉一样，没错。"她看向劳丽，"不过我还没打定主意。我得先离开一段时间。好好想想。"

"去哪儿？"

"还不清楚。"

要想出一个看上去没那么刻意的目的地是件难事——她不愿意自己去想。又或许她愿意。或许这恰恰是她想要的。

几天后的一个傍晚，萨拉在打瞌睡，劳丽出门去西斯公园散步了，丽萨下楼给露比喂食。猫咪埋头进食时，她在昏暗的厨房里灌满洒水壶，再到屋外给苗圃浇水。花园里弥漫着夜晚的气息——茉莉、忍冬、薰衣草，还有蜂群低沉的嗡鸣声。她在这里绕了几圈，感受母亲对花园倾注的爱，这种爱轻松，率直，没有怨怼、分歧与烦恼。她感受到母亲对品种的精心挑选，母亲的悉心照料，母亲的个性表达，如同一面薄纱笼罩着这一小块土地，与夜色融为一体。她想，或许这就是萨拉留下的东西。

她想抽支烟，但放弃了。她回到房子里，在炉灶上烧了壶水，沏了杯茶。她端着茶杯上楼，眼睛逐渐适应室内的昏暗。一进入房间，她就察觉到了什么。她放下茶杯，慢慢走向母亲躺着的位置。她拉起母亲的一只手，手是凉的，她便揉搓起了母亲的拇指。起先她想一直搓，一直搓，把流逝的生命搓回母亲体内，就像把一个人冰凉的身体搓热一样。随后她明白，自己无能为力——母亲已经离开了。于是她停下动作，握住了母亲的手。她伸出另一只手，轻柔地将母亲额前的头发往后梳。窗户是关着的——一定是劳丽关的——丽萨起身把它打开。接着她坐回母亲身边，继续握着她的手。

萨拉过世的第二天早晨，艾娜来了。她是临终关怀护士，知道接下来要怎么做。丽萨看着艾娜在萨拉旁边打开提包，里面装着带瓶塞的棕色小瓶，剪刀，细线，方形薄棉布。艾娜个头娇小，但沉稳果断。"我能在旁边看着吗？"丽萨问她。

"你可以来帮忙，"艾娜说，"假如你愿意的话。"

艾娜首先摆直萨拉的四肢，然后托起她的头部轻轻左右转动，重新放回枕头上，又在她的下巴底下垫了只枕头。"现在我们为她清洗身体。"艾娜说。

丽萨从厨房拎来烧开的热水，艾娜往里加入了薰衣草油和鼠尾草，然后把布在散发着香气的水里浸湿。两人拭净了萨拉的腋窝、前胸和双腿。艾娜清理了她的两腿之间。她拿出一块崭新的方形薄棉布，对折后垫进干净的内裤里。

"她可能会失禁，"她平静地说，"我们都会。"

这些体液、污垢、粪便，是生命历经千辛万苦，在面对死亡时所必须忍受的。

她思念汉娜。她很想和汉娜说说话。

"这里，"艾娜走到萨拉的另一侧，"我们需要缠住手指，帮她脱下戒指。手指会逐渐肿胀，到时这种办法就行不通了。"

丽萨看着艾娜用棉线绕住萨拉的手指，蘸着精油，朝腕部的方向轻柔按摩，这样取戒指时会容易些。她用同样的方式取下了母亲左手的戒指。"就是这样。"艾娜赞许地说。接着，在艾娜的指导下，两人一起将萨拉的双手放到了胸前。"这样放血液才不会淤积。"她温和而坚定地执行这些仪式时很像一位助产士，丽萨想，为死亡接生的助产士。

"我可以单独和她待一会儿吗？"她问艾娜。

艾娜离开房间后，丽萨抬起母亲的双手。她把母亲的手指举到自己的脸颊旁，仿佛母亲能读懂她，将女儿的五官当作盲文阅读，即便现在她已位于死亡的彼岸。然后，她慢慢将母亲的双手放回了被单上。

汉娜

凯特在医院门口等她。汉娜看见她正扫视着停车场，留意她的身影。

"他们会觉得咱们是一对。"汉娜走过来时，凯特大笑着说。她的双手像鸟儿一样活动着，不知该停放何处。

"嗯，"汉娜挽住她的胳膊，"那也没事。"

她们第一对到场，用不着排队等候。一位穿牛仔裤和 T 恤的超声医生唤她们来到一间小小的暗室。

汉娜翻身坐上台面。背对着监视器。她的心跳开始加速，呼吸越来越快。

超声医生瞥了眼汉娜的病历，然后转向凯特。"你是配偶吗？"

"不，"凯特说，"我只是朋友。"

"这样，"女人温柔地说，"要不你坐到那边吧。"她拍了拍台子前方的椅子。

女人给汉娜的肚子涂上了冰凉的凝胶。探头沿着紧绷的皮肤来回滚动时，汉娜屏住了呼吸。她看着女人的脸。女人沉默不语，只是紧盯屏幕，看着她体内的黑暗地带，脸上没有任何表情。她是先知，是接收信号的占卜师，是神秘符号的解读者。可她为什么一声不吭呢？

一股恐惧和恶心几乎快溢出汉娜的身体。"一切都还好吗？"

女人抬头。"目前是。"她说。

汉娜紧紧攥住了自己的拇指。

"只是在记录数据。"女人又说。

女人滚动着球状鼠标，键盘咔嗒轻响，紧接着，"这里，"她说着，将监视器转向她们，"你的宝宝在这儿。看起来一切都好。"

屏幕上出现了一个小小的生命，摇晃着肢体。一颗心脏忽隐忽现，比汉娜自己的心跳节奏更快。

丽萨

萨拉去世后的一周里，她的朋友、同事和以前的学生，所有认识她、爱过她的人都被邀请到了家里，在布条上写下种种寄语。丽萨和劳丽煮了咖啡和茶，端来葡萄酒和清水，在桌上备好薯片、烤面包片和汤羹，然后静静地听众人说话。

她想象，这大概与新生儿出生时的感觉有些类似：在两个世界的交界处，时间以不同的方式运行着，空间柔和而牢固。

有几个中年男人曾是萨拉的学生，那时他们才十几岁。他们讲述她的课堂是什么样的，她对他们的人生有哪些意义。还有年轻些的女人带着孩子一同前来，打量着这栋房子——这里的书和画——然后点点头，仿佛这就是她们预料或者希望见到的样子。和萨拉合作的画商抱来一捧壮观的花束，离去时留下一股昂贵的香水味。

强尼带来了他的大女儿。女孩七岁左右，个子很高，一头褐色直发刚过肩膀。"这是伊里斯。"强尼介绍道。伊里斯穿着高帮运动鞋和套头衫，和爸爸手拉手站在一起。"我们要去买冰淇凌，"伊里斯说，"你要一起吗？"

"好啊。"丽萨说。

他们一起上了街。街道不再是她熟悉的模样，她已经很久没正式出过门了。"你的妈妈去世了？"伊里斯问。

"是，"丽萨说，"没错。"

强尼伸出手臂搂住丽萨，她没表示反对。他的女儿看着两人，似乎一点都不介意。

她在母亲的床上入睡，母亲去世的这张床，但感觉并不可怖，而是让人安心。母亲是以她想要的方式死去的，她想。如今她明白，这是一份多么珍贵的礼物。有多少人能做到这样呢？

*

葬礼当天，丽萨穿了一件黄色背心裙。现在已经是十月，天气却暖和得反常。强尼和劳丽也来帮忙了，一起把鲜花缠进柳条筐的缝隙里。

别叫它棺材，亲爱的。只是个篮子，我想要的就是这样，一只盛满花朵的篮子。

篮子里的确盛满了种类繁多的花朵，干燥的新鲜的都有，还有小束香料，以及一条条写满寄语的布带。她与劳丽和强尼一起将萨拉抬进旧货车的后头时，车厢里依旧弥漫着松节油、画布和咖啡的气味，布条被一阵微风吹起，在风中飘动。

萨拉曾经开玩笑说，想被埋在花园里的那棵梨树底下，但如今他们要把她送往伊斯灵顿和圣潘克拉斯火葬场。

那可是在芬奇利。萨拉看到地图上标注的地点时，语气略带沮丧。

房间里挤满了人，有好几百位。仪式结束后，吊唁者一个接一个地来到丽萨面前，与她道别。父亲也到了，同继母一起。他将她搂进怀里，好一会儿才松开。就在这时，她看到了她们——汉娜和凯特。她们肯定自始至终都在。

"噢。"丽萨看着她的好友。"噢。"她又说了一遍。

汉娜朝丽萨递出一只手，丽萨接住了。

"你怀孕了。"她说，直到这时，她才终于哭了出来。

"是的。"汉娜说。

她点点头，在阳光下笨拙地咧嘴笑了。"瞧瞧你，"她说，"看起来棒极啦。"的确，汉娜的样子很美；她是一枚丰润的成熟果实。

"我是为萨拉来的，"汉娜说，"我来和她道别。"

"嗯。"丽萨点点头,"谢谢你。"然后,"对不起,"她说,"真的对不起。求你了,请你原谅我。"紧接着,仿佛还不敢相信似的,她再次说,"你怀孕了,我能不能……我可以吗?"她伸出一只手。

汉娜点头,让她把手放在了那里。

这时丽萨笑了,在阳光下感受着手底绷紧的皮肤和下面的生命,她笑着,哭着,摇了摇头。

房子里很静。劳丽提出陪她回来,强尼也这么说,但丽萨拒绝了他们的好意。我没事的,她说。

桌上摊着几本打开的书,她轻轻地拿起来合上,再放回书架。厨房的水池里还留着早餐时用过的碗碟。她洗了碗,摞到一边,然后打开通往花园的门。屋外的阳光倾泻而入。她给自己倒了杯金汤力,又卷了支烟。

骨灰瓮就放在厨房的桌子上,她朝它举了下杯。下周一她约好了要与劳丽、艾娜、卡罗和罗斯一起前往格林汉姆,把母亲的部分骨灰埋在那棵树下。其余的部分,萨拉让她撒在花园里,哪里都行,随你。她打算明天做这件事,独自一人。

她的收件箱里有一张飞往墨西哥的机票。出发时间是下周。她没有任何计划,只有大致的目的地——太平洋沿岸的某座小城。这既不是结束,也不是新的开始。也可能是。但即便是结束,也不是干净利落的结束——不过是一个图案与下一个图案的相接处。由血液、肌腱和骨头组成的。

抽完烟后,丽萨关上门,锁好。她来到桌前。她们在这里度过了多少时光?一起用过多少顿早餐、午餐和晚餐?多少次萨拉让她待在这里，拿给她绘画用具或手工材料，让她自己照顾自己？

她记得有一回，自己睡不着，听见厨房传来说话声，便下了楼。她看到母亲和朋友围坐在桌边。"你们在做什么？"那时的她问道。

"这些是鹤，"母亲回答，"来，你看。"萨拉把她抱到腿上，教她如何叠纸鹤，同她解释，她们叠这些是为了一场周年纪念活动，纪念投掷在日本的原子弹，这些纸鹤是和平的象征，象征诸如此类的事再也不该发生。女人们围坐在桌边，小声交谈，丽萨照母亲教她的方法动手，一只纸鹤随即出现在眼前，就像变魔术，美丽的东西就此诞生。

女人彼此低语，声音汇成轻柔的沙沙声，偶尔荡漾开的笑声，母亲的体温，她身上的松节油和香料的气味，被允许晚睡的感觉，被抱着的感觉，纸张的洁白，还有折纸叠出美丽的东西所带来的快乐。

如今站在夜幕低垂的厨房里，她记起了所有的一切——这间屋子曾有过的恬静。她记得那种恬静的感觉。

2012

汉娜

　　近来她很难入睡，预产期前的最后这几夜，即便垫上所有的枕头，她还是找不到舒服的睡姿。

　　宝宝经常将她扰醒。她静静地躺在那里，感受着胎儿在狭小的空间里活动四肢。汉娜觉得自己摸到了她的跟骨和手肘。她隔着腹部的皮肤触碰宝宝。她像只海豹精。水下的泳者。黑暗里的住客。

　　宝宝是个女孩。起初，汉娜有些困扰。要是男孩或许还容易些。怎么才能做好女孩的母亲呢？

　　而如今一想到宝宝是女孩，她便感觉很奇妙。

　　她迫不及待地想与她见面。

　　在这之前，她还要跨过一道线。分娩。她心想，她并不害怕，不怕疼痛。让她害怕的或许只有屈服。

她与内森偶尔联系。他在离这儿不远的公寓里租了间房。他会来看她，每次都静悄悄的，满是关切。他为她做汤羹和肉汁烩饭。做一大锅，给她留在炉子上。有时他们一起沿着运河散步。有时她累了，会挽住他的胳膊。有时，在他扶着身体沉重的她坐到沙发上时，她能察觉到他的视线，捕捉到他的表情。

他几乎没提任何要求，但他想在她分娩时陪在身边。对此她还没有答复。她不知道他在场会让事情变得更容易还是更困难。她不知道的事还有很多。而这种未知，在被体内的暖意点亮的寒冷一月，她也觉得没什么大不了。

凯特每周在这里留宿一晚。汉娜非常期待她的到来，两人会坐下来聊天，开怀大笑。她想让凯特做她的分娩陪护，凯特同意了。开车从坎特伯雷过来要一个半小时，至多不超过两小时。

汉娜在半夜醒来。

时间很晚，或者说很早。现在是凌晨四点。有人在此时降生，也有人在此时离世。房间很暗，她的羊水破了，睡裤已经全部浸透。她伸手够到手机，拨通了凯特的电话。

"她快到了。"她说。

她感觉到心脏在跳动，耳朵里的血液嗡嗡作响。

她要到了。在这儿，在黑暗之中，一个新的故事正要开始。

她的小姑娘正在来的路上。

伦敦广场
2018

这天是星期六，一周一度的市集开放日。时值春末，即将迎来初夏。房前花木丛生、枝叶纠缠的花园里，五月中旬的野玫瑰正肆意绽放。丽萨在前往公园的途中看到了它们。

天气很暖和。她打扮得很简单，褪色的牛仔裤配乡村风格的刺绣上衣，穿着薄底凉鞋，肩挎帆布袋，里面装着优质番茄、面包、里奥哈葡萄酒和表面抹灰的山羊奶酪。

进入公园时，她在小径上停留了一会儿，望向曾经居住的那栋房子的背面，看着已经有些剥落的花园围墙，以及那棵老树，她们从前最爱坐在那棵树下。今天，树下的草坪躺满了人，空气中满是烤肉和香烟的气味，好几处音响发出震耳欲聋的声音。看似是年轻人的节庆活动。她再次抬头看向房子，隐约瞧见敞开的窗户里走动的人影，然后转头继续前行。她们约好在公园的另一头见面——靠近露天游泳池的那头——也是家庭出游的常见去处。这里的草地更安静，草叶还很青。她找了处地方，把旧毯子放下，踢掉了鞋子。脚下的草地非常舒服。她很紧张。这次见面是她的主意。某天早晨，她心血来潮，于是在位于墨西哥城的狭小公寓的阳台上，给另外两人分别写了信，说她要回英国一趟——她难得回到伦敦，是为了参加劳丽的葬礼。她询问她们，过了这么多年，是否愿意见她一面。得到两人各自的答复，说她们愿意时，她很惊讶，也很高兴。

这时她听到一声呼唤，抬头便看见凯特，穿着浅色背心裙，正拉着一个五岁左右的小女孩穿过草地向她走来。丽萨见凯特停下脚步，弯身对女孩指了指自己的方向，一定是在提醒她眼前这个金色短发的高个子女人是谁，因为丽萨还从未见过凯特的女儿，她是在自己离开这里的一年之后才出生的。

这是波比，相拥问好后，凯特说。她一直想见见你。我告诉她你以前是演员。她很爱表演。

啊，丽萨说，没错，很久之前我是演员。波比生着一张圆圆的脸蛋，面带微笑。她在波比旁边蹲下，和她聊着恰当的话题，认真听女孩絮絮叨叨地讲着她上的芭蕾课，以及去年圣诞节在学校排演的戏剧。

又一声呼喊传来。她们转头，看见了汉娜，她正从泳池那边走来，旁边跟着她的女儿——一个高挑的六岁小姑娘，又一个丽萨从未见过的孩子，她的样子与母亲很像——一样的优雅利落，一样的深色头发，一样的严肃表情。这是克莱拉，汉娜说，这是丽萨。汉娜和女儿在毯子上找到位置坐下，几人纷纷拿出食物，有说有笑地分享。

然而，她们的谈话充其量只是寒暄，已经为这一刻想象了好几个星期、好几年的丽萨，感到隐隐的失望。她所期望的比这更多。不过实话说，过了这么多年，她们之间又有什么可说的呢？寒暄的内容确实少些分量，但也是因为曾经的亲密多年前就被毁得千疮百孔。这又该怪谁呢？

不过随着这个下午逐渐沉淀，酒也喝过不少，天色变得暗淡时，女人们放松了下来。她们聊起了旧日时光，为旧房子干了一杯。汉娜问起丽萨在墨西哥的生活，丽萨讲了自己现在的工作是在一所语言学校当英语老师，讲她逐渐爱上了那座城市，早晨常常带上笔记本电脑坐在咖啡馆里写作。说起来都是些渺小的时刻，但让她感觉到自己的存在。丽萨说话时，双手在周围划动，汉娜察觉到自己的一部分舒展开来，如同她初识她时的那种感觉——丽萨给她的生命注入了颜色，一直如此。汉娜不由得靠近了她一点，旧日好友仿佛小小的火堆，她在一旁暖着身子。

凯特和汉娜开口时，话题大多围绕着孩子——孩子的大小事，甚至还会把她们拉到身边，不时抚摸她们，捋顺她们的头发。两个女孩也在交谈，显然非常熟络：她们告诉丽萨，去年夏天她们全都一起去法国旅行了。看着面前的孩子，她感到一阵熟悉的疼痛。下个生日她便四十四岁了。随着可能受孕的年岁逐渐流逝，她出乎意料地感受到悲伤。倒不是她想要孩子，不是这样，她很满足于现在的生活。她喜欢自己位于科约阿坎一栋素色瓦顶建筑里的公寓，同她的伴侣——一个善良温和的男人生活在一起。周末就睡懒觉。全部生活都属于自己。只不过有时候，尤其是最近，在上班路上或是周末逛市集时，她会突然停下脚步，一见到孩子就无法呼吸。而墨西哥到处都是孩子。但大多数时候，大多数日子里，她都很好。她的伴侣有一个十五岁的儿子，同他的母亲居住在附近。他每隔一周和他们一起过个周末。丽萨很喜欢这个孩子。他善良、用功又风趣，就像他的父亲。他也喜欢睡懒觉。

汉娜的女儿说起了她爸爸——等会儿他会来接她，因为今晚她要住在他家。提到内森，几个女人之间的空气里浮起一丝危险，可随着女孩毫无察觉地继续说起其他事，这一刻过去了，被下一刻取代，再到下一刻。

小女孩在一旁说话时，这几个女人就看着彼此。她们察觉到彼此老去的种种痕迹。她们不再是从前的自己了。

她们依旧在担心。担心自己的父母，主要是父亲。汉娜的父亲开始忘事，记不得的东西似乎越来越多——她偶尔回北方时，他也不再来斯托克波特车站接她。凯特的父亲在西班牙，如今孑然一身，喝酒喝得厉害。至于丽萨的父亲，他的生活似乎没有任何乐趣可言。

她们也担心夏天，每年夏季来得越来越早，持续的时间也越来越长——这影响了她们在这个晴美的五月下午感受到的快乐，如同一滴深色墨水打着旋儿渗进清澈的水里。她们最担心未来，担心她们的孩子，担心她们即将接手的这个世界，这个世界看上去如此割裂、迅疾，随着时间的推移只会更加破碎。担心之后的几代人会如何评判她们这一代，假如他们会给出很糟的评价，她们是否还有时间挽回，因为这些日子以来，她们愈发希望后人回头看时，能够为她们感到骄傲。

有时，她们的担心似乎无穷无尽，仿佛她们正被忧虑侵蚀，变得空洞——不止她们自己，还有近来和她们交谈过的每一个人。

不过，让她们心存感激的事也很多（尽管比担心的事物更难描述）。感激微不足道的幸运，它们如今看来不再微不足道。感激某些时刻。比如对凯特来说，是今天早晨，她与丈夫和儿子告别时，她知道今晚回来时还会在家里见到他们，知道家中会有备好的食物，家人围坐的桌子，两个孩子的童言稚语。感激丈夫一如既往地存在于她的生命中。对汉娜来说，是她依然引以为傲的工作成绩，是仍然与孩子生父保有的友谊，是女儿的存在这一连绵不绝的奇迹——这份坚定、浓烈的爱让她毫不孤单，也无须其他陪伴，因为她已经找到了生命的挚爱。对丽萨来说，是早起时公寓里的宁静，感受着空气中即将到来的热度，随即坐在凉爽的黎明中写作，体会自己的心满意足。

她们对这些事物心存感激，因为她们知道衰老和疾病并不遥远，也并不友善。她们已经见过它们，懂得它们，因此感到自身的渺小。这些日子里，她们经常感到渺小。

到了下午的某个时候，两个小女孩对着野餐垫上的食物挑挑拣拣，吃完了蛋糕，肚子里填满了糖霜、焦躁的能量和不耐烦的情绪后，一跃而起，从母亲以及另一个她们不认识、很快也将忘记名字的金发女人身边跑开，来到了草地上，她们是被阳光、天空和其他什么东西召唤来的，体内的某个声音告诉她们必须行动，就是现在。或许也是同一种力量，召唤着种子冲破土壤，努力够向光亮。

汉娜的女儿拉起凯特的女儿的手，在草地上转了一圈又一圈，一圈又一圈。女人们望着她们笨拙而优雅的动作，小小的身体移动时的笃定果敢，内心溢满了一种近乎——或许，也同时是——痛苦的喜悦。小女孩们还在转着，转着，开怀大笑——她们终于摆脱了毯子的束缚，摆脱了母亲的注意力的重量，摆脱了母亲对她们的需要，摆脱了她们翻来覆去、浅尝辄止又晦涩难懂的话题。两人的动作令人眼花缭乱，小手紧紧扣在一起，转了一圈又一圈，一圈又一圈，在这个目眩神迷的时刻，沉醉于生活。

致谢

假如教养一个孩子需要全村人的努力，那么在教养孩子的同时还要支持母亲写作小说，这个村子一定得非常特别。写作本书的过程中，我便幸运至极地搬到了这样一个地方——感谢所有的家人，特别感谢朱迪斯·韦的日光浴疗法，谢里·巴克维尔的散步治疗，凯特·克里斯蒂母神般的爱，菲奥娜·温斯顿的才思与智慧。感谢丽贝卡·帕默为我女儿提供第二个家，凯利·缇卡给我无限的爱、支持与鸡汤，以及蕾切尔·斯蒂文斯在我生活的各个层面帮忙解决难题，数量不胜枚举。

感谢本和托比同我讲述的西雅图和洛杉矶的趣事——即便没能写进书里。

感谢欧雅·内泽维奇，是她推荐我去看了《秋日奏鸣曲》。

感谢朱迪斯，是她带我来到坎特伯雷，借给我读者卡，与我分享她对这座城市的热爱。

感谢在十一月某个狂风暴雨的日子允许我参观老鹰之墓的女士，她温柔而慷慨地贡献了她的时间。

感谢菲利普·玛卡特罗维奇、提亚·贝内特和谢里·巴克维尔，是他们阅读了早期草稿，他们的清晰见解与热情鼓励令我受益匪浅。

感谢乔希·雷蒙德和他传奇般的黑色细笔，他的编辑成果本身就值一个 ISBN 号。

感谢 the Unwriteables[1]，他们的爱与支持十年以来坚定如初。

感谢娜奥米·沃斯纳，她邀请我参演了由她执导的戏剧《海鸥》，她的魔力感染了我们所有人。

感谢我的妈妈，帕梅拉·霍普，她对社会活动的热衷赋予我灵感，深深影响了我，感谢她陪我到格林汉姆公地散步，那一天令人难忘。

感谢戴维让这一切成为可能。

感谢布莱迪听到召唤，并以肆意、明亮、奇妙的生命回应了我。

感谢我了不起的编辑，简·劳森——她对一个故事该有的结局了如指掌。

感谢无与伦比的艾莉森·巴罗，能有你作为团队的一员我感到无比幸运。

感谢我的经纪人卡罗兰·伍德，她对本书的贡献以及渴望看到它完美呈现的信念始终如一。卡罗兰，在促成本书这件事上，你比任何人对我的帮助都多——对于你的严苛、热情与鼓励，我深表感激。

最后感谢深深影响了我一生的美丽女人们，地平线的守望

---

[1] 作者所在的作家群体。

者，无所畏惧的舞者，货车改装者，河流里的泳者，看护者，了解那段过去的人。谢谢你们教会我的以及我们共享的一切。再多分享些吧，拜托，再多一些吧。

图书在版编目（CIP）数据

失望的总和／（英）安娜·霍普著；刘竹君译．——
北京：北京十月文艺出版社，2021.10
　书名原文：Expectation
　ISBN 978-7-5302-2167-9

Ⅰ．①失… Ⅱ．①安… ②刘… Ⅲ．①长篇小说－英
国－现代 Ⅳ．① I561.45

中国版本图书馆 CIP 数据核字（2021）第 129957 号

著作权合同登记号　图字：01-2020-7681

EXPECTATION by Anna Hope
Copyright © Anna Hope 2019
This edition arranged with Felicity Bryan Associates Ltd.
through Andrew Nurnberg Associates International Limited
Simplified Chinese edition copyright © 2021 by Thinkingdom Media Group Ltd.
All rights reserved.

失望的总和
SHIWANG DE ZONGHE
〔英〕安娜·霍普 著
刘竹君 译

出　　版　北 京 出 版 集 团
　　　　　北京十月文艺出版社
地　　址　北京北三环中路 6 号
邮　　编　100120
网　　址　www.bph.com.cn
发　　行　新经典发行有限公司
　　　　　电话 (010)68423599
经　　销　新华书店
印　　刷　山东韵杰文化科技有限公司
版　　次　2021 年 10 月第 1 版
　　　　　2021 年 10 月第 1 次印刷
开　　本　850 毫米 ×1168 毫米　1/32
印　　张　10
字　　数　230 千字
书　　号　ISBN 978-7-5302-2167-9
定　　价　49.00 元
质量监督电话　010-58572393
如有印装质量问题，由本社负责调换。